Collection dirigée par Glenn Tavennec

L'AUTEUR

Diplômée d'anglais à l'université de York en Angleterre, Dee Shulman a étudié l'illustration à l'Harrow School of Art. Elle est l'auteur et/ou l'illustratrice d'une cinquantaine d'ouvrages, mais *Parallon* est son premier roman pour adolescents et jeunes adultes – ce qui a de quoi surprendre étant donné qu'elle vit au centre de Londres sur un campus qui compte plus de 760 étudiants !

www.feverbook.co.uk

Dee Shulman

PARALLON

LIVRE I

traduit de l'anglais (Angleterre) par Frédérique Fraisse

roman

ISBN 978-2-221-12715-5 ISSN 2258-2932
(édition originale : ISBN : 978-0-141-34026-5, Razorbill, an imprint of Penguin Books Ltd., London)

Pour Chris

PROLOGUE

Seth ouvrit les yeux. Les insupportables tremblements avaient cessé. Il s'assit en douceur. Pas de douleur atroce dans les membres. Pas de vertiges. Pas de migraine effroyable. La fièvre avait disparu.

Il bascula lentement les jambes sur le côté de sa paillasse, s'assit et examina sa cellule dans la pénombre. Tout était à sa place : la table basse couverte d'herbes médicinales et de fioles, la coupe remplie d'eau. La lumière vacillante de la lampe à huile le fit cligner des yeux. Les couleurs de son prisme le déconcertaient un peu.

— Matt ? appela-t-il.

Il attendait que sorte de sa bouche une voix rauque et usée, mais elle lui parut pure et fluide. Il se leva – ses jambes semblaient supporter son poids. Il se dirigea vers la porte. Ouverte.

Bizarre.

Il s'engagea dans l'étroit couloir. Désert.

Un bruit assourdissant régnait d'habitude dans la caserne des gladiateurs. Où était passé tout le monde ?

Il courut jusqu'à la cellule de Matthias.

Personne. Une tunique était posée sur son matelas ; il avait abandonné un pilon et un mortier rempli d'une médication à moitié écrasée sur la table près de la petite fenêtre.

Seth s'en approcha et regarda dehors. Il fut à nouveau surpris par cet étrange spectre lumineux qui miroitait aux abords de l'aire d'entraînement d'un calme sinistre. Il examina les portes. Où étaient les gardes ? Ils ne quittaient jamais leur poste.

Sans prendre le temps de réfléchir, il fuit le bâtiment, traversa l'arène déserte et atteignit l'imposant portail en bois. Après un rapide coup d'œil derrière lui, il donna un grand coup d'épaule et parvint à l'ouvrir. Il se faufila vite à l'extérieur avant que le fracas ne trahisse sa présence et prit ses jambes à son cou, persuadé que les gardiens rôdaient non loin.

Il savait où aller : leur lieu de rencontre secret. Il l'imagina, à l'ombre des arbres. Elle l'attendait.

Livia. Sa Livia.

Il se figea soudain, foudroyé par le souvenir. Impossible qu'elle soit là-bas. Elle était partie à tout jamais.

Il l'avait vue mourir.

PREMIÈRE PARTIE

Le temps est trop lent pour ceux qui attendent,
trop rapide pour ceux qui ont peur,
trop long pour ceux qui sont dans la peine,
trop court pour ceux qui se réjouissent,
mais pour ceux qui aiment, le temps c'est l'éternité.

Henry Van Dyke

DÉLINQUANTE

York, Angleterre, 2012 apr. J.-C.

— Eva, c'est quoi ton problème ?

Je haussai les épaules. Voyons, par où commencer ?

— Où as-tu été traîner au lieu d'aller au lycée ?

— Euh... Ici et là.

— Mauvaise réponse !

Entre nous, « papa », tu veux vraiment le savoir ?

— Mais qu'est-ce que tu vas devenir, ma pauvre fille ?

Super, maman se joint à la fête.

Comment pouvais-je avoir une idée de ce que j'allais devenir ?

Mais merci tout de même, maman, de me rappeler que je n'ai aucun avenir et que tu seras toujours de son côté, quoi qu'il arrive.

Je les fixai longuement. Ma mère et mon beau-père Colin. Il ne manquait plus que ce cher Ted (le fils de l'autre, pas mon frère) pour jouer à trois contre un.

— J'en ai ras le bol, Eva, continua Colin. Sors de cette pièce. Je ne veux plus te voir…

— Tout le plaisir est pour moi, marmonnai-je en passant devant lui, avant de monter telle une furie dans ma chambre.

Mon premier réflexe fut de prendre ma guitare, d'allumer l'ampli et de hurler à pleins poumons. Mais je ne me faisais pas confiance. J'aimais trop ma guitare – elle me venait de mon père – et je n'avais qu'une envie : détruire quelque chose. Malgré mes efforts pour contrôler ma respiration, la colère enflait en moi. Il fallait que je sorte. Je pris donc ma veste et partis en claquant la porte derrière moi.

Là, je courus… à travers la ville, le parc. Je descendis la colline jusqu'à la rivière, longeai le sentier en ignorant les joggeurs, les promeneurs et leurs chiens, les inévitables dragueurs. J'étais capable d'oublier le monde extérieur quand je le voulais ; peu à peu, la rage suffocante s'atténua et je me sentis plus calme.

Je laissai même échapper un petit ricanement lugubre. Car pour une fois, Colin avait une bonne raison de péter un plomb.

On m'avait encore virée du lycée.

Avec deux expulsions au compteur, je savais que j'étais dans de sales draps. Je ne m'étais pas pointée au bahut depuis des semaines et un grand vide s'ouvrait peu à peu devant moi : mon avenir.

Mon estomac se noua. Seize ans et bonne à jeter.

Ce n'était vraiment pas le moment de me pencher sur ma vie et la manière dont j'en étais arrivée là ! Il fallait que je coure et bloque ces pensées, mais mon cerveau en ébullition en avait décidé autrement.

Mon cerveau.

Il se trouvait décidément au cœur du problème. Le nombre de fois où j'avais souhaité être normale… Mais l'avais-je jamais été ? Les autres enfants connaissaient le bonheur, eux.

Je me souvenais à la perfection du jour où tout avait basculé… quand je m'étais aperçue que ce don était une malédiction.

Quel âge avais-je ? Six ans peut-être. Mon père était mort depuis quand ? Un an au plus. Et même si ma mère avait enfin cessé de pleurer jour et nuit, son attention à mon égard demeurait disons… intermittente. J'avais donc plein de temps pour m'amuser.

Ce jour-là, la télévision était allumée, comme d'habitude. Maman m'avait flanqué la télécommande dans la main et ordonné de ne pas bouger. Seulement, j'en avais marre de regarder la télé. J'avais lu tout ce qui traînait à la maison (OK, ma mère n'avait pas beaucoup de livres) et je m'ennuyais.

Je jetai un coup d'œil par la fenêtre. Maman était allongée dans sa chaise longue, les yeux fermés. Je me souviens avoir collé le nez contre la vitre et prié pour qu'elle lève la tête et me remarque. En vain, évidemment. Alors que je lui tournais le dos à contrecœur, j'aperçus son ordinateur portable ouvert sur la table. Je m'approchai, tapai sur une touche au hasard et là, il s'alluma. La page Web indiquait que maman avait commandé du vin, ce qui n'était pas très intéressant pour une fillette de six ans. Par contre, j'avais eu le temps de l'observer chaque fois qu'elle surfait et j'avais pigé le système. À la vérité, mon cerveau avait photographié à peu près tout ce qu'elle avait pu taper : son numéro de compte, son code personnel, son mot de passe... si bien qu'en deux heures, j'effectuai pas mal d'achats.

Imaginez ma joie quand quelques jours plus tard, vingt-cinq paquets de bonbons, cent bouteilles de limonade, un bébé labrador et trois chatons siamois nous furent livrés. Ma mère, elle, fut loin d'être enchantée ! Alors que j'étais toute contente d'avouer ma bêtise, elle ne me crut pas et se convainquit d'avoir été la victime d'une usurpation d'identité.

Comme elle refusa que je garde quoi que ce soit, je ne retentai pas l'expérience. Point positif : un monde nouveau et incroyable venait de s'ouvrir à moi, un monde dans lequel j'avais un contrôle absolu. Pour une petite fille solitaire et sans défense, ça faisait un choc.

À huit ans, j'étais capable de contourner la plupart des pare-feu et dispositifs de sécurité et, bien que personne ne se doutât le moins du monde de mes activités, je prenais désormais grand soin de couvrir mes traces. À l'époque, je savais déjà que mon passe-temps favori n'était pas franchement légal. Mais mes motivations étaient pures : j'adorais craquer les codes parce qu'ils me fascinaient. Les secrets des gens, leurs données, leur situation financière ne m'intéressaient pas. J'appréciais simplement d'ouvrir ces portes fermées.

Inutile de préciser que je n'étais pas populaire parmi les gamins de mon âge. Très peu pour moi les poupées Barbie. Pourtant, j'aimais l'idée d'avoir des amis. En fait, je mourais d'envie d'en avoir. Mais je n'arrivais pas à paraître normale. Très vite, on ne m'invita plus à jouer.

Ce fut encore plus atroce à l'école. Je restais assise des heures entières à écouter des vieux événements et des idées obsolètes. À la maison, ce n'était pas mieux. Colin me supportait bon gré mal gré tandis que Ted me détestait chaque jour davantage.

J'avais rêvé de m'enfuir des dizaines de fois mais, ne sachant pas trop comment m'y prendre, je dus me contenter d'évasions virtuelles pendant plusieurs années. Je customisais n'importe quel ordinateur avec des jeux piratés indétectables et appréciais beaucoup de devenir quelqu'un d'autre, une personne puissante, capable de conquérir des légions entières d'ennemis mythiques. Les jeux devinrent peu à peu ma vraie vie. Ils m'éloignaient de la folie… jusqu'à ce que je pénètre dans un monde encore plus passionnant.

J'avais onze ans quand je séchai pour la première fois les cours. Malgré moi. Un lundi matin, j'« oubliai » de descendre du bus quand il s'arrêta devant le collège. Le mardi, je découvris la bibliothèque municipale avec ses rangées d'ordinateurs, ses étagères remplies de livres, sans personne pour vous bousculer. Comment cette oasis secrète avait-elle pu m'échapper si longtemps ? Très vite, elle devint mon paradis. Jour après jour, installée dans un coin discret, je dévorais des tonnes d'informations : la désintégration du stalinisme, l'organisation sociale dans la Grande-Bretagne romaine, le russe, le latin, le grec, la théorie quantique des champs, la dérive génétique… à peu près tout ce qui me tombait sous la main. À la maison, je continuais mes lectures en ligne jusqu'à l'arrivée des autres. Je me dépêchais alors d'effacer mon historique, je me déconnectais, j'éteignais puis mettais la télé.

Je croyais sincèrement m'en tirer comme ça. Je pensais avoir assuré mes arrières. J'avais cherché des maladies qui n'en finissaient pas avec des symptômes que je pouvais facilement simuler. J'avais même écrit une lettre au principal à la place de ma mère expliquant que je souffrais de fatigue chronique et n'assisterais pas aux cours jusqu'à nouvel ordre.

J'utilisai la même histoire quand la bibliothécaire me tomba dessus. Honnêtement, je crus qu'elle l'avait gobée. Je lui fis même confiance au point de discuter à deux reprises avec elle du système judiciaire canadien (elle venait de là-bas). J'ignorais qu'elle allait me poignarder dans le dos.

Trois mois après mon entrée au paradis, je fus à nouveau bannie. Une minute, j'étais complètement absorbée par la lecture d'un article du *Lancet*[1] sur les cellules souches ; la suivante, une horrible assistante sociale me tapait sur l'épaule.

Deux heures durant, je refusai de parler. Dès que je prononcerais mon nom, je savais qu'ils appelleraient mes parents et me renverraient au collège. Malheureusement, quand vous n'avez que onze ans et jamais reçu d'entraînement au sein des forces spéciales pour supporter la torture, vous craquez en cours d'interrogatoire. Je fus donc ramenée chez maman et Colin *illico presto* (grosse engueulade à la clé) et ils me réexpédièrent à l'école. Premier avertissement officiel.

J'en arrivai à la conclusion suivante : si je me comportais encore vraiment mal, je serais expulsée pour de bon.

---

1. Prestigieuse revue médicale britannique. (*N.d.T.*)

Ô joie ! Il me suffisait d'inventer quelque chose d'assez gros pour me faire virer. Les recherches et les complots commencèrent.

Il faut savoir qu'il existe une liste d'infractions qui vous garantit l'expulsion à coup sûr. L'absentéisme (n° 6) : réussi haut la main. Il ne me restait plus qu'à choisir mon deuxième crime. Je m'instaurai comme limite la violence, le racket et le trafic de drogue. Par contre, l'infraction n° 7 (piratage informatique) semblait faite pour moi, le seul défi étant d'apparaître comme la seule suspecte possible.

Je m'amusai comme une folle. D'abord je pénétrai dans la messagerie du principal et rédigai une lettre de démission parfaite que j'envoyai à chaque membre du conseil d'administration et à chaque employé du collège. Ensuite, je prévins tous les élèves par mail qu'ils n'auraient pas cours le restant de la semaine. Je laissai une trace bien lisible menant directement à mon identité numérique et… quatre jours plus tard, j'étais convoquée. Après avoir été sermonnée une bonne heure, je quittai ce collège pour ne plus jamais y remettre les pieds.

La colère du principal ne fut rien à côté de la fureur de mes parents. Ils me privèrent de sortie pendant une semaine avant de m'expédier à Downley Comprehensive, un lycée polyvalent.

Bizarrement, je n'eus pas à me plaindre au début. C'était grand, anonyme et il y avait assez d'éléments perturbateurs pour éloigner l'attention de moi. Je parvins à rester quasiment invisible pendant trois ans.

Par malheur, l'année de mes quatorze ans, mon isolement devint un problème.

Comme si ma vie n'était pas assez compliquée, je développai le handicap n° 2.

Fuir

York, Angleterre, 2012 apr. J.-C.

Pour une raison inconnue, je perdis soudain ma cape d'invisibilité. Je m'efforçais depuis si longtemps de passer inaperçue que je croyais avoir réussi. Je rasais les murs, ne discutais avec personne, m'asseyais au fond, évitais tout échange de regard mais, petit à petit, je me rendis compte que les gens me regardaient. Les garçons me demandaient des trucs, m'invitaient à des fêtes le week-end.

Une minuscule part enfouie en moi réclamait de la compagnie, rêvait de les suivre, mais mon instinct me soufflait que c'était dangereux. Ils me perceraient à jour. Mais plus je les ignorais, plus ils insistaient. En réponse à ma grossièreté acerbe, ils riaient, croyant que je flirtais. Je décidai de me couper les cheveux très court et de porter des pantalons baggy. Rien n'y fit. Ma prise de distance les encourageait encore plus. Puis vint le jour où Jason Drummond largua Sophie Scott parce qu'il me préférait à elle. Là, les filles s'intéressèrent à mon cas et se liguèrent pour me détester. Activement. Et la brutalité entre filles, ce n'est pas de la rigolade.

Il était donc temps pour moi de partir.

J'espérais ne pas être encore une fois obligée de recourir à l'expulsion. N'était-ce pas légal de quitter la scolarité à seize ans ? Mais j'avais commis l'erreur de rafler le GSCE[1] avec mention et d'aider Downley à remonter dans les statistiques nationales. Le proviseur comptait donc sur moi pour en faire autant avec mes A-levels[2]. Quand je lui annonçai mon départ, il téléphona à mes parents qui m'obligèrent à passer les portes du lycée tous les matins. Je dus donc prendre des mesures draconiennes et avoir recours à ma petite blague de hacker. Deux semaines plus tard, j'étais renvoyée avec, en prime, un casier judiciaire !

Je cessai de courir et fixai la rivière.

Le résumé de ma vie ressemblait à un catalogue minable d'échecs. J'avais absolument tout foiré. J'étais une criminelle, renvoyée deux fois, sans un seul ami au monde. Même ma mère ne m'aimait pas. Beau travail.

---

1. Certificat général de l'enseignement secondaire (niveau brevet des collèges). (*N.d.T.*)

2. Examens qui donnent accès aux études supérieures. (*N.d.T.*)

Personne ne voulait de moi.

Je tremblais de froid. Bien obligée de poursuivre, je marchai donc sans but précis, jusqu'à ce que mes jambes me conduisent à mon vieux sanctuaire : la bibliothèque.

J'ouvris la porte et me rendis à mon siège dans le coin. Je m'assis devant l'ordinateur. Quelqu'un avait laissé à côté de l'écran un journal ouvert à la page des offres d'emploi.

Là, je fus comme frappée par la foudre. Et si je me trouvais un travail ! J'avais seize ans. Avec mon salaire, je déménagerais loin de mes parents… et de ce cher Ted.

Portée par un soupçon d'optimisme, j'envisageai un poste dans un laboratoire de science, derrière un microscope électronique. Ce serait parfait. Plus que parfait ! Ouais, ce serait génial.

Je surfai, les doigts tremblants. Je tapai : *recherche job – microscope électronique.* Des dizaines d'emplois de techniciens s'affichèrent. Le cœur battant à cent à l'heure, j'allai à la pêche aux renseignements. La plupart concernaient les États-Unis, quelques-uns l'Angleterre…

Pour une personne soi-disant intelligente, je peux aussi être très stupide. Dans quel univers m'attendais-je à trouver une invitation pour une crapule de seize ans sans compétences dans leurs précieux laboratoires scientifiques ?

Annonce après annonce, défilaient les listes de requêtes agaçantes. Des trucs comme « trois ans d'expérience, bla bla bla, doctorat… références exigées… ».

Je n'avais même pas un pauvre A-level ! J'aurais de la chance si on m'acceptait comme femme de chambre dans un hôtel. De colère, j'effaçai ma barre de recherches et cliquai accidentellement sur *microscope électronique.* Une nouvelle entrée apparut.

Sainte-Magdalen acquiert un microscope électronique…

Sans grande conviction, je cliquai sur la page et lus. Ce nom, Sainte-Magdalen, me disait quelque chose. J'étais tombée dessus lors d'une recherche. Un lieu de sépulture antique romain, quelque chose dans le genre…

Bien.

L'institut Sainte-Magdalen, dans le centre de Londres, vient d'acquérir un microscope électronique à balayage d'une valeur de 1,8 million de livres sterling. Unique au monde, Sainte-Magdalen n'accueille que des élèves dont le QI dépasse les 170. Soit un niveau de génie hors du commun. Les élèves doivent passer une série de tests et d'examens sur quatre jours. Sainte-Magdalen étant un petit établissement, les places sont rares. Seuls les plus brillants peuvent se présenter.

Une telle école devrait-elle exister ? De nombreux pédagogues en contestent l'élitisme ; selon eux, il serait dans l'intérêt de l'élève et du système en général que les écoles couvrent un large spectre de compétences. Mais le direc-

teur, Daniel Crispin, reste inflexible sur ce point : les élèves de Sainte-Magdalen ont besoin de cet environnement exceptionnel pour s'épanouir...

La ligne suivante me secoua de la tête aux pieds.

... Les sujets hyper-doués ont souvent des difficultés dans le système éducatif traditionnel. Ici nous les écoutons et nous leur offrons la possibilité de...

Je cliquai sur le site Internet de l'institut Sainte-Magdalen.

On aurait dit un château fort, construit autour d'une cour pavée. Ce ne pouvait pas être très différent du bâtiment spécialisé de quatre étages qu'était Downley. Je cliquai sur *Installations* et, deux secondes plus tard, je contemplais leur nouveau microscope.

Mon cœur s'affola. Il fallait que j'aille étudier là-bas !

Comment m'inscrire ? Fébrile, je cliquai sur *Contact* et *Formulaires de candidature*, quand soudain je tombai sur une ligne qui me donna la nausée :

Frais : 10 000 livres sterling par an.

OK. D'accord...

Je tapai du poing sur la table. Quelqu'un toussota, me rappelant où je me trouvais.

Comme je n'avais pas pleuré depuis des années, je ne compris pas pourquoi ma gorge se serrait. Tout à coup, une pluie de larmes dégringola sur le clavier. J'éteignis et je sortis en courant de la bibliothèque.

Il était tard lorsque je tournai la clé dans la serrure. J'espérais qu'ils seraient tous au lit. Maman attendait.

— Salut ! lui lançai-je sur un ton qui se voulait nonchalant.

Raté.

— Eva, où étais-tu ? J'ai cru devenir folle. J'allais appeler la police !

Mon cœur vacilla. Comment avais-je basculé dans la délinquance ?

Je m'affalai sur le canapé dans un soupir et me mis la tête dans les mains. J'aurais dû téléphoner, prendre mon portable... Je levai les yeux vers ma mère. Une femme blême, ridée, à la fois inquiète et en colère.

Elle ignorait totalement par quel bout me prendre. Je ne ressentais aucune rage contre elle, mais une étonnante pitié. Elle était flanquée d'une fille nulle, incapable de réussir la plus simple des tâches.

Il fallait que je parte. Ça leur ferait des vacances.

— Écoute, maman. Je suis désolée..., chuchotai-je tout en montant lentement dans ma chambre.

Ne trouvant pas le sommeil, je m'assis sur mon lit et allumai mon ordinateur portable afin d'en savoir plus sur Sainte-Magdalen.

Où trouver une somme pareille ? Et si je braquais une banque ? Jouable, grâce à mes talents de hacker. Primo, ouvrir un compte. Secundo, transférer assez d'argent pour couvrir deux années de frais, soit 60 000 livres sterling. Waouh !

Mes doigts papillonnèrent, prêts à relever le défi. Je m'arrêtai brusquement.

Qu'est-ce que je fabriquais ?

Je traînais peut-être un casier judiciaire mais je n'étais pas une criminelle ! Je m'allongeai sur mes oreillers… Non, je ne pouvais pas faire ça.

Nouveau clic sur le site de Sainte-Magdalen. Je fis une autre visite virtuelle du laboratoire de science, de l'aile occupée par l'histoire de l'art, le théâtre. Masochiste, je revins sur la page d'inscription.

Et là, je le vis. Un minuscule petit lien intitulé *Bourse d'études*. Comment avais-je pu le rater ?

Un certain nombre de bourses sont disponibles sur justification des ressources. Elles sont attribuées sur la base de capacités académiques et de besoins financiers. Une bourse complète couvre le coût des droits de scolarité, des équipements et la pension.

Un pensionnat ? La fuite totale !

Je remplis le formulaire d'inscription çà et là. Les questions étaient assez simples. Les plus difficiles viendraient plus tard… si j'étais invitée à entrer.

À trois heures du matin, j'appuyai sur le bouton ENVOYER. À quatre heures, allongée dans le noir, j'essayais de ne pas trop espérer.

Se contrôler

Londinium, 152 apr. J.-C.

Les espoirs de Sethos Leontis étaient limités. Bien qu'il rêvât du jour suivant de manière irrépressible, il savait qu'il ne contrôlait guère son destin. La vie et la mort d'un gladiateur dépendaient du bon vouloir d'autres personnes.

Seth s'était néanmoins octroyé une certaine maîtrise : il gardait la pleine possession de son corps. Il l'affûtait, le tenait prêt à force d'entraînements plus rigoureux que ceux des autres. Il dépassait même celui que lui imposait le laniste[1] – et Zeus savait combien le régime de l'instructeur était draconien.

Il jeta un coup d'œil au terrain d'entraînement où régnait un calme inhabituel. Les autres gladiateurs festoyaient à l'autre bout de la ville à cet ins-

1. Marchand et entraîneur de gladiateurs. (*N.d.T.*)

tant. Ils estimaient avoir mérité ce banquet, rare moment de plaisir dans leurs vies dangereuses. Seth n'y participait pas. À sa façon, il leur montrait qu'il n'acceptait pas ce monde dans lequel on l'avait forcé à vivre. Jamais il ne leur ferait ce plaisir. Il n'était pas né pour être esclave, se battre pour sa survie, être assujetti aux caprices de la foule, appartenir à Tertius, laniste cruel et indépendant. Distraitement, il frotta sur son bras le tatouage qui trahissait son statut. Les muscles de sa mâchoire se serrèrent. Il ne pouvait pas se permettre de perdre son objectif de vue. La colère ne servait à rien.

Il avait pour lui la force, la puissance, l'endurance et la rapidité. Comme, probablement, le gladiateur qu'il affronterait le lendemain. Sethos, lui, savait une chose : s'il souhaitait gagner et vivre un jour de plus, il ne devait pas compter sur ces simples talents. Il devait leur ajouter une détermination à toute épreuve, une concentration absolue. Lors d'un combat, cette dernière était si intense qu'elle se manifestait par une intuition mystérieuse. En pratique, il analysait si bien son adversaire qu'il calculait son prochain coup et réussissait à le parer. Cet atout lui donnait un avantage incontestable et magnétisait les foules.

Il contempla les sièges en pierre autour du terrain d'entraînement. Plus tard, quand les agapes seraient terminées, il regorgerait de citoyens désireux de rencontrer les vainqueurs et les perdants du lendemain. Il secoua la tête. Seth détestait ce rituel, l'ambivalence de ce statut. Les gladiateurs n'étaient pas des hommes libres, et pourtant on les célébrait et on les adorait.

Le petit couinement d'une sandale derrière lui déclencha ses réflexes fulgurants ; il sortit sa dague, prêt à se battre.

— Ah ! C'est toi, Matt !

Il rangea son arme et leva le bras pour le saluer. Matthias était son ami, un esclave corinthien comme lui, capturé lors du même raid. Trop frêle pour devenir gladiateur, Matthias avait su se rendre indispensable auprès de la *familia* grâce à ses connaissances en médecine. Là, il apportait des linges propres, de l'eau et une fiole remplie d'huile.

Matthias tapa Sethos entre les épaules et lui fit signe de s'asseoir.

— Tu n'es pas au banquet ?

— Cela t'étonne ? répliqua Seth.

— S'empiffrer ainsi la veille d'un combat. Les imbéciles ! Nourriture et boissons vont ralentir leurs esprits et leurs corps.

Tout en parlant, Matthias dirigea son ami vers un banc et se mit à lui frotter les épaules avec de l'huile. Il connaissait tous les muscles de son corps ; lentement, avec méthode, il s'assurait qu'ils étaient assez chauds et détendus avant de passer au suivant. Pendant que ses doigts travaillaient, il revoyait les dessins et les croquis que lui avait montrés son père : les os, les groupes de muscles, les artères et les veines. Il se dépêcha de revenir au présent, car il ne voulait plus penser à son père. La peau de Seth était bien plus pâle qu'à Corinthe – Londinium manquait un peu de soleil. Toutefois, en ce glorieux soir d'août, il se crut presque à la maison, à se préparer pour des jeux honorables et non ce cirque bestial. Il côtoyait très peu Seth au pays mais depuis que leurs chemins s'étaient croisés, il le considérait comme un frère.

Debout à l'aube, Matthias avait mélangé de l'huile d'olive sabine avec des feuilles de genévrier. Il recommencerait le lendemain. C'était sa manière à lui de garder son ami en vie. Il massait les mollets de Seth quand la troupe franchit la grande arche en pierre en chantant. À l'évidence, les bruyants gladiateurs avaient bu du bon vin en abondance.

— Partons d'ici, murmura Sethos en essayant de se lever.

Seulement Matthias n'avait pas terminé et il était trop superstitieux pour arrêter maintenant. Il l'obligea à se rasseoir.

— Patience, Seth. J'ai presque fini.

Trop tard. Les autres convergeaient vers eux.

— Il est là ! Sethos Leontis ! Buvons ensemble à ta victoire de demain !

Une coupe de vin fut plaquée contre ses lèvres. Il voulut tourner la tête mais des mains l'en empêchèrent.

— Hé ! Lâchez-le ! Par Zeus ! Vous voulez qu'il suffoque avant même d'avoir combattu ? cria Matthias en essayant de tous les repousser.

À cet instant, Tertius et le reste de la *familia* entraient dans l'arène.

Leur apparition détourna leur attention. Certains allèrent saluer d'autres héros, mais par expérience Sethos savait que la plupart des femmes resteraient auprès de lui. En tant que *retiarius,* il ne portait aucune armure mis à part une épaulière en cuir. Bien que fort, si on le comparait aux adversaires lourdement armés et parfois beaucoup plus baraqués qu'il affrontait, il devait se fier à sa rapidité et son agilité. Les femmes appréciaient beaucoup ce genre de combat, supposait-il. Il ne se doutait pas que sa beauté physique en était une autre raison.

À contrecœur, il tendit les muscles de ses épaules et se prépara à affronter ses admiratrices – impossible de finir le massage dans ces conditions. Alors qu'il se levait, il remarqua une jeune fille à la tête couverte, derrière deux femmes plus âgées. Elle l'observait. Ses yeux foncés en amande aux cils épais dansaient. Elle semblait amusée par sa gêne apparente. Les coins de sa bouche se contractèrent… quelle bouche ! Seth n'en avait jamais vu d'aussi jolie, avec ces lèvres charnues, ces petites dents blanches. Une brise légère souleva le voile sur sa tête et une mèche de cheveux noirs s'échappa.

Quand elle la rabattit, le soleil se refléta sur les bijoux en or à son poignet.

Les jambes de Seth s'avancèrent vers elle malgré lui. Bien que rougissante, elle soutint son regard. Ses deux compagnes poussèrent un petit cri de plaisir sans se douter que l'objet de son intérêt se trouvait derrière elles.

— Sethos Leontis ! Quel honneur de te rencontrer ! Nous sommes de grandes admiratrices ! Je n'arrive pas à croire qu'un aussi jeune homme ait déjà remporté huit couronnes ! Comment est-ce possible ?

— Les dieux se sont montrés généreux. Hum. Vous assisterez au combat demain ?

Ses paroles s'adressaient à elles mais ses yeux interrogeaient la jeune fille. Elle fit un signe de tête imperceptible.

— Très certainement !

— Puis-je savoir le nom de mes fidèles supportrices ?

— Oh ! Bien entendu ! Je suis Rufina Agrippa et voici Flavia Natalis…

Sethos porta la main droite de chacune à ses lèvres.

— Et… ? souffla-t-il en fixant les yeux en amande.

— Oh ! L'enfant ? C'est juste la fille adoptive de Flavia et Domitus Natalis, Livia…

Celle-ci foudroya la femme du regard.

— J'ai presque dix-sept ans, Rufina ! Je ne suis plus une enfant.

Cette fois-ci, ce furent les lèvres de Sethos qui se contractèrent.

— Livia Natalis, quel plaisir ! murmura-t-il en lui baisant la main.

Sa peau sentait le doux parfum de l'eau de rose et du jasmin. Discrètement, il en inhala une grande bouffée mais Rufina remarqua son intérêt et se hérissa :

— Livia, ton fiancé t'accompagnera-t-il demain ?

Le rouge monta aux joues de la jeune fille.

— Cassius n'est pas mon fiancé. Je n'ai pas encore accepté sa proposition.

Elle se mordit la lèvre car elle en avait trop dit.

— Viens, Livia, beaucoup d'autres personnes souhaitent parler à Sethos Leontis. Suite à ta victoire, gladiateur, peut-être nous reverrons-nous au banquet demain ?

Flavia Natalis tendit la main qu'il porta avec respect à ses lèvres.

— Ce serait un honneur.

Sethos les regarda s'éloigner en priant pour que la fille se retourne. Il avait quasiment perdu tout espoir quand elle pivota et lui lança un coup d'œil discret. Il se toucha le front et feignit un salut. Quand elle lui sourit, une étrange vague de chaleur s'abattit sur Seth.

Tandis qu'elles disparaissaient derrière l'arche parmi la foule, Sethos s'étonna de la liberté des femmes romaines. À Corinthe, sa ville natale, une jeune fille ne goûterait jamais à la liberté de la ville. Quant à ce mépris public pour les arrangements matrimoniaux de sa famille… Il frémit à la pensée des répercussions et ressentit une peur protectrice à l'égard de cette jolie demoiselle.

— Seth… ? À quoi penses-tu ? lui chuchota Matthias à l'oreille.

Seth sursauta, se rappelant soudain où il se trouvait.

— C'est une citoyenne romaine célibataire !

Quel garçon perspicace, ce Matthias. Seth serra les dents. *Rappelle-toi qui tu es : un esclave*, semblait lui dire son ami. Il n'avait aucun droit dans cette ville. Livia demeurerait hors de sa portée, comme le soleil dans le ciel.

— Contente-toi des femmes mariées, lui souffla Matthias, tandis qu'une nouvelle vague d'admiratrices écarlates jouaient des coudes pour venir le saluer.

Sethos resta dans l'arène une demi-heure de plus, répondant aux questions, laissant les patriciennes flirter avec lui. Tertius l'observait. Sethos devait absolument se montrer charmant : plus il était populaire, plus le public venait nombreux. Au bout d'un moment, quand il aperçut le laniste assis sur un des sièges en pierre, un pichet de vin à la main, une femme sur les genoux, il en profita pour s'esquiver.

Matthias le suivit. Il adorait ces femmes qui s'agglutinaient autour de son ami. Cette proximité avec la vedette lui apportait de nombreux avantages sociaux. Toutefois, la nuit précédant un combat, sa loyauté envers son camarade passait avant le reste. Ils se dirigèrent vers les baraquements. Sethos remplit deux coupes d'eau, en tendit une à Matthias et s'allongea avec l'autre sur sa natte étroite. Matthias s'accroupit au bout du lit, se versa un peu d'huile dans les paumes et reprit son massage interrompu.

Sethos se détendit peu à peu. Le massage lui faisait du bien. Son esprit vagabonda vers la jeune fille aux yeux en amande. Il avait rencontré tellement de femmes depuis qu'on l'avait arraché à sa patrie. Belles, exotiques, puissantes… toutes mariées. Elles l'avaient choisi et s'étaient arrangées en toute discrétion pour le rencontrer. Mais il n'avait jamais provoqué ces rencontres et encore moins cherché à les « connaître ».

Cet intérêt pour Livia, cette émotion nouvelle furent un réel choc pour lui. Matt avait raison : ce n'était franchement pas sain. La simple idée de fréquenter cette jeune fille tenait du suicide. La loi romaine serait sans pitié envers lui. Mais quelle différence ferait un ajout malsain à sa vie ? N'était-il pas gladiateur ?

Il ouvrit les yeux. Oui, il était gladiateur et un combat important l'attendait dans quelques heures. Il ne pouvait se permettre aucun égarement. Il avait besoin de toute son attention. Matthias lui pétrissait déjà l'autre jambe. Sethos ferma les yeux et se concentra sur l'ordre de passage. Même si la liste des combats n'était pas encore publiée, il savait qu'il affronterait Protix Canitis, un énorme Gaulois qui détestait Romains et Grecs sans distinction. Protix était un combattant sanguinaire dont la haine jurée égalerait la rapidité et l'intuition de Seth. Celui-ci pria pour qu'il ait bu beaucoup de vin ce soir. Toute aide serait la bienvenue ! Soudain son désir de gagner le lendemain s'accentua au point de surpasser le simple instinct de conservation. Il se redressa, les yeux écarquillés.

— Que se passe-t-il ? s'enquit Matthias.

— Je dois gagner.

— Ce n'est pas un problème. Tu gagnes toujours.

— Non, il faut absolument que je gagne…

— D'accord…

— Comme ça, je pourrai voir Livia après !

Matthias secoua la tête.

— La seule femme dans Londinium qu'il ne peut pas avoir et c'est elle qu'il choisit ! Seth ! Tu veux vraiment mourir ? Oh, je sais ! Tu as reçu trop de coups à la tête et ton cerveau a cessé de fonctionner. Laisse tomber. Aucune femme ne vaut une condamnation à mort.

— Par les flammes d'Apollon, Matt ! Ma vie est une condamnation à mort ! Mourir pour une femme n'est donc pas une cause plus noble ?

De frustration, Matthias siffla entre ses dents. Il détestait cette imprudence. Seth devenait alors ingérable. Il n'était déjà pas facile de le garder en vie la plupart du temps. Son ami était trop passionné, trop colérique, trop charmant. Et ces qualités le rendaient vulnérable.

Matthias admettait aussi que Seth était trop intelligent pour être manipulé. Il lisait dans les autres comme dans un livre et entendait quasiment leurs pensées. Mieux valait garder ses conseils pour plus tard.

— Gagne ton combat d'abord. Ensuite, décide ce qui vaut la peine de mourir.

Le sourire aux lèvres, Seth lui tapa dans le dos.

— J'aime beaucoup ton plan.

Sainte-Magdalen

Londres, 2012 apr. J.-C.

— Bien, Eva. Tes parents ne t'ont pas accompagnée ? Sont-ils contents que tu veuilles t'inscrire ici ?

— Eh bien… euh…

Mon entretien ne se déroulait pas au mieux. La tonne de tests ne m'avait posé aucune difficulté mais depuis que j'étais assise en face du directeur de Sainte-Magdalen, M. Crispin, j'avais quasiment tire un trait sur mon rêve.

Pour commencer, il m'avait demandé quels sujets d'étude m'intéressaient. Cette question ne dissimulait aucun piège. Sauf pour une espèce d'inadaptée sociale comme moi. Au lieu de répondre simplement, je me mis à transpirer car ce point me tenait justement à cœur. Le directeur m'écouta donc en silence pendant que je creusais joyeusement ma propre tombe.

— Je trouve cela incroyable qu'on nous oblige à choisir entre les sciences, les arts et les sciences humaines. Pourquoi devrait-on se contenter d'observer un minuscule coin de l'univers ? Il y a tellement de choses à découvrir ! Si cela ne dépendait que de moi, j'étudierais tout, absolument tout...

Je me calmai, toussai puis repris en espérant qu'il oublierait ce petit débordement.

— Désolée... Eh bien, disons... Mes A-levels comprennent les maths, les maths appliquées, la biologie, la physique, la chimie...

Il me fixa un moment, pinça les lèvres puis rédigea un tas de notes sur un carnet. Mauvais signe... Enfin, histoire de sceller mon sort définitivement, il aborda un sujet plus personnel : mes parents. Et je n'étais absolument pas prête à en parler. C'était plus fort que moi. Je recourus à ma position de repli favorite : regarder par la fenêtre. Cette tactique avait le don d'agacer mes professeurs qui la surnommaient « désengagement ». Je préférais le terme « survie ».

Il patienta. Je ne bronchai pas. Il craqua.

— Je vois. Bon, très bien, passons à la question suivante. Aurais-tu la gentillesse de m'expliquer pourquoi tu as quitté tes précédents établissements... euh... North York High School et... euh... Downley Comprehensive ?

À l'écouter, j'étais partie de mon plein gré, ce qui n'était pas le cas quand on vous expulsait. M'offrait-il une chance de m'expliquer ? Je revins tant bien que mal dans la pièce. Directeur. Sainte-Magdalen. Une école que je voulais vraiment intégrer…

Il continuait de parler :

— Perdre une école peut être considéré comme de la malchance mais en perdre deux ressemble à de la négligence, pas vrai ?

Je m'éclaircis la voix.

— Négligente, mais cohérente, ripostai-je.

Ses yeux bleu vif plissés me fixaient derrière ses demi-lunes. Soudain, un sourire surgit sur son visage osseux.

— Oui, c'est vrai… Ici à Magdalen, nous considérons la cohérence comme une vertu admirable… Nous sommes également intrigués par des capacités extracurriculaires que je qualifierais de… prodigieuses…

Je l'examinai, perplexe.

— Je parlais de tes… compétences en informatique.

— Ah !

Merde, moi qui espérais passer mes activités de hacker sous silence.

— J'aimerais savoir combien de temps il te faut pour aller sur mon compte, Eva Koretsky. Évidemment, nous avons installé un nombre considérable d'obstacles. Je serais curieux de voir si tu réussis à les…

Ce dernier test fut sa manière à lui de me dire que j'avais gagné ma place dans son école.

Deux semaines plus tard, je revins à Sainte-Magdalen avec une grosse valise, ma guitare acoustique et l'estomac noué.

Ma mère et Colin avaient accueilli la nouvelle avec des sentiments mélangés. Ils étaient surtout soulagés que quelqu'un les débarrasse de moi. Néanmoins, coutumiers de mes succès passés, ils se disaient qu'ils ne savoureraient pas cette tranquillité bien longtemps. Comment leur en vouloir ? Je ressentais la même chose.

Quasiment tous les élèves de Sainte-Mag se trouvaient là depuis leurs onze ans. Issus des quatre coins du pays, la plupart étaient donc pensionnaires. Comme j'avais dévoré *Harry Potter*, je m'étais créé une image un peu fantaisiste des pensionnats. Toutefois, je n'arrivais pas non plus la bouche en cœur, rêvant d'amitiés éternelles et d'aventures palpitantes. J'étais bien trop terre à terre.

Voilà pourquoi je fus complètement désarçonnée par Ruby, la fille désignée pour me montrer les lieux. Seize ans aussi. Grande, blonde, svelte, cool. Le contraire de moi : la peau mate, les cheveux brun foncé. Un peu bizarre, elle souriait, riait, parlait avec une telle aisance.

— Là, c'est notre internat, Eva.

Je levai les yeux vers le nom gravé dans la pierre au-dessus de la porte d'entrée.

— *Isaac Newton*, lus-je.

— Tous les internats portent le nom de penseurs illustres ayant un rapport avec Sainte-Mag.

— Quel est le lien avec Newton ?

— Il aurait donné une conférence ici…

— Mais il vivait au XVIIe siècle !

— Oh, nous en avons des plus anciens que lui ! Omar, un garçon de notre promo, loge dans le *Geoffrey Chaucer*. Celui-là est encore plus vieux ! Sainte-Magdalen existe depuis… Mon Dieu, je ne sais pas ! Toujours !

Tout en discutant, Ruby me conduisit à l'intérieur, le long d'un couloir étroit, en haut d'un escalier en colimaçon. Elle marchait trop vite pour que je puisse bien regarder les centaines de tableaux qui ornaient les murs. Au bout du couloir, elle s'arrêta brusquement et ouvrit une porte en grand.

— Voici ta chambre.

J'entrai avec précaution.

— Eh ! Je m'attendais à un dortoir !

— Ha, ha ! J'ai fait la même erreur. Non, nous avons notre propre chambre, un bureau, un ordi, une douche. C'est pas génial ?

Elle avait raison : c'était génial. Et sobre. Pas de lit à baldaquin à la Poudlard et tout le tralala. Nous venions de traverser un couloir datant sûrement de plusieurs siècles pour entrer dans des chambres d'une modernité étonnante. Tout en verre et en pin. Nous avions même notre salle d'eau personnelle ! Ruby me montra en vitesse où ranger mes affaires, comment fermer à double tour pour que personne n'entre et comment sortir du bâtiment après le couvre-feu. Des informations essentielles ! Puis elle me conduisit à sa chambre.

— Waouh ! lâchai-je.

Elle avait métamorphosé la pièce. Le lit était caché sous une couverture à motifs mexicains compliqués et une tonne de coussins. Le moindre centimètre de mur était couvert de cartes postales, de photos, de posters… Elle avait aussi ajouté deux grandes lampes chromées et une chaîne hi-fi d'enfer.

— Viens t'asseoir, proposa-t-elle en s'affalant sur le lit.

Je m'assis avec réticence à côté d'elle.

— OK, Eva ! Qu'est-ce qui t'amène à Sainte-Mag ? Je veux tout savoir !

— Euh…, bafouillai-je.

Voilà qui était inattendu.

Ruby patienta.

— Euh… Eh bien…, déglutis-je.

On aurait dit le bureau du directeur.

— J'ai dé… découvert l'école sur Internet, j'ai rempli le formulaire d'admission et… et voilà !

Je haussai les épaules en espérant que cela lui suffirait.

Non. Elle continuait de me regarder, en attendant la suite.

— Quoi ? demandai-je.

Je mourais d'envie de retourner dans ma chambre.

— Allez, Eva !

Je me mordis la lèvre par nervosité et coassai :

— Que veux-tu savoir ?

— Dans quel établissement étais-tu avant ?

— Downley Comprehensive.

— Et..., insista-t-elle en roulant des yeux.

— Et quoi ?

— Pourquoi es-tu partie ?

— Ils m'ont expulsée.

— Expulsée ?

Son air choqué me coupa l'envie de parler. Quelle aurait été sa réaction si elle avait su que j'avais réussi à être virée deux fois !

Elle secoua la tête, s'allongea sur les coussins...

Je ne dis pas un mot.

— Eva ! Comment as-tu fait ton compte ?

— Pfff... C'est une longue histoire.

— J'ai tout mon temps.

Signe de tête négatif.

Dans un soupir, Ruby sauta du lit et fouilla activement dessous. Deux secondes plus tard, elle réapparut avec une boîte en fer-blanc qu'elle ouvrit.

— C'est ma sœur qui les a préparés. Je les offre uniquement aux nouvelles qui parlent par monosyllabes. Tiens, sers-toi.

Je piochai un cookie au chocolat difforme.

— Merci, marmonnai-je.

— Bien… Tu as décidé de ne pas me confier ton odieux passé. Alors parle-moi au moins de ta famille. Moi, je t'ai déjà dit que j'avais une sœur. En fait, j'en ai deux. Bon, à ton tour. Tes parents ? Pourquoi ne t'ont-ils pas accompagnée ici ?

Deux secondes de silence. Officiellement, je mâchais. Officieusement, je cherchais une manière de vite sortir de cette chambre.

— Eva ! s'exclama Ruby, exaspérée. Je vais te garder ici jusqu'à ce que tu me dises quelque chose ! À moins que tu veuilles vivre en silence jusqu'à la fin de tes jours, avec les gâteaux de ma sœur pour seule nourriture. Et crois-moi, ils ne sont pas si bons que ça. Vas-y, accouche.

Compris : Ruby travaillait à la Gestapo.

— OK. Qu'est-ce que tu veux savoir ? demandai-je sur un ton las.

— Tes parents.

— Hum… Je n'ai pas ce qu'on peut appeler des parents, marmonnai-je en me rapprochant de la porte.

Elle tendit le bras pour m'arrêter.

— Hé ! T'en va pas ! Je ne voulais pas te faire peur ! Je suis désolée. J'ignorais que tu avais perdu tes parents. Quelle imbécile je fais des fois !

Son air coupable me fit fléchir.

— Non, Ruby, tu te méprends... J'ai des parents... En quelque sorte.

Alors qu'elle restait assise à me regarder, je soupirai et me rassis.

— J'ai ma mère. Mon père est mort quand j'étais petite...

— Oh ! Ma pauvre ! C'est horrible... Tu te souviens de lui ?

J'écarquillai les yeux. Personne avant elle ne m'avait posé de questions sur mon père. Pendant des années, j'avais essayé de ne pas penser à lui. Sa mort avait tellement bouleversé maman que je n'avais même pas le droit de prononcer son nom. Il était devenu mon secret inavouable. Je possédais une vieille photo abîmée de lui que je gardais sous le fond doublé de mon tiroir à chaussettes. Dans les moments de désespoir, je la sortais et lui confiais mes soucis. Plus jeune, ce geste me réconfortait vraiment. Puis je devins trop vieille pour croire aux pouvoirs guérisseurs d'un cliché usé. Plus ma vie se détraquait, moins je me sentais capable de l'affronter. Comme je devais le décevoir... Des années que je n'avais pas regardé cette photo.

Je secouai la tête, l'air triste.

Ruby me dévisageait.

— Tu ne te souviens pas du tout de lui ?

— Si, soupirai-je. Je m'en souviens... des moments... perchée sur ses épaules, ses mains autour de mes chevilles… assise dans mon siège auto, fixant sa nuque…

— Comment est-il mort ?

— Dans un accident de voiture.

— Il ne reste plus que ta mère et toi alors ?

— Non.

— Désolée, si tu ne souhaites pas en parler…

Je pris une profonde inspiration :

— Ma mère s'est remariée quand j'avais sept ans.

— Je parie que tu ne portes pas ce type dans ton cœur.

Je visualisai Colin. L'avais-je jamais apprécié ?

— Je pense que je l'ai accepté au début… Mon père était mort depuis un moment. Ce n'était pas comme s'il prenait sa place. Mais il avait un fils…

— Tu as un frère ?

— Demi-frère, rectifiai-je.

Pourquoi m'étalais-je ainsi ?

— Oh, Eva ! C'est mieux que dans *Les Feux de l'amour* ! À quoi il ressemble ?

Je serrai les dents. J'en avais trop dit. Je transpirais des mains.

— Allez, Eva ! me pressa-t-elle.

Je demeurai silencieuse.

— OK. Tu l'auras voulu !

Son sourire déterminé m'affola. Comptait-elle m'agresser ?

— Quoi ? grommelai-je, paniquée, les yeux rivés sur la porte.

— Comme tu m'as fourni une quantité infinitésimale d'informations à ton sujet, tu vas subir…

Elle remua les sourcils.

— … un monologue de vingt minutes – si ce n'est davantage – sur moi et ma famille.

Je clignai des yeux.

— Tu changes d'avis ? insista-t-elle.

Je fis non et grimaçai.

Ruby se rallongea et croisa les jambes.

— Souviens-toi : tu es la seule à blâmer. Hummm… Par où vais-je commencer ? OK. Comme je te l'ai déjà dit, j'ai deux sœurs, et aussi deux parents, un chien, trois chats et un cheval. Nous vivons dans le Suffolk. Enfin… notre maison principale se trouve dans le Suffolk. Mon père possède un appartement à Londres…

Je haussai les sourcils.

— Il est juge à la Haute Cour de justice. Il reste à Londres lors des séances. Il m'emmène parfois dîner.

— C'est permis ?

— Oui ! Ils sont assez cool avec les pensionnaires. Tu leur files un e-mail de confirmation du parent, tu signes le bon de sortie et le tour est joué. Tu pourrais peut-être m'accompagner un soir ?

Je déglutis. Une grosse boule s'était formée au fond de ma gorge. Ruby et moi. Telles deux amies normales…

— Et puis quand il n'est pas à Londres, cela nous fait un point de chute après le couvre-feu !

— Waouh ! Et ta mère ? Elle ne le suit jamais ?

— De temps en temps. Elle ne raffole pas de Londres. Elle n'arrive pas à penser correctement ici. Elle passe la majeure partie de son temps dans son atelier à la maison. C'est une artiste conceptuelle. Tu as peut-être entendu parler d'elle. Martha Gaine ?

Si je connaissais Martha Gaine ? Il fallait avoir vécu sur une autre planète pour ne pas la connaître !

— Bien sûr ! J'adore *Pluie,* cette installation qu'elle a…

Ruby n'en crut pas ses oreilles.

— Entre nous, Eva, je ne comprends rien à son art ! Il est un peu trop aléatoire pour moi. Miranda, par contre, elle adore.

— Miranda ?

— Ma sœur aînée. Elle est à l'université aux États-Unis. Elle se spécialise en histoire de l'art.

— Elle a étudié à Sainte-Magdalen ?

— Non, elle n'a pas réussi les examens d'entrée. Mon père n'en est pas revenu. Il était élève ici dans sa jeunesse mais ce n'était pas une école pour geeks à son époque.

— Une chance qu'on t'ait prise ! m'esclaffai-je.

Elle pencha la tête sur le côté.

— La chance n'a rien à voir, chuchota-t-elle. Je ne serais peut-être pas là s'il n'avait pas financé la nouvelle aile de philosophie.

Je digérai en silence cette incroyable information. Elle m'observait, les yeux plissés. Je m'efforçai de ne pas avoir l'air trop scandalisée, mais je fus mauvaise comédienne.

— Qu'est-ce qui te dérange le plus, Eva ? Qu'il ait eu les moyens de m'acheter une place ou que l'école ait été d'accord ?

Je haussai les épaules.

— Les deux. Ni l'un ni l'autre. J'essaie d'imaginer un père qui se soucie autant de ses enfants… Dis-moi, tu es contente d'être ici ?

— Ouais, ça va. Je suis le rythme.

Une cloche sonna.

— Hé ! C'est l'heure du dîner ! Suis-moi : je vais te montrer où on mange !

Les autres

Londres, 2012 apr. J.-C.

Nous traversâmes la cour intérieure et nous rendîmes au réfectoire. Lambrissé, il comportait des portraits aussi vieux que grands sous la lumière miroitante des lustres. Des élèves armés de plateaux remplissaient peu à peu les longues tables munies de bancs. Nous fîmes la queue. La nourriture ne sentait pas trop mauvais. Toujours mieux qu'à Downley... Je savais pourtant que je ne pourrais rien avaler. J'étais trop nerveuse. Je pris un jus de fruits et une banane.

— C'est tout ? Hé, tu n'es pas anorexique au moins ? me demanda Ruby, les sourcils froncés.

— Anorexique ? Non, je me sens juste un peu...

— Ah oui ! Désolée, j'avais oublié. Tu viens d'arriver... Je comprends que tu sois malade. Mais tu vas crever de faim tout à l'heure. Tiens, prends ça : elles m'ont sauvé la vie plus d'une fois.

Elle posa deux crêpes épaisses sur mon plateau.

— Merci, marmonnai-je.

Nous portâmes nos plateaux jusqu'à un banc à moitié occupé et nous nous installâmes sous le regard des élèves assis là.

— Salut, Ruby ! s'exclama un grand type aux cheveux bruns assez longs.

— Omar, je te présente Eva…

Elle fit courir sa main le long du dos du garçon, qui nous adressa un sourire. Pendant que Ruby attaquait son repas, il me présenta la tablée. L'ambiance me parut amicale et détendue.

Après le dîner, Ruby me fit visiter la bibliothèque de l'école. Je n'en crus pas mes yeux. Chaque sujet possédait sa pièce spécifique et son identité. Nous commençâmes par la biologie qui occupait toute une aile centrale avec ses squelettes en taille réelle – homme, femme, enfant, souris, chien, éléphant, iguane, ara… Il y en avait au moins une trentaine. Entre les étagères de livres avaient été accrochés des planches anatomiques et des herbiers, des papillons naturalisés… Alors que je mourais d'envie d'explorer les lieux, Ruby m'entraîna en haut d'un escalier en colimaçon, dans une pièce circulaire.

— Physique ! annonça-t-elle.

— Waouh ! lâchai-je sous le dôme où étincelaient étoiles et planètes de notre système solaire.

— Cool, hein ? Et regarde-moi ça : c'est un traqueur spatial. Il calcule les positions et les distances entre la Terre et les autres planètes… Je te montre.

Elle tapa *Mercure* sur le clavier relié à l'instrument ; une flèche pivota et désigna mes pieds.

— Hum… super !

— Qu'est-ce que tu en dis ?

— J'en dis qu'il s'agit de la trajectoire de Mercure en ce moment.

— Mon Dieu, Eva, tu es une vraie de vraie ! À mon arrivée ici, quand la flèche a indiqué une planète sous moi, j'ai cru que la machine était cassée.

— Pourquoi ?

— Je pensais que l'espace se trouvait là-haut, dans le ciel… pas autour de nous ! Quand l'as-tu compris ?

Je haussai les épaules tout en regardant l'écran en train de calculer. Pendant quelques secondes, il s'arrêta à 222 040 561 km. La distance entre Mercure et la Terre. Puis la flèche bougea un peu et les chiffres changèrent – 222 040 967 km. Hallucinant ! Jusqu'à présent, je ne m'étais pas rendu compte que les planètes se déplaçaient aussi vite. Mercure venait de parcourir 400 km en deux secondes seulement.

— Ruby, c'est incroyable !

Je voulais taper le nom d'une autre planète mais elle m'entraîna plus loin, en haut d'une spirale d'au moins cent marches donnant sur une petite porte cintrée.

Nous baissâmes la tête et je demeurai bouche bée. Un observatoire ! Aux plafond et murs entièrement en verre. Au centre de la pièce trônait un gigantesque télescope dont l'extrémité traversait le plafond. Tout autour étaient disposés douze télescopes plus petits, braqués vers la nuit.

— L'astrophysique et moi, ça fait deux. Je n'arrive pas à me souvenir de la spécificité de chaque appareil. Je crois qu'ils ont des lentilles différentes, un truc comme ça… Oh ! Harry m'a dit qu'on peut avoir accès aux données de télescopes encore plus grands à la NASA…

Abasourdie, je m'approchai du gros télescope pour le toucher. Ruby regardait déjà sa montre.

— Eva, il me reste dix minutes pour te montrer le reste de la bibliothèque et te conduire à la salle commune… Promis, ils seront encore là demain !

Dans un soupir, je la laissai m'entraîner plus loin. En moins d'un quart d'heure, je visitai la bibliothèque des arts (étaient-ce de vrais Titiens aux murs ?), celle de philosophie et d'éthique (avec sa toile tendue au plafond), de maths (et son échiquier au sol), de chimie (aux murs recouverts de formules), d'anglais et de théâtre (poufs et canapés), de langues (casques audio et terminaux), d'histoire (les livres étaient rangés autour d'une énorme machine à imprimer), de géographie (des globes immenses pendaient du plafond), de latin et de grec (d'incroyables répliques de statues de dieux ornaient la pièce), d'économie (un écran affichait les taux de change en temps réel) et enfin, la partie musique aux casiers remplis d'instruments historiques dont deux remontaient au Ier siècle après Jésus-Christ.

— Tu peux les essayer avec une permission spéciale, m'indiqua Ruby, plus que pressée. Tu ne trouves pas que la kithara ressemble à une guitare ?

— Ça m'étonnerait qu'ils aient organisé des concerts de rock dans la Rome antique !

— Tu es dans un groupe ? J'ai vu que tu avais apporté ton instrument.

— Non, mais j'aime bien le rock. J'aime beaucoup de choses en fait…

— Il faut que tu rencontres Astrid. Elle sera sûrement dans la salle commune. Elle est cool comme fille… si tu lui plais !

Nous avions franchi la porte à deux battants de la bibliothèque et nous traversions la cour.

— Cette salle commune… ?

— Les terminales s'y retrouvent après vingt et une heures. Avant, tu es censée travailler, répéter… Tiens, c'est là.

Dans la salle, une vingtaine d'étudiants étaient affalés sur des canapés ou des chaises. Ruby se dirigea vers la machine à café, trouva deux tasses qu'elle remplit.

— Du lait, du sucre ?

Tout à coup, le niveau sonore baissa. Je déglutis. Ma voix oscilla entre chuchotement et grincement :

— Du lait, merci.

Pourquoi m'avait-elle emmenée ici ? J'étais tellement mieux à la bibliothèque.

J'attendis pendant une éternité qu'elle ajoute du lait et remue puis elle me tira jusqu'à un gros fauteuil.

— Assieds-toi, m'ordonna-t-elle et je m'assis.

Ruby se percha sur l'accoudoir.

Je m'adossai et m'accrochai à la tasse de café qu'elle me tendit. Au moins, j'avais de quoi m'occuper les mains et, plus important, un objet sur lequel me concentrer tandis que vingt paires d'yeux regardaient dans ma direction.

J'étais tellement occupée à fixer ma tasse que je ne remarquai l'arrivée d'Omar qu'au moment où il prit place sur l'autre accoudoir.

— Hé, vous deux ! s'exclama-t-il. Comment se passe la visite ?

Tandis que Ruby le lui racontait, je me détendis un peu. Les conversations ayant repris dans la salle, j'osai bientôt lever les yeux du bord de ma tasse pour examiner les alentours.

La pièce me plut avec sa lumière tamisée, ses murs rouge foncé. Il y avait même une cheminée ! Un mur était recouvert d'un épais rideau qui apportait une certaine intimité à la salle.

Alors qu'elle interrogeait Omar sur son entraînement de foot, Ruby me donna un coup de coude et me demanda :

— Tu veux voir ce qu'il y a de l'autre côté ?

Elle s'approchait déjà du rideau qu'elle ouvrit sans la moindre gêne.

— Alors ? s'écria-t-elle. Vise un peu la taille de cet endroit ! On utilise cette partie la plupart du temps et on ouvre en grand les soirs de fête, de gala, etc. Il y a même une petite scène au bout. La semaine prochaine, on a prévu un spectacle comique. Il y en a un ou deux ici (elle haussa un sourcil en direction d'Omar) qui se prennent pour des comédiens… Hé ! Tu veux que j'ajoute ton nom à la liste ?

— Tu plaisantes ? bafouillai-je, réellement terrifiée.

Elle éclata de rire.

— Bien sûr que oui, Eva ! Désolée !

Certaines blagues étaient drôles, pas celle-là. J'obligeai mon cœur à ralentir.

Omar me tapa sur l'épaule.

— Eh ! Eva ! Tout va bien. Relax.

Relax ! Plus facile à dire qu'à faire.

Quand je retournai dans ma chambre ce soir-là, je pensais honnêtement avoir enfin rejoint l'espèce humaine. J'avais rencontré une bonne centaine de personnes et même si j'avais passé mon temps à écouter leurs conversations sans intervenir, je m'étais sentie… à l'aise. Je n'avais pas eu besoin de faire semblant ou de me cacher. Pour la première fois de ma vie, je n'avais pas l'impression d'être une sorte d'imposteur ; on aurait dit que j'étais enfin arrivée chez moi.

Je défis ma valise et me surpris à attendre le lendemain avec impatience. Encore une première ! J'eus soudain l'étrange envie de rire aux éclats mais, par chance, je parvins à me contrôler. J'enfilai mon pyjama, me brossai les dents, allumai la lumière et envoyai un texto à ma mère.

slt mam tt roule biz eva

Je mis mon portable à charger puis j'éteignis la lumière avant de m'endormir.

Gladiateur

Londinium, 152 apr. J.-C.

L'amphithéâtre était bondé. L'armure astiquée, les armes huilées et aiguisées, les gladiateurs se tenaient prêts. Ils s'avancèrent sur le sable immaculé vers le gouverneur Gnaeus Papirius Aelianus.

— Ave Aelianus ! Ceux qui vont mourir te saluent.

La foule criait, les acclamait. Sethos s'inclina mais évita de regarder les spectateurs en train de braire. Il préférait avoir affaire à une masse sans visage. Tandis qu'il faisait le tour de l'arène avec les autres, il s'assouplit les doigts. Dans la main gauche, il portait son filet et dans la droite son trident. Son poignard affilé pendait à sa ceinture. En ce début de soirée, le soleil d'août chauffait tellement qu'il avait des difficultés à tenir ses armes. Il devrait se frotter à nouveau les mains avec du sable.

Quand leur lente procession fut terminée, les gladiateurs se rassemblèrent derrière les grosses portes en bois pendant que les musiciens jouaient. Dans quelques instants, Sethos mettrait sa vie en jeu. Il ferma les yeux et se concentra sur son corps, se figea, se prépara. Les autres aiguisaient encore leur épée, crachaient sur leur armure, beuglaient. Il se tenait à l'écart, silencieux, réservé. Personne ne le frôlait. Il avait créé autour de lui une barrière invisible qu'étrangement les autres gladiateurs respectaient. Les cors sonnèrent – l'heure était venue.

Seth ouvrit les yeux. Matthias l'avait rejoint. Ils se tapèrent dans la main droite au moment où les portes s'ouvraient. Tertius, le laniste, hurla aux gladiateurs de déguerpir. Quelques secondes plus tard, Seth courait dans l'arène avec les autres combattants.

Protix Canitis, son adversaire charpenté et lourdement armé, s'avança d'un pas pesant vers lui. Il agitait son épée en direction de la foule hurlant de joie. Comme c'était au tour de Seth de saluer le public, il leva le menton et fit la grimace, ce qui déchaîna les gens.

— Sethos Leontis ! Sethos Leontis ! Sethos Leontis ! scandèrent-ils.

Mais il n'écoutait pas. Il avait déjà rejoint cet endroit, dans sa tête, où il fonctionnait avec le plus d'efficacité. Il se mit à danser autour de son adversaire. Le Gaulois pivotait avec maladresse. Sethos ne fut pas dupe une seconde. Protix jouait les combattants gauches au début pour mieux se montrer habile par la suite, quand il assénerait ses coups d'épée. Et le Gaulois était d'une précision mortelle. Il endormait ses rivaux qui se faisaient des illusions sur leurs talents et prenaient des risques stupides afin de le tuer. Sethos n'était pas de ce bois-là. Il l'avait vu à l'œuvre, avait compris sa technique au point de l'admirer. Il dansa donc et observa. Protix attendait qu'il se fatigue mais Seth était en excellente forme physique. Le Gaulois devrait se montrer patient, mais le jeune Corinthien l'était encore plus.

Finalement, Protix décida de prendre les choses en main car la foule commençait à s'impatienter. Dès qu'il allongerait un coup, il serait vulnérable, il le savait. Une fois piégé dans le filet, il n'aurait aucun recours, si bien qu'il préférait éviter cette issue.

Son plan consistait à désarmer Sethos puis à le tuer. L'ayant compris, celui-ci s'accrocha à son trident et fit tournoyer son filet. Il n'était pas question que le Gaulois l'attrape. Comme son armure le ralentissait, Protix ne pourrait lutter contre son agilité.

Sethos s'élança pour gagner du temps. Il attendait le moment idéal. Protix avait deux points faibles : le cou (l'ouverture entre son casque et son plastron) et les aisselles. Une blessure à l'un ou à l'autre et le combat serait terminé. Contrairement à Protix, Sethos n'avait pas de plan de bataille et misait sur sa flexibilité. Son objectif était de faire tomber son adversaire et de lui mettre son poignard sous la gorge. Cette victoire devait être remportée avec le minimum de blessures possible pour les deux parties. Sethos ne combattait jamais avec l'intention de tuer ou d'infliger des blessures fatales. Les lanistes préféraient les gladiateurs en vie. Mais personne n'avait de contrôle réel sur la foule, à qui revenait la décision finale.

Les deux hommes savaient qu'ils devraient s'affronter à un moment ou à un autre. Sinon, la foule deviendrait hystérique. Comme Protix attendait encore que Sethos se fatigue, celui-ci comprit qu'il devait assurer le spectacle. Il se mit à provoquer le géant avec son trident. Le Gaulois grogna et frappa avec son épée. Mais ses mouvements étaient trop prévisibles. Sethos semblait anticiper chaque coup avant même que Protix ait décidé où viser. La foule ravie applaudissait. Frustré, échauffé, Protix baissa son épée sous les moqueries du public. L'agacement le poussa à reprendre le combat. Plus il frappait, plus Sethos dansait et esquivait.

— Sethos ! Sethos ! criait la foule qui attisait ainsi la colère du Gaulois.

Il assénait désormais des coups au hasard, titubait dans l'arène tel un ivrogne. La foule impitoyable le huait. Rouge de colère, il se tourna soudain vers les spectateurs et poussa un grognement. Sethos en profita pour lancer son trident qui le blessa au cou. La douleur le rendit fou : Protix attrapa l'arme et voulut la briser en deux sur sa cuisse. La foule cria de joie.

Sethos, lui, comptait sur une telle réaction. Au moment où Protix se pencha pour casser le trident, Sethos jeta son filet. Protix agita les bras avec frénésie.

— Je t'ai attrapé ! marmonna Seth en dégainant sa dague.

À cet instant, il fut distrait par un éclat doré parmi la foule. Il leva la tête et fut ébloui par une paire d'yeux en amande.

Soudain, ces mêmes yeux s'écarquillèrent, horrifiés. En effet, Protix avait profité de cet infime instant de répit pour brandir son épée et l'enfoncer dans le cuir recouvrant l'épaule de Seth. Surpris par la douleur sourde, il bascula en arrière tandis que le sang giclait de la plaie. Par chance, ses réflexes ne l'avaient pas quitté et il se rattrapa avant de toucher le sol. Se croyant victorieux, Protix ne parut pas comprendre quand le filet du jeune homme s'enroula autour de son épée et l'immobilisa. En parallèle, la main droite de Seth serrée autour du manche de sa dague effleura la gorge de Protix. Le combat était terminé.

Victorieux, le bras gauche ballant et dégoulinant de sang, Sethos attendait le verdict. Il leva les yeux vers le gouverneur. La foule en furie hurlait :

— À mort ! À mort !

Loin d'être un sentimental, Gnaeus Papirius Aelianus comprenait ses citoyens. Il leur jeta un rapide coup d'œil, hocha la tête puis, lentement, tourna le pouce vers le bas. Protix ne connaîtrait aucune pitié.

À cet instant, Sethos les détesta tous. Leur soif insatiable de sang le rendait malade. Il examina le Gaulois à ses pieds, croisa son regard derrière la fente du casque.

— Que ton voyage soit rapide, lui chuchota-t-il et, d'un geste vif et précis, il lui enfonça son poignard dans le cou.

Le Gaulois s'effondra contre les jambes de Seth dans un gargouillis répugnant. La secousse accentua sa douleur à l'épaule. Lentement, il se pencha pour essuyer son arme dans le sable, la rengaina et retourna vers les portes en bois. Mais au bout de quelques pas, ses yeux se mirent à danser, ses jambes cédèrent sous lui et il chancela. Le laniste et Matthias se ruèrent dans l'arène mais arrivèrent trop tard. La dernière chose que vit Sethos ce jour-là fut le sable fonçant vers lui.

AMITIÉ

Sainte-Magdalen, 2012 apr. J.-C.

Je fus réveillée par un coup léger à ma porte.

— Hé ! Eva ! Tu viens déjeuner ?

Je clignai des yeux et m'efforçai de me rappeler où j'étais et qui me parlait. L'institut Sainte-Magdalen. Mon premier matin. Quelques secondes plus tard, je gagnais l'entrée d'un pas mal assuré.

Ruby me souriait sur le seuil.

J'ouvris en grand et elle se faufila à l'intérieur. Une partie de moi refusait de croire qu'elle appréciait vraiment ma compagnie.

— Entre nous, Eva, sans moi, tu mourrais de faim, affirma-t-elle en s'écroulant sur mon lit. Allez, habille-toi. Nous n'avons pas toute la journée !

Je m'éclaboussai le visage avec de l'eau froide, enfilai un jean et un T-shirt, attrapai un pull et la suivis dans le couloir.

L'ambiance au petit déjeuner était plus relâchée que la veille au soir. Les élèves erraient, le regard vitreux. Personne ne parlait trop. Excepté Ruby, toujours aussi exaltée.

Les mains autour de ma tasse de café, je m'assis et tâchai de me réveiller.

Ruby déposa des œufs brouillés devant moi. Grognement de ma part.

— Il faut que tu manges ! C'est quoi le problème, Eva ?

— Ruby ! Le soleil n'est pas encore levé ! Ma bouche dort encore. Comment veux-tu qu'elle mâche la moindre nourriture ? Lâche-moi, là, tu veux ?

Elle poussa un profond soupir.

Je la regardai et cédai.

— OK. OK.

J'enfournai une bouchée.

— Contente ?

Elle roula des yeux et désigna le reste de l'assiette avec le menton.

— Ruby, ça va, j'en ai mangé !

— La matinée va être longue. Tu as besoin de forces.

Je fronçai les sourcils. Personne ne s'était encore occupé de mon alimentation avant. Tandis que je mâchonnais, Omar entra dans le réfectoire. Ruby lui fit signe d'approcher.

Elle lui prit la main quand il s'assit. Ils échangèrent un sourire.

— Salut, Ruby ! Salut, Eva !

Comme j'essayais d'avaler, je lui fis un signe de la tête.

— Tu as ton emploi du temps ? me demanda-t-il.

J'engloutis ma bouchée avant de lui répondre :

— Je dois le récupérer à huit heures et demie au bureau.

— Tu sais où il se trouve ?

— Euh… C'est la pièce à côté de l'arche ?

— Il y a une bonne centaine d'arches ici, Eva ! remarqua-t-il. Tu veux que je t'y conduise ?

— Hum, hum ! Qui a pour mission d'aider Eva à s'installer ? l'interrompit Ruby. Ne t'inquiète pas, Eva. Je ne te lâcherai pas.

Elle chatouilla Omar et là, je sus pour de bon qu'ils sortaient ensemble.

Je finis mon plateau, nous empilâmes nos assiettes et Ruby me convoya jusqu'au bureau.

Quand j'épluchai mon emploi du temps, je n'en crus pas mes yeux. J'allais manger des maths ! Maths, maths appliquées, physique, chimie, biologie. C'était plus que je n'en espérais. Mais j'avais aussi histoire de l'art, latin, grec, philo, éthique et politique.

Je n'arrivais pas effacer le sourire sur mon visage.

— Ça va ? s'inquiéta Ruby en examinant ma feuille. Oh, mon Dieu ! C'est l'emploi du temps le plus rempli que j'aie jamais vu. Tu as quasiment cours tout le temps six jours par semaine. Il doit y avoir une erreur ! Viens, faut qu'on en parle à la secrétaire…

— Non, Ruby, ils ne se sont pas trompés. Je… j'ai demandé toutes ces heures. Je voulais… Waouh ! Il m'a écoutée !

J'étais sidérée.

— Il n'y a que les intellos pour bosser autant…, grogna Ruby.

L'estomac noué, je lui lançai un regard soucieux.

— Je rigole ! Génial, on est dans le même cours de bio ! Au fait, Mme Franklin déteste qu'on la fasse attendre.

Comme il s'agissait d'un de nos rares cours en commun, elle s'assura que je me repérais dans le bâtiment parmi les autres. Au bout de quelques jours, je maîtrisais mon emploi du temps, savais quels profs me paniquaient, lesquels me glaçaient les sangs. Nous n'étions jamais plus de douze par classe et il ne me fallut pas longtemps pour comprendre qu'à Sainte-Magdalen, on ne regardait pas voler les mouches.

— Bien, Eva, que penses-tu du *Déjeuner sur l'herbe* ? Manet a-t-il été vraiment surpris par la réaction hostile suscitée par son tableau ?

— Peut-on anticiper l'hostilité ? marmonnai-je, particulièrement touchée par la question.

Puis je fis un effort pour répondre :

— Oui. Peindre une femme nue assise entre deux hommes habillés peut passer pour une provocation, mais Manet n'a-t-il pas basé sa composition sur une œuvre de Titien ? Peut-être ce tableau n'est-il qu'un hommage à un vieux maître ? Peut-être ne s'est-il pas rendu compte qu'en mettant la mode de Paris au XIXe siècle à la place des vêtements de berger, il transformait une idylle rurale en une vision sujette à controverse ?

— Allons, Eva ! intervint Omar. Manet n'aurait pas peint ces tableaux en toute connaissance de cause ?

— OK Eva, Omar. Bonnes questions. Nous devons terminer cette session maintenant, mais j'aimerais que vous continuiez cette discussion par écrit. Titre de l'essai : « L'artiste : visionnaire ou innovateur par accident ? »

Omar me serra l'épaule comme pour dire « Sans rancune » tandis que nous sortions de cours. Ruby nous attendait.

— Salut Ruby ! m'exclamai-je en passant le bras sous le sien.

Omar lui prit l'autre bras et, ensemble, nous nous dirigeâmes vers le réfectoire. Ruby et Omar formaient un gentil petit couple. Ils riaient beaucoup tous les deux et ne refusaient pas la compagnie.

Nous fîmes la queue pour le déjeuner.

— Comment c'était l'allemand ? demandai-je à Ruby.

— Oh ! J'ai une énorme pile de Goethe à traduire. Je vais sûrement y passer la nuit.

— Tu as demandé au Crispé si tu pouvais changer ? s'enquit Omar.

— Inscris-toi en histoire de l'art ! C'est génial, ajoutai-je.

— Eva ! Comment peux-tu dire cela ? Tu as vu le sujet de l'essai qu'il nous a donné ? grogna Omar.

Je le dévisageai. Je le croyais aussi passionné par l'histoire de l'art que moi et j'avais hâte de rédiger ma disserte.

— Euh… oui… tu as raison, marmonnai-je en me mordant la lèvre.

J'avais baissé ma garde. Je me relâchais un peu trop à Sainte-Magdalen à mon goût.

Plus tard ce soir-là, j'étais assise à mon bureau et je faisais des recherches sur l'oxyde de brome et le dioxyde de chlore pour mon devoir de chimie sur la perte d'ozone quand Ruby entra en trombe.

— Eva, tu n'es pas prête ?

— Prête pour quoi ? m'étonnai-je.

— Le spectacle ! Il commence dans quinze minutes.

— Et ta traduction d'allemand ?

— Tu plaisantes ? On ne voit ce genre de show qu'une fois dans sa vie ! L'allemand attendra. Je copierai sur Mia demain.

Elle ramassa mes baskets et les jeta sur mon bureau.

— On se bouge ! Je ne veux pas rater le début !

Obéissante, j'enfilai mes chaussures et traversai la cour au pas de course derrière elle.

La salle commune était déjà pleine mais Omar nous avait gardé deux places quasiment devant la scène.

— Nerveux ? lui demandai-je.

— Bien sûr que non !

— Menteur ! se moqua Ruby.

À neuf heures et quart, le public curieux baissa d'un ton. Quelques personnes s'avancèrent sur la scène, se regroupèrent en lançant des regards furtifs et un peu embarrassés dans notre direction.

— Qu'y a-t-il, Omar ? murmurai-je.

Il haussa les épaules.

— À quelle heure tu passes ? chuchota Ruby.

Nouveau haussement d'épaules.

— Qui a eu cette idée ? grognai-je, regrettant mon bureau et ma perte d'ozone.

— Je ne sais pas. J'ai juste mis mon nom sur une liste !

Rien.

Jusqu'à ce qu'une fille plutôt grande aux cheveux hérissés et aux multiples piercings apparaisse.

— Astrid ! Astrid ! Astrid ! clama le public.

Elle nous regarda, fronça les sourcils puis s'approcha de ses camarades sur scène.

— OK les gars, c'est quoi le problème ?

Tous secouèrent la tête.

— Bon, qui est le responsable ?

Ils se dévisagèrent en haussant les épaules.

Elle roula les yeux puis se rendit dans un coin pour s'emparer d'un micro et d'un trépied. Elle brancha le micro à un ampli puis les tira sur le devant de la scène.

— Quelqu'un a une feuille ? beugla-t-elle.

Un morceau de papier froissé parvint jusqu'à elle.

Astrid sortit un crayon de sa poche et inscrivit le nom de tous ceux qui devaient jouer un sketch.

— Bien, que le spectacle commence !

Silence général.

— Hum hum. Mesdames et messieurs, veuillez applaudir le spectacle le plus chaud du circuit ! Ma liste comporte dix noms. Que dites-vous de cinq minutes chacun ? Accueillons d'abord Karl. Karl ! L'antenne est à toi !

Sous un tonnerre d'applaudissements, il raconta une histoire décousue de hérissons, de route et de crêpes couvertes de pointes. La soirée était sauvée.

Alors que nous regagnions nos chambres plus tard ce soir-là, j'avais mal aux joues à force d'avoir ri. Je ne devais pas être la seule dans ce cas. Quelle soirée incroyable ! Bon, aucun participant n'avait brillé par son humour – ce n'était rien de le dire – mais nous avions simplement passé une bonne soirée.

— Cela aurait été horrible si Astrid n'était pas intervenue ! s'exclama Ruby. Elle a vraiment rattrapé le coup ! Moi, je la trouve cool.

— Cool mais un peu effrayante, non ? remarquai-je.

— Omar s'en est bien sorti, pas vrai ?

J'éclatai de rire.

Il avait été atroce, mais à ce moment-là de la soirée, n'importe quoi nous aurait fait hurler de rire.

Je me couchai, impressionnée par ces dix garçons qui s'étaient tournés en ridicule juste pour nous amuser. Finalement, je ne regrettai pas d'avoir abandonné mon bureau ce soir-là.

Schémas

Sainte-Magdalen, 2012 apr. J.-C.

Tandis que les jours se transformaient en semaines, j'éprouvais enfin un sentiment d'appartenance et je me levais chaque matin d'un pied optimiste. Étonnamment, Ruby voulait toujours être mon amie. Tous les jours, elle passait par ma chambre et nous nous rendions ensemble au petit déjeuner. Même si je ne discutais pas avec les autres aussi facilement qu'elle, sa sociabilité enjouée était apaisante. Il me suffisait de sourire et de hocher la tête de temps en temps pour avoir l'impression de faire partie du gang.

Bien entendu, j'aurais préféré parfois que Ruby ne soit pas impliquée dans tous les événements survenant sur le campus et qu'elle me laisse à mon bureau et mon ordinateur. Mais j'aimais cette impression nouvelle d'appartenir à un groupe et le travail me semblait plus facile après nos réunions.

Il me suffisait alors de guetter le pas traînant des surveillantes et de vite éteindre la lumière.

Les vacances arrivaient et je décomptais les jours avec appréhension. Une semaine entière à la maison ? Le cauchemar.

— Tu as prévu quelque chose pour les prochaines vacances ? me demanda Ruby alors que nous revenions de bio.

— Non… pas vraiment, bredouillai-je.

Je refusais d'y penser.

— J'ai l'intention d'apprendre à Omar à monter à cheval, ricana-t-elle.

— Tu emmènes Omar ?

— Oui ! Il habite trop loin pour rentrer. J'espère juste que ma mère sera sympa avec lui…

— Pourquoi ?

— Elle peut se montrer horrible si tu ne corresponds pas à ses exigeants critères.

— Omar est un bon historien de l'art. Elle devrait l'apprécier.

— Ce talent provoquera sûrement sa chute. Elle déteste tout ce qui est académique. Selon elle, les théoriciens sont tellement embourbés dans leurs analyses qu'ils ignorent comment réagir quand ils voient quelque chose de nouveau. Elle peut être très cruelle quand elle s'y met.

— Ta sœur n'étudie pas l'histoire de l'art à la fac ?

— Si. La pauvre Miranda croyait faire plaisir à maman. Elle a passé sa vie à essayer de l'impressionner. Moi, j'ai abandonné depuis plusieurs années.

— Omar sait ce qui l'attend ?

— Je devrais peut-être le prévenir…

— Quand on parle du loup… Salut, Omar !

Le jeune homme nous rejoignit dans la file d'attente.

— Me prévenir de quoi ? demanda-t-il en ajoutant de la sauce bolognaise à ses pâtes.

— Hé ! Ce n'est pas moi qu'il faut regarder ! m'écriai-je.

Nous nous assîmes à table. Omar ne quittait pas Ruby des yeux.

— Je suis tout ouïe.

— Eva pense que tu devrais recevoir des conseils stratégiques pour affronter ma mère…

Omar blêmit soudain.

— Que dois-je savoir ? demanda-t-il lentement.

— Hum… Eh bien…, bafouilla Ruby. Elle a une assez forte personnalité. Tu t'en sortiras si tu en dis le moins possible. Ainsi, tu éviteras de servir de punching-ball.

— Voilà qui me rassure.

— Peu importe ! Je vais t'apprendre à monter à cheval. Cela devrait nous écarter de son chemin !

— Et toi, Eva ? Des projets pour ces vacances ? me demanda Omar.

— Je rentre chez moi, grommelai-je.

— Et c'est où chez toi ?

— York.

Ça me faisait presque mal de le dire.

Ruby me prit la main.

— Ma pauvre… Nos vacances seront paradisiaques à côté des tiennes.

— Pourquoi tu n'inviterais pas Eva ? proposa Omar à Ruby.

— Quoi ? m'étranglai-je.

— Omar ! Quelle idée de génie ! s'exclama Ruby. Pourquoi n'y ai-je pas pensé moi-même ? Nous avons des tas de chambres et Eva diluera l'effet maternel. Je suis sûre qu'elle va t'adorer. Elle a toujours préféré les super cerveaux…

— Merci beaucoup, renifla Omar. Voilà qui me donne encore plus confiance en moi !

— Qu'en penses-tu ?

Ruby et Omar affichaient des sourires rayonnants.

OK. Leur proposition ressemblait à une réponse à mes prières mais quelque chose me mettait mal à l'aise. Je pris mes distances.

— M… Merci, Ruby. Je serais heureuse de vous accompagner mais je ferais mieux de…

— Tu ferais mieux de quoi ? m'interrompit Ruby. De compter combien de poucettes de torture ton frère a alignées avant de te décider ? Allez, Eva ! Tu t'amuseras beaucoup plus avec nous !

— Ruby, je…

— Chut, Eva, je suis occupée.

À textoter comme une malade.

— Bien, c'est réglé. Inutile de négocier, Eva. Tout est arrangé.

Alors comme ça on s'occupait de mes vacances ! J'appelai ma mère un peu plus tard ce soir-là et je ne pus m'empêcher de remarquer un léger soulagement dans sa voix. Lequel n'était rien comparé au soulagement dans la mienne.

En définitive, mes craintes étaient infondées. Nous passâmes de superbes vacances.

J'aimai beaucoup Martha Gaine. Acerbe mais drôle, elle m'amusait énormément. Je ne rencontrai pas le père de Ruby qui s'était rendu à l'étranger pour suivre un dossier. Par contre, je fis la connaissance de sa jeune sœur, Jessica, que je trouvai très mignonne.

Je montai même à cheval. Ruby nous emmena en promenade deux ou trois fois. J'adorais l'équitation, la hauteur, la vitesse.

— Merde, Eva ! Tu réussis tout ce que tu touches ?

— Pardon ?

— Tu as appris à monter si facilement. Et personne ne maîtrise le galop dès la première leçon !

Je haussai les épaules. Cela me paraissait tellement naturel.

Plus tard, nous fîmes une balade avec Jessica dans les bois couleur d'automne qui bordaient leur propriété. Oui, leur propriété ! La maison de Ruby était gigantesque et magnifique avec ses nombreux pignons, ses murs couverts de lierre et ses jardins.

Le dernier jour, Martha nous invita à visiter son atelier, un surprenant bâtiment au toit de verre au bout des écuries.

J'ignore à quoi je m'attendais, mais certainement pas à cela. Grandes et abstraites, les installations de Martha Gaine utilisaient des projections, de l'eau, des flammes et même de la glace. Normal pour un studio d'artiste. Étrangement, les murs étaient couverts de délicats dessins de feuilles, de plumes, d'os, de rochers. Les étagères croulaient sous les petits bocaux remplis d'insectes, de bonbons, de meubles pour maison de poupée… des objets hétéroclites en apparence mais très bien rangés.

Quand elle s'aperçut que je les regardais, elle agita la main et dit :

— Je tire parfois mon inspiration d'endroits surprenants.

Je hochai la tête, jetai un coup d'œil à Omar qui examinait un pot rempli de minuscules baies. Malheureusement, il avait pris les conseils de Ruby au pied de la lettre et avait à peine parlé à Martha de la semaine. Elle devait le croire muet. Chose étrange, alors que c'était le rôle que je jouais en compagnie des autres et que Ruby m'avait aussi conseillé de garder profil bas devant sa mère, je ne pouvais pas rester silencieuse en sa présence. Martha dégageait une sorte d'énergie agressive que je trouvais contagieuse.

Plus tard, ce soir-là, tandis que nous rentrions à Sainte-Magdalen par le train, je ne pus m'empêcher de demander à Ruby si son histoire de « mère folle à lier » n'était qu'une plaisanterie destinée à nous faire peur.

— Je vais être honnête avec toi, Eva, je ne l'ai jamais vue d'aussi bonne humeur.

— C'est toi qui le dis ! s'exclama Omar.

— Crois-moi : là, elle était de bonne humeur.

Alors que les silhouettes noires des arbres défilaient derrière la vitre, j'aurais aimé savoir si Martha avait créé une œuvre intitulée *Vitesse*, *Temps* ou *Mouvement.*

Mon esprit s'emplit peu à peu de son imagerie, si bien que je tombai des nues quand Omar me toucha l'épaule puis commença à descendre nos bagages.

Il était assez tard et nous arrivâmes épuisés à l'école.

Au moment de nous séparer devant ma porte, je serrai spontanément Ruby dans mes bras.

— Merci, Ruby. J'ai passé une excellente semaine.

Elle ignorait, bien entendu, que ce geste de ma part représentait un bond considérable dans le royaume des contacts humains. D'ailleurs, je ne me rappelais pas la dernière fois où j'avais touché quelqu'un de mon plein gré. Peut-être s'agissait-il même de la première fois !

— Eh, ma belle ! Merci à toi d'être venue. Cela aurait été une vraie torture sans toi. Tu as vu comme Omar était détendu ?

— Pauvre Omar.

Elle secoua la tête et éclata de rire.

— Bonne nuit, Eva.

Je m'endormis, plus heureuse que je ne l'avais jamais été. J'étudiais dans une école parfaite, j'avais une meilleure amie parfaite et je venais d'éviter avec succès une semaine horrible avec mon cher demi-frère Ted. Que pouvait-on rêver de mieux ?

Le lendemain matin, je suivis les cours de physique, chimie, éthique et philosophie sur un petit nuage et ne revis Ruby et Omar qu'à l'heure du déjeuner.

— Eva ! Regarde un peu !

Ruby passait en revue les photos qu'elle avait prises pendant la semaine. Ils riaient devant un cliché d'Omar essayant de monter le cheval de Ruby.

Je posai ma fourchette remplie de poulet au curry et me penchai vers eux. Omar faisait défiler les images. Il m'en montra une où je riais à côté de Jessica.

— Tu es très jolie sur celle-ci, Eva, remarqua-t-il.

— Je trouve Jessica trop mignonne dans ce pyjama, marmonnai-je entre deux bouchées.

— Celle-là n'est pas mal non plus, continua Omar.

Il me flanqua sous le nez une photo que Ruby avait prise où nous étions tous les deux adossés au mur de l'écurie.

— Tu peux me l'envoyer par mail ? demanda-t-il à Ruby.

— Bien sûr. Les autres aussi.

Soudain, elle recula sa chaise avec bruit.

— Hé ! Vous avez vu l'heure ? Je devrais déjà être à la piscine. Vous avez quoi maintenant ?

— Athlétisme, s'exclama Omar en même temps que moi.

— Je croyais que tu jouais au foot, lui lançai-je, étonnée.

— J'ai changé.

Une petite alarme sonna dans ma tête mais je l'ignorai.

— OK. On se voit là-bas. J'ai laissé mon sac de sport dans ma chambre.

Je saisis mon plateau et me levai.

— À tout à l'heure, vous deux ! m'écriai-je.

Officiellement, nous n'avions pas le droit de monter dans nos chambres au cours de la journée. Je piquai donc un sprint, récupérai mon sac et, au moment où je fermais la porte, tombai nez à nez avec Omar.

— Omar ! m'étranglai-je. Tu m'as fichu une de ces…

Je n'eus pas le temps de finir ma phrase qu'il m'entourait de ses bras.

— Oh ! Eva ! soupira-t-il en m'obligeant à reculer dans ma chambre.

Et là, il m'embrassa.

— Omar ! Arrête !

Il sembla sincèrement surpris que je le repousse.

— Allez, Eva ! Tu ressens la même chose que moi.

— Non ! De quoi tu parles ?

— Eva ! Je suis dingue de toi.

— Pardon ?

— Je ne peux plus vivre ainsi.

— Mais Ruby et toi ?

— Ruby est super. Je l'aime beaucoup mais toi…

— Quoi, moi ?

J'étais horrifiée. Il prit mon visage entre ses mains et tenta encore de m'embrasser.

— Omar ! Ça suffit ! crachotai-je. Je ne t'ai jamais donné la moindre raison de…

— Eva…, murmura-t-il, la voix cassée, le regard suppliant. Eva, je t'en prie… Je suis fou de toi depuis… depuis que tu es entrée dans le réfectoire le premier soir… J'ai tout de suite su que…

— Omar, s'il te plaît ! Ruby…

— Ruby n'a aucune importance à mes yeux…

Et devinez qui arriva à cet instant précis ? Ouaip. Ruby en personne. Elle fit demi-tour sur-le-champ. Je lui courus après, bien entendu, pour m'expliquer. Mais elle refusa de s'arrêter, de me parler. Elle se contenta de me regarder comme si j'étais la pire des traîtresses. Et elle n'avait pas tort.

J'eus mal au cœur tout l'après-midi. J'évitai de croiser le regard d'Omar pendant la séance d'athlétisme et ruminai, misérable, le restant des cours. À la fin de la journée, j'allai frapper à la porte de Ruby. En pleurs dans sa chambre, elle refusa de m'ouvrir. Je retournai donc dans la mienne, m'assis sur le lit et fixai le mur.

Comment avais-je pu laisser cela arriver ? Pourquoi ne l'avais-je pas vu venir ? On me disait intelligente et voilà que je revenais à la case départ.

Seulement cette fois-ci, c'était mille fois pire. Je tenais à Ruby. Et à Omar. Je commençais à les considérer comme mes amis.

Je devais une bonne fois pour toutes me mettre dans ma petite tête que jamais je n'aurais d'amis.

Ce soir-là, Ruby rompit avec Omar. Publiquement. Dans le réfectoire devant tout le monde. À la fin du repas, pas une âme de Sainte-Magdalen n'ignorait le fin mot de leur histoire et le nom de la garce qui avait provoqué pareille catastrophe.

Je n'aurais pas dû être surprise. C'était un schéma auquel j'étais habituée, un scénario récurrent qui faisait de la théorie du chaos un événement mineur. Dire que je n'avais aucun contrôle là-dessus…

Chute

Londinium, 152 apr. J.-C.

Dans l'arène, la foule nombreuse retint son souffle quand le gladiateur tomba. Ils venaient d'admirer sa talentueuse victoire. Le Gaulois gisait sur le sable, mort, en sang. Sethos Leontis ne pouvait pas suivre le même chemin ! Lui, l'esclave invincible, le dieu des gladiateurs, le porteur de couronnes, pourquoi était-il ainsi allongé sur le sol ?

Sethos ne resta pas seul longtemps. Matthias et Tertius se précipitèrent vers lui, suivis de près par quatre autres gladiateurs. Ensemble, ils le transportèrent hors de vue. La blessure de Seth meurtrirait toute sa *familia.* Ils avaient besoin de lui. Sa popularité attirait des foules immenses et remplissait ainsi les caisses. Ses victoires étaient leurs victoires. Il venait de leur remporter une neuvième gloire, même s'il n'était pas là pour la recevoir.

Il ne devait pas mourir.

Dans les souvenirs de Matthias, Seth n'avait jamais perdu sa concentration. Toutefois, il avait intercepté cet instant de distraction et suivi la source avant de maudire les dieux : pourquoi avaient-ils envoyé cette brune dans la vie de Seth et dans l'arène ce jour-là ? Si son ami mourait…

Ils déposèrent le corps inerte sur sa paillasse.

Matthias découpa l'épaulière en cuir et pria pour que cette infime protection ait limité les dégâts, pour que la profusion de sang dénote une blessure peu profonde. Il se lava les mains et appuya fort sur l'entaille. Momentanément conscient, Seth poussa un hurlement atroce de douleur puis ses yeux dansèrent dans tous les sens avant de devenir vitreux. Il retomba en arrière. Matthias cria à ses assistants d'aller chercher ses baumes et ses poudres, de l'eau bouillante et des linges propres. En attendant, tandis qu'il comprimait l'épaule de son ami de toutes ses forces, il était désespéré de voir le sang de Seth imbiber ses draps. Pour se calmer, il marmonna des incantations. Il croyait peu aux formules magiques de la plupart de ses collègues médecins, mais là, il était prêt à n'importe quoi.

Accroupi à côté de Sethos, il essaya d'imaginer la vie sans lui. Il ne pouvait pas. Il ne voulait pas. Les linges et l'eau arrivèrent. Avec méthode, il nettoya les contours de la plaie. Par tous les dieux, le Gaulois n'y était pas allé de main morte. Matthias fit taire l'ami en lui et convoqua le médecin. Il commença son inventaire : le pouls paraissait faible mais s'il stoppait l'hémorragie, le cœur tiendrait peut-être le choc. Les tissus autour de l'épaule étaient très endommagés, les muscles déchirés et l'os brisé. Il lui faudrait nettoyer la plaie puis en extraire avec soin les moindres fragments d'os et enfin resserrer la zone pour faciliter la consolidation. Mais il devait en priorité arrêter l'hémorragie. Seth ne survivrait pas s'il perdait davantage de sang.

On installa à côté de Matthias une table sur laquelle il aligna des flacons remplis de toiles d'araignée. Il enfonça trois tampons circulaires dans la plaie puis les étira le long de l'entaille tout en comprimant les bords. Il retint son souffle et, peu à peu, le flux de sang cessa. Matthias put à nouveau inspirer. Ce n'était que le premier obstacle mais il distinguait une petite lueur d'espoir. Il sauverait peut-être Sethos.

Soudain, son ami se mit à trembler, comme en état de choc. Il lui palpa les mains : elles étaient glaciales.

— Des couvertures ! hurla-t-il.

Ses assistants partirent en courant pour revenir quelques secondes plus tard. Ils les empilèrent sur l'homme prostré.

— Attention, imbéciles ! Pas sur l'épaule !

Matthias écouta le cœur de Seth. Les battements lui parurent irréguliers et faibles. Mauvais signe. S'il l'opérait maintenant, le jeune gladiateur mourrait en quelques minutes. Matthias se mit à paniquer. Plus Sethos attendait, blessure ouverte, plus les risques de contamination se multipliaient. Si la blessure s'infectait, la fièvre suivrait et Sethos n'y survivrait pas vu sa faiblesse. Que faire ?

— Père, chuchota-t-il, comment agiriez-vous ?

Jamais Matthias n'avait eu autant besoin des lumières paternelles qu'à cet instant. Bien qu'il ait soigné de nombreux gladiateurs grièvement blessés ces deux dernières années, aucun ne comptait pour lui. Il était donc plus facile de se montrer objectif. Matthias ne s'était jamais reproché la mort d'un gladiateur. *A contrario*, si Sethos disparaissait, il ne se le pardonnerait pas. Tous deux avaient été capturés lors du même raid. Ils avaient été enchaînés ensemble et obligés d'assister au massacre de leurs familles respectives. Ils étaient liés par le destin.

— Père, je vous en prie.

Malheureusement, son père ne lui répondit pas. Il se trouvait loin du monde des vivants, aux légendaires champs Élysées, enfin libre. Matthias l'enviait.

Il s'accroupit contre le matelas et toucha la joue de Seth. Elle lui sembla moins moite. Il lui prit le pouls. Le battement devenait plus stable.

— Bien, décréta-t-il. Aurelius, plus de lumière. Apporte-moi autant de lampes que tu en trouveras.

Telemachus, tu aideras Aurelius à tenir la lumière. Il ne faudra surtout pas bouger.

Dès que les lampes à huile furent allumées, Matthias en aligna quatre au bord de la table, aussi près que possible de la blessure. Ensuite, il positionna ses assistants au-dessus de l'épaule pour davantage de clarté.

Il chauffa les instruments sur une flamme pour les purifier et, enfin, commença l'épreuve fastidieuse qui consistait à ôter les fragments osseux de la plaie.

La respiration de Seth se fit plus laborieuse. La sueur dégoulinait de tout son corps. Matthias jeta les couvertures au sol et continua son travail.

Les gladiateurs entraient et sortaient pendant l'opération, le regardaient en secouant la tête.

— C'était un combattant courageux.

— L'un des meilleurs.

— Il n'est pas encore mort ! aboya Matthias. Poussez-vous ! Vous me faites de l'ombre !

Matthias avait extrait le dernier petit fragment d'os et nettoyait la plaie avec de l'eau quand le laniste surgit avec la couronne remportée par Sethos. Il la déposa sur la table.

— Il va s'en sortir ?

Matthias haussa les épaules et continua de tamponner l'épaule de Seth.

— Il est entre les mains des dieux.

— S'il meurt, je t'en tiendrai pour personnellement responsable, Matthias. Je ne peux pas me permettre de le perdre.

Matthias avala la réponse amère qui lui brûlait les lèvres et s'efforça de ne pas trembler.

Le laniste sortit à grands pas. Matthias appliqua de nouvelles toiles dans la plaie nettoyée, puis fabriqua un cataplasme de miel, brûla des graines d'aneth et du romarin qu'il saupoudra sur la blessure. Enfin, il lui banda l'épaule avec une gaze propre en coton.

— Bien, Telemachus, nous devons consolider l'épaule. Tu peux tenir ces tasseaux pendant que je les attache ?

Une fois que l'épaule fut immobilisée, Matthias ne fut pas soulagé pour autant. Seth respirait avec difficulté, son front brûlait et il tremblait sans discontinuer.

— Sethos a froid, Matthias. Nous devrions le couvrir ! lui chuchota Telemachus.

— La fièvre s'est installée, soupira Matthias. Va me chercher de l'eau et des linges propres.

Si Sethos avait été conscient, Matthias lui aurait donné une gorgée de pourpier et de camomille. Comme il était impossible de lui faire avaler quoi que ce soit, son ami décida d'utiliser un traitement par lequel son père jurait et aspergea son corps d'eau tiède.

Sethos fut secoué de tremblements ; Telemachus tenta de le couvrir mais Matthias le repoussa, en colère.

— Touche ses joues ! Il a froid ?

Telemachus effleura le visage brûlant de Seth.

— C'est la fièvre qui le fait trembler. Son corps surchauffe.

Soudain, Sethos marmonna puis hurla :

— Aide-moi ! Matthias ! Aide-moi.

— Je suis là, mon frère.

Sethos se contorsionnait sous la douleur.

— Matt ! pantela-t-il. J'ai mal…

— Je sais, Seth.

Ses deux assistants et lui devaient le maintenir de toutes leurs forces sur sa couche.

— Je t'en prie, allonge-toi. Ton épaule est trop fragile…

Mais comment Sethos aurait-il pu entendre raison ?

— Matt ? Tu es là ? J'ai besoin…

— Chut, mon frère. Bois.

Il porta une coupe d'opium aux lèvres du gladiateur.

— Matthias ! Je… Je…

Les yeux de Sethos roulèrent vers le haut et il sombra dans l'inconscience.

Matthias resta à son chevet toute la nuit, essayant de le calmer quand il remuait, de peur que sa plaie ne se rouvre.

Quatre heures après minuit, les saignements reprirent. Matthias dut tamponner l'entaille et appliquer davantage de toiles d'araignée. Il pansa à nouveau et observa.

Sethos n'avait pas bonne mine. Il était pâle comme la mort, des perles de sueur luisaient sur son front et il marmonnait des propos incohérents. Matthias craignit qu'il ne voie pas l'aube.

Il se posait des questions sur ses médications. Existait-il de meilleures herbes qu'il pouvait appliquer ? Aurait-il dû coudre la plaie ? Celle-ci était tellement béante qu'il avait peur de la fermer trop tôt. Il avait déjà vu le poison s'insinuer dans de mauvaises blessures… la meilleure manière de tuer un ami.

Au petit matin, il se sentait au bord du désespoir. Sauver Seth était au-dessus de ses capacités. À seulement dix-neuf ans, il n'était pas assez expérimenté.

Un peu plus tard, quand le laniste entra en trombe dans la cellule avec un inconnu, Matthias pria pour qu'il soit médecin.

— Voici Domitus Natalis.

La pause délibérée et le hochement de tête imperceptible de Tertius lui indiquèrent qu'il se trouvait en présence d'un homme important.

Matthias s'inclina.

— Domitus Natalis était dans l'arène hier quand Sethos Leontis est tombé. Ce matin, il lui a généreusement offert une chambre dans sa villa. Son propre médecin s'occupera de lui.

Matthias demeura bouche bée.

— En vérité, admit Domitus, c'est mon épouse qui m'a persuadé. Elle a un cœur d'or. Quelle femme sensible !

Même si Matthias n'avait aucun statut et ne prenait donc aucune décision, cette annonce le meurtrit.

— Mais… je ne sais pas s'il est raisonnable de le déplacer. Son pouls est si faible, il a perdu tellement de sang et la fièvre le consume. Le moindre mouvement rouvre sa plaie…

Domitus lui lança un regard hâtif et déclara :

— Il mourra s'il reste dans cette cellule putride. J'envoie une litière dans l'heure.

Le laniste donna une claque dans le dos de Matthias.

— Te voilà tiré d'affaire ! De toute façon, nous nous rendons en Aquitania après-demain. Tu imagines Sethos en train de faire le voyage ?

Le jeune Corinthien déglutit. Non, son ami ne serait pas en condition de voyager. À moins d'une intervention miraculeuse des dieux.

— Souhaitez-vous que je reste à ses côtés ? s'enquit-il sans une once d'espoir.

— Ne sois pas idiot. Tu dois suivre la *familia.* On s'occupera bien de Sethos. Il paraît que le médecin de Domitus soigne le procurateur en personne !

Dans un soupir, Matthias se prépara à faire ses adieux à son ami le plus cher.

DISTRACTION

Sainte-Magdalen, 2012 apr. J.-C.

Ruby avait une nouvelle meilleure amie : Mia. Évidemment que cet acte me touchait. Évidemment qu'une partie de moi savait que cela devait arriver. Mais, d'une manière étrange, cette pensée me consolait presque. J'avais survécu seule pendant seize ans, je me réhabituerais vite. Je n'avais pas vraiment besoin de Ruby. Nul n'était aussi doué que moi pour vivre sans ami ! D'un côté, je détestais voir Ruby et Mia traîner ensemble, mais de l'autre je me sentais moins coupable. En tout cas, elle m'avait facilement remplacée.

Encore dégoûtée par Omar, je décidai de l'ignorer – tâche difficile vu le nombre de fois où il m'aborda. Il ne pouvait savoir que j'étais experte dans l'art de me couper du monde, baissant la tête mieux que quiconque. Et puis j'avais une excellente endurance. Il ne fallut que quelques semaines pour qu'Omar abandonne.

Malheureusement, Omar ne fut pas le dernier. Ensuite il y eut Dominic, Karl…

Ma solitude entraîna une réaction en chaîne immédiate qui m'obligea à éviter mes semblables, que ce soit dans la salle commune, au cinéma, lors de petites fêtes… Il fut moins évident d'échapper aux rassemblements scolaires. Le pire ? Les séances de travaux dirigés en binôme – une spécialité de Sainte-Mag.

Les cours normaux ne me gênaient pas, je me sentais en sécurité. Nous étions entre huit et douze par groupe, moitié filles, moitié garçons en général. En revanche, les TD tenaient de la loterie. Nous en avions chaque semaine dans chaque matière : très dangereux si le binôme était du sexe opposé. En effet, à un moment ou à un autre, on se retrouvait seul dans la pièce ou, pire, on traversait le campus sans groupe dans lequel se fondre.

Au bout de deux mois, j'en eus assez de ce système de loterie bien trop imprévisible et stressant. Si je voulais esquiver toute nouvelle déclaration amoureuse atroce, il me fallait une solution plus fiable. Je mis moins longtemps pour la trouver (accéder à l'emploi du temps sur l'ordinateur du professeur principal et effectuer les modifications nécessaires) que pour l'appliquer.

Pénétrer sur son compte fut d'une simplicité insultante : son mot de passe et son code personnel étaient évidents (son deuxième prénom et sa date de naissance). Cependant, le prof d'informatique avait ajouté d'agaçants pare-feu en guise de protection. Je consacrai deux soirées entières à les déchiffrer, ce qui m'impressionna au point de me méfier une fois ces barrières franchies. Un adversaire rusé peut se montrer sournois. Mes soupçons se révélèrent fondés. Il avait installé deux petits logiciels espions ingénieux et des chevaux de Troie. Ce type me plaisait. Cela signifiait qu'il me fallait être rapide, indirecte et indétectable. De plus, je devais me souvenir de me connecter très tard le jeudi soir afin d'apporter les changements *incognito* chaque semaine, juste avant que le nouvel emploi du temps soit mis en ligne.

Dès que le problème des TD fut résolu, ma vie revint sur ses rails : je pus à nouveau respirer en cours. Une bonne chose de faite !

L'autre aspect positif apparut sous la forme du formidable jouet récemment acquis par Sainte-Mag : un microscope à particules quantiques. Cet appareil tout simplement hallucinant détectait une variété incroyable de micro-organismes et pouvait suivre des neutrons ! Il permettait aussi d'observer les variations de la pesanteur, des mouvements viraux et bactériens. Les quarks avaient enfin une consistance. Vues au microscope électronique, d'obscures mouchetures devenaient des formes élaborées vivantes.

Tous les profs de sciences se battirent pour l'avoir mais ce fut Mme Franklin qui l'emporta parce qu'elle disposait du seul labo assez grand pour l'accueillir. De mon côté, grâce à mon génie de la persuasion, elle m'autorisa à assister à son installation. En conséquence, ils s'habituèrent à ma présence tandis qu'ils testaient toutes ses fonctionnalités. Le nouveau microscope me contenta et m'occupa donc quelque temps.

Pas vingt-quatre heures sur vingt-quatre malheureusement. J'avais beau rester au labo, travailler dur en cours, bûcher mes devoirs, il subsistait de nombreuses heures propices à broyer du noir. Merci qui ? Merci Ruby.

Jusqu'à ce que je me trouve deux distractions inattendues.

La première, je tombai dessus par hasard : alors que j'essayais d'éviter Karl après le latin, je m'infiltrai dans un groupe de filles qui passait par là. En fait, elles se rendaient au théâtre pour une audition et, au bout du compte, je postulai moi-même.

Quelle ne fut pas ma surprise quand on m'admit dans la troupe qui jouait… *Hamlet* ! J'eus très vite des vers à apprendre, des répétitions auxquelles je me rendais avec mes camarades. Mon emploi du temps théâtral laissait peu de place aux discussions en tête à tête. Bientôt, les répétitions cessèrent d'être de simples distractions. J'appréciais vraiment de m'y rendre ! On entrait, enlevait ses chaussures, enfilait sa tenue et on laissait ses préjugés à l'extérieur. Il n'y avait ni jugement, ni sous-entendus gênants... peut-être parce que M. Kidd, le professeur de théâtre, aurait piqué une belle colère. J'adorais devenir quelqu'un d'autre.

Et puis un jour, à l'heure du déjeuner, tandis que la répétition se terminait, Astrid s'approcha de moi :

— Tu chantes bien. Est-ce que tu joues aussi ?

— Tu veux dire d'un instrument de musique ?

— Ouaip.

— Je joue un peu de guitare.

— Super ! Joins-toi à nous plus tard.

— Euh... D'accord.

Plus tard était une de mes expressions préférées. L'intention sans l'implication. Cela pouvait signifier « dans une heure » aussi bien que « dans douze ans ». Sympa et ouvert. Je l'utilisais régulièrement pour me sortir d'affaire. Je ne m'inquiétais donc pas pour Astrid... jusqu'à ce qu'on me tape sur l'épaule après le dîner le même soir.

— Alors, tu viens ?

Astrid se tenait derrière moi, un étui en bandoulière. Sophie, une petite blonde qui suivait les cours de philo avec moi, l'accompagnait. Pschitt, fit la théorie du *plus tard*.

— Euh… Je n'ai que ma guitare acoustique ici, bredouillai-je piètrement.

— Pas de souci, on a une Stratocaster au studio.

— C'est que je ne suis pas très douée…

— Crois-moi, tu ne vas pas t'améliorer en restant assise ici. Lève tes fesses de cette chaise. On n'a pas toute la nuit.

Je quittai donc mon siège, débarrassai mon plateau et les suivis à contrecœur de l'autre côté de la cour, dans l'un des studios de musique.

— Waouh !

J'entrai dans une pièce immense, insonorisée et suréquipée – batterie, amplis, micros…

Sophie s'installa tout de suite à la batterie et se mit à jouer pendant qu'Astrid sortait une guitare électrique rouge et me la tendait. Elle ouvrit ensuite son étui qui contenait une Gibson noire.

Astrid, constatai-je avec effroi, était une excellente joueuse de basse. Elle promenait ses doigts sans effort sur toute la longueur du manche tandis que, tapie dans un coin, j'essayais d'accorder ma Strato. L'enfer sur terre.

— Euh… Astrid… Je ne pense pas que je…, coassai-je.

— Tiens ! s'exclama-t-elle en me lançant une feuille de musique froissée.

J'examinai la chanson en me mordant la lèvre. Les accords étaient écrits au crayon au-dessus des mots. Hum… rien de trop compliqué… J'y arriverais peut-être.

Elle me joua brièvement l'air, Sophie battit la mesure et je me lançai. À la fin de la soirée, nous avions joué deux titres auxquels j'ajoutai le chant.

— J'aime beaucoup ta voix, Eva, me déclara Astrid tandis que nous regagnions nos chambres.

— Je chante mieux que je ne joue, marmonnai-je.

— Tu pourrais t'améliorer.

— C'est en forgeant qu'on devient forgeron.

— Non, enfin oui. Tu n'as aucune technique. Quelques leçons ne te feraient pas de mal.

Elle avait raison. J'avais appris toute seule à partir d'un pauvre manuel et vu le manque d'enthousiasme à la maison pour les bruits en tout genre, je n'avais pas insisté.

— Et qui m'enseignerait ?

— Moi bien sûr !

— Toi ?

— Pourquoi pas ? En échange, tu pourrais m'aider à traduire ces textes latins à mourir d'ennui.

— Tope là !

Destin

Londinium, 152 apr. J.-C.

Les yeux de Seth ne s'ouvrirent pas pendant son transport en litière dans les rues de Londinium. Il ne se réveilla pas non plus quand il fut emmené dans la chambre fraîche en marbre à l'arrière de la villa des Natalis.

Il ne sentit pas les mains douces qui le baignèrent et le déposèrent sur un lit aux draps de coton lisses. Plus tard dans la matinée, Domitus convoqua son médecin, Tychon le Grec.

À son arrivée, celui-ci était accompagné de quelques esclaves. Il s'inclina avec respect devant Domitus Natalis qui l'attendait au chevet de Seth.

Avant de toucher son patient, Tychon demanda de l'eau pour se laver les mains. Alors que ce geste en lui seul était déjà surprenant, il se les rinça ensuite au vinaigre. Domitus retint un rire condescendant. Il présuma que le Grec observait un étrange hommage à de quelconques dieux étrangers. S'il avait su qu'il se trouvait en présence de l'un des guérisseurs les plus innovants de son époque ! Suite à une série d'expériences, Tychon avait découvert que le vinaigre – *acetum* – se révélait un très puissant agent nettoyant et désormais, il insistait pour qu'aucun acte chirurgical ne soit effectué sans lui. Dès qu'il se fut nettoyé les mains correctement, il donna la jarre à ses assistants afin qu'ils en fassent autant. Ensuite, il souleva la gaze et les tampons en toile d'araignée qui couvraient l'épaule de Seth. L'air pessimiste, il secoua la tête quand il vit le gonflement autour de l'entaille.

Toute la maison Natalis étaient rassemblée pour entendre son compte-rendu.

— Je peux déjà vous dire que la blessure est très profonde ; à mon avis, les muscles et les nerfs sont sérieusement endommagés. Je ne puis en être sûr tant que je n'ai pas regardé à l'intérieur, mais je pense que l'os a été en partie brisé. La blessure est tumescente et bouillante, ce qui m'oblige à l'éviscérer à nouveau, puis à essayer de nettoyer le poison, mais j'imagine qu'il a déjà perdu beaucoup de sang. Il est très faible, son rythme cardiaque n'est ni puissant ni régulier, et la fièvre le ronge. Je ferai de mon mieux pour lui rendre la santé mais sachez dès à présent que ses chances de survie sont infimes.

Pendant ce discours, Domitus Natalis hochait la tête avec gravité. Il avait investi beaucoup d'argent dans ce jeune esclave, bien qu'il ne l'ait jamais mentionné à sa femme, Flavia. Normal puisque, à l'origine, cet argent lui venait d'elle. Flavia étant la fille d'un homme riche, Domitus avait fait un bon mariage. Si elle apprenait l'existence de ses investissements précaires, le père de Flavia pouvait demander le divorce, ce qui laisserait Domitus sur la paille. Mais les dieux lui souriaient : c'était son épouse qui avait suggéré de soigner le gladiateur chez eux, à la villa.

— Que pouvons-nous faire pour augmenter les chances de survie de Leontis ? demanda-t-il au médecin.

— Voyons… Dès que j'aurai nettoyé, cousu et bandé la plaie, son avenir sera entre les mains des dieux bien sûr. Toutefois, une surveillance nuit et jour lui serait bénéfique. La fièvre le consume, il a besoin de soins scrupuleux. Avez-vous des esclaves qui possèdent une expérience médicale ?

— Je peux superviser la surveillance, proposa Flavia.

— J'aimerais vous assister, mère, ajouta Livia.

Domitus décocha un sourire reconnaissant à ses femmes. Elles se montraient très utiles parfois.

— Très bien, acquiesça Tychon. Bon, je ferais mieux de retourner travailler. Plus je reste ici, plus le poison se répand. J'aurais besoin de beaucoup d'eau bouillie, d'autant de linges propres que vous pourrez en rassembler, de toutes les lampes dont vous disposez. Cette table en marbre dans le coin fera une surface parfaite pour mes instruments.

Ses assistants apportaient déjà la table près du lit. Flavia sortit pour organiser la livraison des linges et le puisage de l'eau. Domitus se retira dans son bureau.

Sethos ne bougea pas d'un pouce tandis que Tychon alignait ses instruments et ses drogues. Il ne se rendit pas compte non plus que la fille qui l'avait distrait dans l'arène s'éternisait sur le seuil. Elle observait avec attention le médecin pendant qu'il plongeait tous ses instruments dans l'eau bouillante avant de les retirer à l'aide de longues pinces en métal.

Il ôta avec précaution les capitons sur l'épaule de Seth puis, avec des pincettes, il souleva les morceaux de toiles détrempés que Matthias avait enfoncés dans l'entaille. Tychon fit un signe de tête à ses assistants qui cramponnèrent soudain les poignets et les jambes de Sethos. Le mentor déboucha le flacon avec lequel il s'était lavé les mains un peu plus tôt. L'odeur âcre du vinaigre envahit la pièce et là, il versa le liquide sur la plaie. Sethos hurla, se débattit avec violence mais les assistants le plaquaient avec force dans le lit. Livia se couvrit les oreilles et disparut.

Quand elle revint plus tard, Sethos ne bougeait plus. Pâle, il avait un bandage propre sur l'épaule. Le médecin rangeait ses instruments dans une trousse. Ses assistants nettoyaient le sang sur le sol.

— Il est vivant ? chuchota-t-elle.

— Tout comme. Je lui ai administré un puissant sédatif. Il ne se réveillera pas avant un bon moment. Je reviendrai le voir ce soir. En attendant, rafraîchissez-le avec des éventails et de l'eau. Il aura soif ; essayez d'introduire de l'eau entre ses lèvres – comme ceci. Ce soir, vous lui administrerez des herbes au cas où il se réveille.

Pendant que Tychon et son entourage quittaient la chambre, Livia approcha un tabouret et s'assit à côté du lit. Elle effleura le front brûlant de Seth. Doucement, elle prit un linge dans la bassine d'eau, l'essora et fit tomber quelques gouttes sur son front. Elles coulèrent sur son visage, dans ses cheveux, sur ses joues et ses lèvres. Il tressaillit, mais ses yeux ne s'ouvrirent pas.

— Ah, Livia ! s'exclama Flavia qui entrait à grands pas. Je monte la garde la première. File ! Entraîne-toi à la kithara. Nous espérons que tu joueras à merveille ce soir au banquet.

Sans un mot, Livia se leva et se dirigea vers la porte. Cependant, elle ne quitta pas la chambre tout de suite. Elle se tint un moment cachée derrière le rideau accroché à l'encadrement.

Flavia s'assit et lentement, avec sensualité, elle baigna le visage et le torse de Seth. Puis elle poussa un léger soupir avant de soulever la main de Seth et de la porter à ses lèvres. Elle baisa ses doigts un par un.

Pour la deuxième fois de la journée, Livia se força à quitter la pièce. Elle passa en courant devant plusieurs esclaves perplexes et se rendit dans la partie la plus à l'écart du jardin. Dès qu'elle fut abritée par le feuillage retombant des cerisiers, elle se jeta sur le sol et éclata en sanglots. Elle serait restée là des heures si Ochira, une servante, n'était pas venue chercher des feuilles de laurier pour la cuisinière. Livia se tapit dans l'ombre jusqu'à ce qu'elle parte puis elle retourna à l'intérieur par des chemins détournés et se terra dans le sanctuaire de sa chambre.

Sa kithara reposait contre un mur. Elle s'en empara et s'installa sur le lit, son instrument contre elle. Distraitement, la jeune fille fit courir ses doigts sur les cordes. Elle ne voulait plus réfléchir. Elle joua des mélodies apaisantes, des airs qui lui apportèrent réconfort et détermination. L'angoisse qui lui serrait la gorge se dissipa peu à peu et, de manière inconsciente, sa voix choisit les chants tandis que ses mains tissaient des harmonies complexes.

Dans son bureau où il vérifiait le dernier inventaire de ses cargaisons, Domitus entendit les douces notes qui flottaient dans l'atrium en marbre et se félicita des progrès de Livia. Sa voix étrangement irrésistible et ses talents de musicienne lui faisaient honneur. Bien qu'il n'eût pas l'oreille musicale, il voyait comment sa fille adoptive captivait ses auditeurs. Cassius Malchus, le procurateur en personne, avait été ensorcelé par ce don. La preuve : quand il l'avait écoutée pour la première fois au banquet des Matralia, il l'avait demandée en mariage !

Domitus ricana. Il n'aurait pu mieux prévoir. Et voilà que Cassius était leur invité d'honneur ce soir. Il fallait absolument que Livia le charme à nouveau. Ainsi, ils scelleraient sur-le-champ les fiançailles et discuteraient de la dot. Mieux elle jouerait, pensait Domitus, plus les termes du mariage seraient avantageux pour lui. La grosse dot à laquelle Cassius s'attendait ne serait rien à côté du pouvoir immense que lui promettait cette union. Cassius avait installé ses alliés aux meilleurs postes et savait faire disparaître la moindre situation embarrassante. Le mariage vaudrait bien chaque dupontius dépensé.

Le fait que Livia ignorât tout de cette dernière motivation ne gênait pas Domitus le moins du monde.

VAINCUE

Sainte-Magdalen, 2012 apr. J.-C.

OK. J'aimais faire partie de ce groupe. Nous répétions deux fois par semaine et dix de nos chansons fonctionnaient assez bien. Je m'étais nettement améliorée à la guitare. En vérité, Astrid était un professeur très rigoureux et je n'avais pas le choix. Ses versions latines, elles, ne donnaient rien. Elle obtenait de bonnes notes parce que je traduisais les textes à sa place. Cela ne l'intéressait simplement pas.

— Le latin ne sert à rien.

— Parce que la musique sert à quelque chose ?

— Réveille-toi, Eva. Personne ne t'a dit que le latin était une langue morte ?

— Oui mais…

— Pas de mais ! Ce truc a deux mille ans, merde ! La vie est trop courte.

Elle avait probablement raison : la vie était bien trop courte pour perdre son temps à se disputer avec elle. Je continuai donc à traduire Virgile et la laissai aux choses importantes, comme télécharger les paroles des chansons des *Livid Turkeys*[1].

— OK. Fini, bâillai-je en lâchant mon stylo.

Elle jeta un coup d'œil à la page.

— Super. On a une heure pour répéter. Grand concert demain.

— Pardon ?

— Un bœuf. Demain. Salle commune. Allez !

Elle me poussa hors de la chambre. Je me braquai.

— Euh, désolée, Astrid. Reviens un peu en arrière s'il te plaît.

— Combien de fois veux-tu que je te le dise ?

Je n'avais pas signé pour un concert ! C'était une chose de jouer et de s'amuser, c'en était une autre de monter sur scène… devant un public ! Un public que j'évitais depuis des mois par tous les moyens imaginables.

— Pas question, décrétai-je, les bras croisés, scotchée au mur.

Astrid ne me prêtait pas du tout attention : elle parlait au téléphone.

— Sophie, chez moi, maintenant !

Deux minutes plus tard, les deux filles me traînaient jusqu'au studio. Toute résistance était inu-

1. Les « dindes blafardes ». (*N.d.T.*)

tile. Je me consolai avec l'idée que j'avais la nuit entière pour organiser mon évasion.

Mais le lendemain matin, aucune stratégie ne m'était venue à l'esprit. La journée commençait mal. J'avais à peine mis le pied au self qu'elles fondirent sur moi.

— Le but ultime de la musique consiste à jouer devant un public.

— Quel est le problème, Eva ? Notre musique est bonne !

— On va s'amuser !

— Je t'en priiiiiie. On tient là une occasion en or.

À l'heure du dîner, Astrid, qui avait fini par comprendre que je n'étais pas très emballée par cette « occasion en or », était parvenue à convaincre la plupart des élèves de terminale de surveiller chaque sortie de l'école. Elle ne me lâchait pas non plus d'une semelle.

À vingt et une heures pile, elle me faisait traverser la cour intérieure et me poussait jusqu'à la salle commune. Mon cœur s'arrêta : la pièce était pleine à craquer. Sophie se trouvait déjà sur scène où elle resserrait ses cymbales. Micros et guitares nous attendaient.

— Quand avez-vous eu le temps de tout installer ?

— Sophie et moi nous sommes occupées du son pendant le déjeuner. Cela aurait été plus facile avec toi bien sûr, mais tu semblais tellement passionnée par ton gratin de macaronis…

Dès que je fus sur scène, le trac céda la place à la colère. J'étais incandescente, ce qui malheureusement convenait à merveille à Astrid. En effet, la première chanson parlait d'un harceleur psychopathe et de sa haine pour lui.

À la fin du morceau, j'avais épuisé ma furie. Cela m'aida que personne ne nous ait lancé de tomates pourries. Au contraire, je fus surprise par leurs applaudissements enthousiastes.

J'allais chanter le premier couplet de la deuxième chanson quand je repérai Ruby. Elle tirait Mia par le bras en direction de la sortie. Sans se cacher. Message reçu.

Je me mordis la lèvre, pris une profonde inspiration et essayai de ne plus penser à elle. J'avais découvert qu'en fermant les yeux, j'oubliais la présence du public et je pouvais me concentrer sur la musique. Mon astuce marcha si bien que leurs acclamations me prirent totalement au dépourvu. À la cinquième chanson, j'entrouvris les yeux, et à la fin du concert, je déteste l'admettre… mais je m'amusais assez.

Bien entendu, notre succès monta à la tête d'Astrid mais je lui pardonnai quand je vis qu'elle s'occupait des mondanités à la fin. Je préférais nettement enrouler les câbles, ranger les guitares… et vite m'éclipser.

Moi qui croyais qu'on n'y reviendrait pas. Grosse erreur ! Je grignotais mes céréales au miel le lendemain matin et évitais tout contact visuel quand un visage familier surgit devant moı

— Astrid ! soupirai-je.

Elle lâcha son assiette remplie d'œufs au bacon sur ma table et s'assit en face de moi.

— Grande nouvelle ! marmonna-t-elle tout en avalant une bonne fourchette. Nous avons un créneau régulier ! Tous les jeudis soir. Ils ont adoré !

Nuit de veille

Londinium, 152 apr. J.-C.

Dans l'arène, la foule applaudissait, hurlait son nom. Couvert de sang, Seth toisait les huit gladiateurs vaincus qui grognaient à terre. Il était fatigué, tellement fatigué… Il leva tout de même le bras pour saluer les spectateurs et se tourna. Pourquoi le sable était-il si chaud sous ses pieds ? Il baissa les yeux : le sable fondit pour laisser place à un cratère. Les flammes s'élevaient toujours plus haut, la chaleur devenue insupportable lui traversait le corps, l'entraînait vers le sol ; pendant sa chute, les flammes lui léchèrent la peau, lui rongèrent la chair…

— Pitié, pitié, criait-il à la foule. Aidez-moi…

Seulement, sa voix l'avait quitté. Ils ne pouvaient pas l'entendre, ils n'écoutaient pas. Ils s'époumonaient : « Sethos Leontis ! Sethos Leontis ! »

À travers les flammes rouges, il scruta les visages, en chercha un en particulier. Il fallait absolument qu'il le voie. Tandis qu'il lançait des regards éperdus, les visages se distordirent et se transformèrent en crânes vides dépourvus d'yeux. D'immenses bouches noires réclamaient son sang…

— Meurs, Sethos Leontis ! glapit une voix dans son dos.

Il se retourna. Protix se dressait au-dessus de lui, du haut de ses deux mètres, et agitait une épée enflammée. Sa présence soulagea Sethos. Le grand Gaulois était là pour le tuer, l'arracher à cet enfer incandescent. Il attendit avec impatience que Protix brandisse son arme et la plonge dans son épaule. Encore et encore… Mais il ne mourait pas. Pourquoi son calvaire se poursuivait-il ?

— Stop ! protesta-t-il faiblement.

Il sentit des mains fraîches sur son front ; elles apaisèrent le feu mais les flammes continuaient de ravager son épaule et la chaleur lui donnait soif.

— De l'eau, supplia-t-il.

Et comme par miracle, ses lèvres furent humectées, sa langue mouillée. Il ouvrit les yeux mais voyait flou. Où se trouvait le feu ? Où était la tête cadavérique de Protix le Gaulois ? Il cligna des yeux. La lumière n'était pas rouge et crue, mais tamisée, bleue. Il tenta de comprendre sa vision. Il aurait juré avoir croisé les yeux en amande de ses rêves.

Il voulut prononcer son nom.

— Livia ?

Des mains douces lui soulevèrent la tête et l'aidèrent à boire un peu. Quand un filet d'eau s'échappa, des doigts légers recueillirent les gouttes et les déposèrent sur ses lèvres sèches. Il ferma les yeux et appuya la tête contre son bras frais. Soudain, il perçut un parfum familier, mélange d'eau de rose et de jasmin. Seulement, la fièvre, la douleur et l'opium lui embrouillaient l'esprit et l'empêchaient de comprendre ce rêve. Il retomba à nouveau, terrassé par l'épuisement.

Ses rêves continuèrent de tourbillonner entre la chaleur atroce de l'arène rougeoyante et la nuit glaciale, où le froid s'emparait de lui, torturait son corps à force de convulsions, lui faisait grincer des dents alors qu'il cherchait en vain un refuge. Les démons l'attendaient, tapis dans l'ombre, les yeux en feu. Au moment où il craignit d'être perdu à tout jamais, une musique douce infiltra l'obscurité, fit disparaître les démons par magie, chassa la nuit et baigna le monde de lumière.

Lumière. Il avait besoin de voir la lumière.

Il ouvrit les yeux et croisa un regard clair.

Cette fois-ci, sa vision n'ondula pas avant de s'évanouir. Il leva une main tremblante et toucha le visage.

— Je ne rêve pas ? chuchota-t-il.

Elle lui sourit.

Ébahi, il fixa son visage. Si beau.

— Tu nous reviens enfin, Sethos Leontis, chuchota-t-elle.

— Où étais-je ?

— Un endroit où je ne pouvais te suivre, répondit-elle en souriant toujours.

Il secoua la tête.

— Livia… Tu étais là-bas. Dans mes rêves. Tu m'as sauvé la vie.

— Non, Sethos. J'ai failli te tuer.

Elle lui leva la tête et l'aida à boire. Il sirota l'eau fraîche qui apaisa sa gorge brûlée.

— Où suis-je ?

Dans cette pièce inconnue, il aperçut l'aurore par la petite fenêtre en hauteur. Il examina la chambre et sursauta à la vue d'une vieille femme avachie sur un tabouret près de la porte.

— Ce n'est que Vibia, la cuisinière… Mon chaperon.

Vibia remua. Livia se rendit auprès d'elle et lui murmura quelque chose à l'oreille. La vieille femme s'étira, se leva avec douleur et sortit en clopinant.

— Que lui as-tu dit ?

— Je lui ai suggéré d'aller te chercher à manger.

Seth ne pouvait quitter des yeux l'apparition à côté de lui. Était-il piégé dans un magnifique rêve enfiévré ? Comment pouvait-il se trouver en compagnie de la jeune fille qui avait voyagé dans sa conscience depuis qu'il l'avait rencontrée ?

— Nous sommes chez toi ?

— Chez Domitus et Flavia Natalis. Mes parents adoptifs.

Elle parlait latin avec un accent inhabituel.

— Tu n'es pas romaine.

— Non, se contenta-t-elle de répondre. Toi non plus.

— Bien sûr que non, répondit-il sans masquer son amertume. J'ai été enchaîné et traîné loin de Corinthe.

— Moi, je suis contente que ton chemin t'ait mené jusqu'ici.

Il la regarda avec émerveillement. Soudain, ses années de haine et de colère se dissipèrent. Il y avait une raison à toutes ces épreuves, une raison pour laquelle on l'avait arraché à sa patrie, pour laquelle il s'était battu et avait gagné tous ces combats dans l'arène, pour laquelle il se morfondait dans ce pays froid et barbare.

Livia.

Quand il ouvrit la bouche pour parler, elle posa un doigt délicat sur ses lèvres. La cuisinière était revenue avec un bouillon de légumes.

— Merci, Vibia. Tu peux retourner à tes autres occupations. Je vais aider notre invité à manger sa soupe.

Vibia regagna la porte, le pas hésitant, mais sortit.

Sethos sourit. D'un seul regard, la jeune fille avait persuadé la vieille cuisinière d'abandonner sa mission de chaperon. Impressionnant.

Elle prit la soupe entre ses mains. Il essaya de s'asseoir.

— Non ! Ne bouge pas ! s'écria Livia.

Trop tard. Il avait oublié son épaule. Une douleur foudroyante le laissa hors d'haleine sur le lit. Il ferma les yeux et attendit qu'elle passe.

Livia posa une main fraîche sur son front moite et lui écarta les cheveux du visage. Cela faisait du bien… plus que du bien. Il ne voulait pas que cela s'arrête.

Elle recula brusquement le bras.

— Livia ! tonna une voix. Où est Vibia ?

— Je l'ai libérée, répondit la jeune fille sur un ton calme.

Seth s'attendait à des représailles. Les jeunes Romaines célibataires devaient tout le temps être accompagnées. Mais là, la réponse paisible de Livia parut convenir.

— Il semble avoir moins de fièvre, ajouta Livia, tandis que la femme – sa mère, se rappela Sethos – avançait vers eux à grands pas.

— Je prends le relais, Livia. Va te reposer. Et n'oublie pas notre rendez-vous avec Cassius à midi. Nous avons beaucoup de sujets à aborder et très peu de temps pour planifier le banquet du mariage. Porte tous tes bijoux et demande à Ochira de te coiffer. Elle a des doigts si agiles.

Seth écarquilla les yeux en entendant le mot « mariage » et intercepta une expression fugace sur le visage de Livia qu'il ne sut interpréter. Il perçut seulement que le coup de poignard qu'il venait de ressentir n'avait rien à voir avec sa blessure à l'épaule. Comment avait-il pu oublier ? Elle devait en épouser un autre.

Livia déposa doucement la soupe sur la table, se leva et s'éloigna. Seth le suivit des yeux jusqu'à la porte mais la jeune fille ne se retourna pas.

— Sethos Leontis, comme il est bon de te voir enfin éveillé.

Flavia le toisait, lui caressait la mâchoire. Sethos ferma les yeux pour mieux se souvenir de la main fraîche de Livia sur ses cheveux. Il entendit un léger soupir avant de sentir des lèvres chaudes contre les siennes.

Flavia Natalis l'embrassait !

Ce geste incongru le pétrifia. Impuissant, il avait à peine la force de tourner la tête, il ne pouvait pas s'asseoir et encore moins partir. Elle le retenait en captivité chez elle.

Sethos n'avait pas l'habitude de se retrouver en position de faiblesse. D'accord, ce n'était pas la première femme puissante qui le voulait. Il y en avait eu beaucoup d'autres, mais jamais on ne l'avait embrassé sans son consentement. En effet, bien qu'il ait été privé de citoyenneté, il avait toujours tenu son rang. Aujourd'hui, son impuissance le déshonorait.

Tout à coup, il comprit l'expression de Livia. Elle l'avait mis en garde.

Alors que les lèvres de Flavia touchaient celles de Seth, le pouls de la Romaine s'emballa. Elle avait risqué gros en suggérant à son époux de conduire le gladiateur chez eux. Son attirance pour lui devenait une obsession, elle le savait. Mais de nombreuses femmes comme elle succombaient à leurs désirs hors mariage et parvenaient à justifier leurs aventures. Elle aussi en était capable. Après tout, son mari n'hésitait pas à la tromper, sachant qu'il y avait une règle pour les hommes et une autre pour leurs épouses.

Durant leurs dix-huit années de mariage, elle n'avait jamais été tentée de chercher ailleurs. Pas parce qu'elle aimait Domitus. Au contraire. Il avait trente ans de plus qu'elle et son père le lui avait imposé. En vérité, elle considérait qu'elle avait trop à perdre : une magnifique villa remplie d'esclaves, la liberté d'aller et venir à son gré. Son mari ne la battait pas et il ne l'avait pas abandonnée quoiqu'elle ne fût jamais devenue mère. En outre, il était rarement à la maison.

Et voilà que Sethos habitait sous son toit… beau à en couper le souffle… enfin conscient…

— Madame, le médecin est là.

Flavia lança un regard assassin à Vibia sur le seuil avant de vite se lever. Depuis combien de temps était-elle là ? Qu'avait-elle vu ? Comment la réduire au silence ?

Tandis que ces pensées bouillonnaient dans sa tête, le médecin entra dans la chambre.

— Ah, Tychon ! Bienvenue ! L'état de notre patient s'est amélioré ce matin.

Tychon s'inclina respectueusement et indiqua à ses assistants de s'installer autour du lit, ce qui obligea Flavia à sortir avec dignité.

Seth poussa un soupir de soulagement mais comprit vite qu'il avait échangé une forme de torture pour une autre.

Le Grec commença par ôter les pansements. L'épaule de Seth encore enflammée l'élançait depuis qu'il avait voulu se lever. En conséquence, lorsque le médecin souleva les bandes incrustées de sang, le jeune homme ne put retenir des gémissements. Quand, enfin, il sentit l'air frais sur sa peau, il soupira. C'était terminé.

Pas tout à fait. Il écarquilla les yeux quand les assistants lui agrippèrent les bras et les jambes avec une poigne de fer. Que se tramait-il ?

Cette fois-ci, lorsque l'eau de feu entra en contact avec la coupure endolorie, il ne put retenir un hurlement. Son corps se tordait tandis que les deux colosses le plaquaient sur le lit ; le médecin, lui, continuait son travail, imperturbable.

— Sethos Leontis, les dieux ont été miséricordieux ! murmura-t-il sur un ton apaisant, puis il se tourna vers ses assistants : La fièvre a bien diminué, comme la chaleur au niveau de l'épaule. Vous voyez comment la zone rouge foncé et enflée autour de la blessure a rétréci ? Les poisons remontent à la surface...

Pendant son explication, Tychon appuyait fort sur la peau irritée autour des points, forçant le pus et le sang à sortir de la blessure. Sethos hurla de douleur.

— Naturellement, il a perdu beaucoup de sang. Il faut l'empêcher de stagner autour de la plaie. Il est donc nécessaire de pratiquer quelques saignées judicieuses qui faciliteront son écoulement.

Seth avait souvent assisté à ces fameuses saignées à la caserne. Matthias ne jurait que par ça. Seulement, cette perspective ne le réjouissait pas et il grinça des dents par avance.

Tychon saisit un petit couteau fin dans sa boîte d'instruments, l'examina à la lumière puis le tint sur la flamme d'une lampe à huile.

Seth déglutit. Les assistants n'avaient pas lâché prise, il n'avait donc aucun moyen de s'échapper.

Le médecin prit une coupe en forme de corne qu'il plaça près de l'entaille. Seth ferma les yeux et essaya de s'échapper en esprit. Il haleta quand la lame lui coupa la peau puis il sentit la pression des doigts du médecin contre cette nouvelle blessure. Il dut endurer ce supplice sept autres fois. Il reçut trois entailles autour de la zone malade, deux au bras gauche dans la veine entre le creux de son coude et le poignet et enfin deux au torse. Quand il eut terminé, Tychon arrosa les plaies avec son eau de feu, lui banda l'épaule puis l'obligea à boire un médicament amer et granuleux. Il partit en lui promettant de revenir le lendemain.

— J'ai hâte, grogna Seth.

Allongé, s'appliquant à passer outre cette douleur lancinante, Seth prit conscience que, à vrai dire, il était reconnaissant à cet homme et à Matthias de l'avoir sauvé. Car désormais, il avait une raison de vivre.

À moins qu'il n'ait rêvé d'elle ? Ses pensées devinrent nébuleuses, son corps se mit à flotter. Seth avait beau s'agripper au bord du lit, il ne pouvait l'en empêcher. Ses mains glissèrent et il sombra.

Le fiancé

Londinium, 152 apr. J.-C.

Cassius Malchus, le fiancé de Livia, était assis dans son bureau en compagnie de Blandus, son comptable en chef. Blandus déroulait des rouleaux et Cassius vérifiait les colonnes de chiffres. Chaque rouleau contenait un audit des taxes collectées dans les provinces de Britannia les trois mois précédents – un audit rondement mené.

En tant que procurateur, Cassius était responsable de la collecte, de la distribution et de la répartition de l'argent. Il s'agissait d'une position éminente et honorable, qui convenait à un homme de grande intégrité. Malheureusement, tyran sans scrupules et âpre au gain, Cassius ne correspondait pas à cet idéal. Le rôle de procurateur lui conférait donc un pouvoir immense et dévastateur.

À la tête d'une telle richesse, il achetait qui il voulait, sachant que tout homme était corruptible si les enjeux en valaient la chandelle.

Blandus, son ingénieux comptable, lui était redevable depuis treize ans, le jour où Cassius était tombé sur ses activités commerciales frauduleuses. Quand son escroquerie parvint aux oreilles de Cassius, Blandus avait déjà accumulé une petite fortune. La condamnation romaine pour un tel crime était le bannissement et la saisie de tous les biens. À la place, Cassius lui offrit la position importante et lucrative de comptable en chef. Il lui suffisait de continuer ses écritures créatives sur une bien plus grande échelle.

Cassius savait qu'il pouvait avoir totalement confiance en Blandus. Primo, celui-ci risquait très gros financièrement et secundo, il voulait vivre. Personne ne comprenait mieux que lui la profondeur et l'étendue de la cruauté de Cassius. S'il souhaitait un jour se dégager des liens qui le liaient au procurateur, ni lui, ni sa femme, ni leurs deux fillettes ne verraient le jour suivant se lever.

Quand Cassius eut terminé de signer les audits de la province, Blandus se racla la gorge.

— Nous avons rencontré un petit problème avec Janus, le marchand d'olives.

Cassius pencha la tête vers Blandus et attendit.

— Il a exprimé un certain… malaise devant sa.. « prime d'assurance ».

Cassius haussa les épaules.

— Eh bien il aura la visite de la garde spéciale demain.

La garde spéciale possédait des talents spécifiques. Les trois colosses les plus doués – Otho, Pontius et Rufus – patientaient sans mot dire à la porte. Personne n'entrait sans être invité. Ces trois-là le servaient depuis la légion. Cassius, leur capitaine à l'époque, les avait surpris en train de battre à mort deux autres soldats pour une dette de jeu. Il avait immédiatement reconnu en eux la soif de sang sadique dont il aurait besoin au cours de son activité future. Au lieu de leur infliger une punition, il les embaucha. Afin de cimenter leur engagement et leur obéissance, il leur procura des épouses richement dotées.

La sauvagerie et l'insensibilité de ces guerriers faisaient d'eux des gardiens efficaces et puissants, mais aussi des collecteurs d'impôts parfaits. Même si Cassius n'avait pas besoin de sa garde spéciale pour ses recouvrements officiels, ils étaient responsables de l'application de sa « prime d'assurance » additionnelle, celle que les propriétaires de magasins et les marchands payaient pour protéger leur propriété des incendies et du vandalisme… deux dommages qui arrivaient inexplicablement s'ils ne s'en acquittaient pas. En général, un entrepôt rempli d'un stock inutilisable suffisait à ouvrir la bourse d'un marchand, mais s'il refusait encore de régler la taxe, un membre de sa famille finissait très vite par flotter sur le ventre dans la Tamesis, le fleuve vaste et profond de Londinium. Une troisième visite de la garde spéciale était rarement nécessaire.

Bien que Cassius eût un réseau immense et compliqué d'agents à son service, ces trois-là travaillaient pour lui depuis le début et diligemment. Ils aimaient leur emploi et il les estimait.

Cassius scellait le dernier rouleau quand Otho frappa avec déférence à la porte et entra.

— Qu'y a-t-il, homme ? demanda Cassius, les sourcils froncés.

— Monsieur, Domitus Natalis et les dames Flavia et Livia vous attendent.

— Ah ! Merci, Otho. Conduis-les dans l'atrium et offre-leur du vin épicé. J'arrive tout de suite.

Cassius rangea les rouleaux dans son coffre-fort et tourna la lourde clé en fer.

— Blandus, il me faudrait des fonds supplémentaires. Je veux que mon mariage soit un événement mondain digne d'un empereur.

Mutation cellulaire

Sainte-Magdalen, 2012 apr. J.-C.

Vendredi, sept heures du matin.

— Nooon ! grognai-je quand le réveil me sortit de l'oubli.

Je n'étais pas prête à affronter une nouvelle journée. Le concert de la veille suivi de mon rendez-vous de quatre heures avec le réseau informatique de l'école m'avaient usée.

Je décidai qu'une demi-heure de plus au lit valait bien un petit déjeuner. Je réglai donc l'alarme sur 7 h 30.

Quand je me réveillai la seconde fois, je me rappelai que quelque chose de cool m'attendait. Un professeur en virologie pathogène extérieur venait nous parler. C'était une partie de la microbiologie qui me fascinait depuis peu. Je bondis hors du lit et courus sous la douche.

Une belle matinée de novembre s'annonçait. Comme je réussis à arriver la première dans le labo de bio, je m'installai à ma place préférée à l'avant et parcourus mes notes en virologie. Quand je relevai à nouveau la tête, la classe entière s'était assise et Mme Franklin entrait en compagnie du visiteur.

— Bonjour à tous ! Je vous présente le professeur Ambrose. Il travaille sur les virus pathogènes au département de recherche en microbiologie de l'université de New York. Nous avons beaucoup de chance d'accueillir un scientifique aussi éminent. Aujourd'hui, il aimerait vous parler de l'effet cytopathogène sur le métabolisme cellulaire…

Bonheur ! Je me retournai pour le partager avec mes camarades et remarquai que personne n'était aussi enthousiaste que moi. En fait, je récoltai même quelques roulements d'yeux. Pigé : j'étais l'étudiante en biologie la plus dégénérée du lot.

En gros, je ne vis pas passer les quarante minutes de cours. Nous utilisions notre nouveau microscope quantique pour observer les formes subtiles et variées des virions et de leurs répliques, ainsi que leur effet cytopathogène. Dire que certains étaient mortels alors que la manière dont un virus transformait une cellule me paraissait si magnifique.

Quand la cloche sonna, tout le monde se leva, sauf moi. Je voulais clarifier la formation du syncytium, sujet que nous avions brièvement abordé.

— Professeur Ambrose ?

— Oui ? Eva, c'est cela ?

— Euh… vous auriez un moment ?

— Certainement. Mme Franklin, qu'en dit votre emploi du temps ?

— C'est la pause déjeuner. Si votre estomac supporte un peu de retard…

— Bien entendu. Ne vous inquiétez pas pour moi. Mais je ne voudrais pas vous retenir.

— Pas de problème. J'ai des lamelles à préparer pour cet après-midi. Je serai dans mon bureau.

— Merci beaucoup, professeur ! m'exclamai-je.

Cet homme avait une manière d'exposer les choses qui était si claire, si ouverte que chaque explication conduisait à une autre question. Soudain, il fouilla dans son sac et en sortit un petit coffret. Il l'ouvrit doucement. À l'intérieur se trouvaient des tubes à essais en verre, des compte-gouttes et des lamelles. Il hésita une seconde, vérifia si j'étais sincèrement intéressée puis poursuivit.

— Je n'ai pas eu le temps de montrer ceci tout à l'heure, mais vu ton enthousiasme et tes capacités, peut-être aimerais-tu jeter un coup d'œil ?

Je filai direct au septième ciel.

Quand la première lamelle fut en place, il me fit signe de regarder l'image numérique.

— Que vois-tu ?

— Rien d'inhabituel… des lymphocytes T normaux.

— Bien. Continue de regarder…

Il prit un des minuscules tubes à essais et déposa une quantité invisible de liquide sur la lamelle.

Les cellules furent rejointes par de petites structures hérissées d'aiguilles. Une forme que nous n'avions pas observée précédemment.

— Qu'est-ce que c'est ? m'enquis-je.

— Regarde…

Je clignai des yeux. Plus rien à l'écran !

— Humm, il y a un problème avec la transmission.

— Non, non. La transmission est normale !

— Mais ?

— Regarde encore. Cette fois-ci à une vitesse perceptible.

Il avait enregistré l'expérience sur le disque dur et repassait la séquence trois cents fois moins vite.

À l'écran, les lymphocytes T bondissants accueillaient les aiguilles pointues. En quelques instants, les dernières s'attachèrent aux premières, se frayèrent un chemin dans leurs étroits récepteurs et atteignirent leur cavité centrale. Les aiguilles frétillaient dans la cellule et soudain, elles se séparèrent. De deux aiguilles, elles passèrent à quatre, à huit, etc. Et finalement, chaque lymphocyte T n'était plus qu'une masse grouillante d'aiguilles qui se mirent à grossir et grossir lorsqu'elles explosèrent simultanément. Je fixai l'écran. Vide.

— Que s'est-il passé ? chuchotai-je.

Je n'avais jamais rien vu de tel de toute ma vie.

— À ton avis ?

— Et bien… c'est impossible. On dirait que les cellules viennent de… disparaître.

— Tu as assisté à…

— Professeur Ambrose ! s'exclama Mme Franklin. Eva a suffisamment abusé de votre patience. Venez, avant que les cuisinières ne nous aient oubliés… J'ai peur qu'il ne reste plus une miette de brownies au chocolat.

Un soupçon d'impatience survola le visage du professeur mais il sourit avec chaleur.

— Merci pour votre aimable hospitalité. Eva ? Et si nous continuions notre conversation après le déjeuner ?

Je hochai la tête tout en me demandant si je pouvais échapper aux maths.

— Tu n'as pas cours à quatorze heures, Eva ? me demanda Mme Franklin, les sourcils froncés.

— Euh… pas exactement, mais…

— Peut-être réussirai-je à persuader le professeur Ambrose de revenir un autre jour…

— Ce serait avec grand plaisir, répondit l'intéressé, tandis que Mme Franklin l'entraînait vers la sortie.

Au moment où ils franchissaient le seuil, il pivota brusquement :

— Je peux laisser mes affaires ici pendant le déjeuner ?

— Absolument, professeur. Eva, verrouille la porte après ton départ, veux-tu ?

— D'accord, madame Franklin.

— À ta place, je me dépêcherais. Il te reste moins de vingt minutes pour manger avant ton prochain cours.

Mme Franklin conduisit donc le professeur Ambrose au self, me laissant seule dans le laboratoire.

J'examinai ma pile de livres. Le microscope.

Évidemment, j'aurais dû ranger mes affaires et aller déjeuner… mais non.

Hallucination

Londinium, 152 apr. J.-C.

Ce parfum… Il le connaissait. Il le huma, tourna son visage dans sa direction et ouvrit les yeux.

Elle était assise là, sur un tabouret à côté de lui. Elle regardait la lune par la fenêtre, l'air préoccupé.

— Livia ? murmura-t-il.

Ses yeux se posèrent aussitôt sur lui et un sourire exquis illumina son visage.

— Bonjour, Sethos.

Elle jeta un coup d'œil inquiet vers la porte avant de se pencher à son oreille.

— Vibia nous accorde quelques minutes…

— Tu sais être très persuasive, la complimenta-t-il, sa main cherchant la sienne.

— À mon avis, elle cherche à défier l'autorité de Flavia et ne se soucie guère de moi.

Il ferma les yeux et essaya d'avaler la bile qui lui montait à la gorge en repensant au baiser de Flavia.

— Tu as soif ? lui demanda Livia, se méprenant sur sa grimace.

Elle prit une coupe sur la table, lui souleva la tête en douceur et l'aida à boire. Il ne la quitta pas des yeux.

— Flavia est dangereuse, Seth. Quand elle veut quelque chose, elle l'obtient.

— Livia, s'étrangla-t-il. Tu es la seule que je désire et que je désirerai jamais...

— Seth, chuchota-t-elle en approchant la coupe de ses lèvres. Tu es affaibli par la douleur et la fièvre. Tu ne sais pas si tu es éveillé ou si tu rêves. Tu ne me connais pas...

Affolé, il avala l'eau.

— Livia... ne me dis pas que tu ne ressens pas la même chose...

Il soutint son regard et y trouva la réponse. Il constata aussi qu'elle luttait contre ses sentiments pour lui.

— Livia. Ne laissons pas la peur l'emporter.

Lentement, Livia baissa la tête et reposa la coupe sur la table. Tandis que sa main s'éloignait de lui, il éprouva un terrible manque. Instinctivement, il tendit le bras et, comme par miracle, elle prit sa main dans les siennes. Dans un soupir de contentement, il porta les doigts de Livia contre sa joue. Son parfum lui donnait le vertige. Il effleura ses doigts du bout des lèvres puis leva les yeux vers son visage… Elle pleurait.

— Seth…, bredouilla-t-elle. C'est impossible.

— Non, ne dis pas ça. Nous sommes faits pour être ensemble.

Seth fronça les sourcils en prononçant ces mots. D'où venait cette conviction ? Il méprisait toute forme de sentimentalité, ce qui, dans son cas, n'en était pas. Livia avait réaligné son univers. Pendant des années, sa vie avait tourné exclusivement autour de sa survie physique. Il avait tout fait pour cautériser émotions et pensées inutiles. Espoir, confiance, amour… bannis. Sa survie dépendait de ce déni rigoureux. Et voilà qu'il s'abandonnait soudain, s'alignait avec quelqu'un d'autre. Au lieu de craindre pour son existence, Seth aurait dit qu'elle dépendait de Livia à présent. Il ne pouvait plus vivre sans elle.

Elle regarda par la fenêtre en secouant la tête.

— Il ne faut même pas y penser.

— Je l'ai su dès que je t'ai vue, chuchota-t-il en revoyant son visage dans l'arène.

— Mais Sethos, tout est contre nous. Plus que tu ne le penses.

— Il y a une solution. Nous avons juste besoin de temps.

— Nous n'en avons pas. Je dois partir. Si je reste ici, je serai obligée de me marier…

— Quand ? s'inquiéta-t-il, la voix morte.

— La date est fixée. Le mariage aura lieu dans moins de deux semaines.

— Deux semaines, répéta-t-il sottement.

— Cassius Malchus n'aime pas attendre.

Cassius Malchus… Ce nom lui était familier.

— Personne ne le défie. C'est un homme puissant.

— À quel point ?

— Il est procurateur.

— Je n'ai pas peur du procurateur, gronda Sethos. J'ai seulement peur… de te perdre.

— Je suis déjà perdue, Sethos, murmura-t-elle.

Le torse du jeune homme se souleva à ces paroles, provoquant une douleur atroce dans son épaule. Il avait la bouche sèche, la fièvre menaçait de le terrasser à nouveau… il ne voulait pas perdre conscience…

Elle pinça les lèvres quand elle vit qu'il souffrait. Elle trempa un linge dans l'eau et essuya son front moite.

— Du calme, tout va bien, le rassura-t-elle. Je suis là…

Seth repoussa la fièvre de toutes ses forces mais elle eut raison de lui. Il ignorait combien de fois il avait tenté de refaire surface mais chaque fois qu'il ouvrait les yeux, on lui faisait boire des potions amères et il plongeait dans les ténèbres. Quelque part au loin, dans la lumière, il sentait qu'elle l'attendait mais il ne pouvait la rejoindre, ses membres étaient de plomb.

De temps à autre, il percevait des voix ; à l'occasion, il entendait la sienne qui marmonnait, hurlait, criait…

Parfois, la couleur de ses rêves changeait : les rouges et les noirs de ses cauchemars se teintaient de bleu et de jaune clair. Les mots se transformaient en chants, la musique chassait les ombres. Il dérivait, heureux, sur les eaux calmes et gagnait des plages de sable chaud.

À cet instant, il était allongé près des vagues étincelantes de Corinthe. Le soleil était haut dans le ciel bleu immaculé. Aveuglé, il se couvrit les paupières.

— Désolée, je ne voulais pas te réveiller !

Il ouvrit les yeux.

— Livia ?

Il ne se trouvait pas à Corinthe, mais dans cette satanée chambre. Livia se tenait devant lui, une lampe à huile à la main. Un halo de lumière l'enveloppait. Il tendit la main, elle la saisit.

— Merci, chuchota-t-il.

— De quoi ?

— D'être là… d'être…

Elle lui caressa le visage, mais elle ne souriait pas.

— Seth, je dois partir.

— Livia, je t'en prie…

— Je ne peux pas rester. Je vais loin, très loin. Il faut que tu me laisses partir ou il te tuera.

Sethos éclata d'un rire sauvage.

— Tu crois qu'il me fait peur ? J'ai affronté la mort tous les jours pendant des années. Il n'y a pas de crainte à avoir. Nous nous enfuirons ensemble…

— Alors il nous tuera tous les deux ou l'un de ses nombreux amis se fera un plaisir de lui rendre ce service. Nous ne gagnerons pas.

— Livia, j'ai remporté huit couronnes…

— Neuf, rectifia-t-elle.

— Nul ne me mettra à terre, cracha-t-il en prenant une grande respiration saccadée.

Il rassembla ses forces en maudissant ces drogues qui l'abrutissaient et essaya de se relever. Il ne s'attendait pas à être pris de vertiges et de nausées quand la douleur le foudroya. Il ne s'attendait pas non plus à la réaction de Livia.

— Seth ? Que fais-tu ? lâcha-t-elle en le forçant à s'allonger à deux mains. Tu vas rouvrir ta blessure et tu ne guériras jamais.

— Livia, grogna-t-il, faible, épuisé. Je dois récupérer des forces. Je dois m'entraîner.

Elle secoua tristement la tête.

— Pas maintenant. Il faut te reposer. Tu redeviendras fort, Seth, le rassura-t-elle en lui caressant le visage.

Ses doigts descendirent sur son torse. Les muscles tendus de Seth confirmaient ses paroles. Il saisit sa main qui traçait les contours de sa peau et attira la jeune fille vers lui. Il lui embrassa les cheveux, puis elle leva le menton pour mieux le voir. Quand leurs regards se croisèrent, la gorge de Seth se serra sous le coup de l'émotion. Il ferma les yeux et ses lèvres cherchèrent les siennes. Lorsque leurs bouches se touchèrent, il soupira et, instantanément, chacun inhala le souffle de l'autre, le cœur battant à un rythme effréné. Étourdie et hors d'haleine, Livia recula. Tous deux ressentirent aussitôt un grand manque. Elle s'approcha et cette fois-ci, l'embrassa doucement, tendrement.

Ses lèvres frôlèrent les yeux de Seth, ses joues, son menton, son cou pendant qu'il humait son parfum enivrant. Leurs bouches se rencontrèrent, et l'intensité de leur passion accéléra leur respiration. Quand Seth grogna, elle s'écarta.

— Je t'ai fait mal ?

— Oh, Livia ! souffla-t-il en l'attirant vers lui. Tu as réussi ce qu'aucun gladiateur n'a jamais pu faire… tu m'as arraché le cœur.

— Je suis désolée…

Elle pleurait. Les larmes coulaient encore quand ils recommencèrent à s'embrasser.

Leurs sens aiguisés les prévinrent en même temps que quelqu'un arrivait. Les esclaves de la cuisine s'affairaient non loin. Elle lui toucha les lèvres du bout des doigts avant de s'éclipser.

Son absence laissa un immense vide en lui. Il pria pour qu'elle revienne. En vain. Il décida alors de fermer les yeux et de réfléchir à un plan.

Si la réputation de Cassius était fondée, ils devraient s'enfuir de Britannia et traverser les mers. Il envisagea un instant de l'emmener à Corinthe. Seulement il ne voulait pas que la colère de Rome s'abatte sur sa patrie à cause de lui. Ce serait probablement plus sûr de se rendre en terres barbares non conquises par Rome. Toutefois, il y avait une raison à l'absence des Romains dans ces endroits : l'inhospitalité et l'hostilité de la région ou plus particulièrement de ses habitants. Il n'était pas question d'imposer de tels risques à Livia. Mais avaient-ils le choix ?

Il refusa de penser aux difficultés que rencontrerait un gladiateur blessé et marqué au fer rouge accompagné d'une belle et jeune Romaine traversant des territoires hostiles. Les chances n'étaient pas de leur côté mais les situations délicates, ça le connaissait !

Il avait économisé un peu d'argent et de nombreux bijoux de valeur – cadeaux généreux d'admiratrices – qu'il avait enterrés à l'abri dans la caserne. Il lui faudrait juste retourner là-bas pour les récupérer. En conclusion, il était impératif de sortir de ce lit.

Les dents serrées, il tenta de se redresser. Il ignora la douleur foudroyante dans son épaule et le sang chaud qui s'écoulait du bandage sur son torse. Malheureusement, il ne put passer outre la brume noire qui se forma devant ses yeux.

Un peu plus tard, quand elle revint auprès de lui, Flavia trouva un Sethos bouillant, en proie au délire et couvert de sang. Inquiète, elle fit chercher Tychon, le médecin, qui ne comprit pas comment les points avaient pu s'arracher. Il recousit la plaie et cette fois-ci, il lui attacha le bras au lit. Enfin, il lui administra une dose d'opium que Seth, malgré la fièvre, refusa d'avaler. Il devait garder les idées claires. En dépit de ses exploits dans l'arène, il fut facilement vaincu par un médecin grec âgé et sombra.

Au crépuscule, Seth se réveilla en sursaut, les idées embrouillées. Il avait rêvé de voyages… rassemblé toutes ses affaires… fui la caserne…

— Matthias, murmura-t-il.

— Qui est Matthias ? demanda un homme, sans plus d'intérêt.

Sethos se tourna vers la voix. Il avait mal à la tête et peinait à ouvrir les yeux. Cependant, il devina la silhouette de deux hommes à son chevet. Des personnes qu'il ne reconnut pas.

— Ce doit être le nom de cet esclave incompétent à la caserne qui a fait son possible pour tuer le gladiateur, gloussa l'autre homme.

Seth plissa des yeux, son poing se serra.

— Ah ! Sethos Leontis…, s'exclama une voix familière.

Ses yeux se posèrent sur la silhouette dominatrice de Flavia Natalis. Elle se tenait sous la fenêtre et son regard le mettait en garde. Sa présence ne fit qu'amplifier l'absence béante de la seule personne qu'il désirait voir. Il la chercha comme un fou dans la pièce mais Livia ne s'y trouvait pas.

— Maintenant que tu es conscient, continua Flavia, il convient à mon avis que tu rencontres et remercies l'homme qui t'a sauvé la vie : Domitus Natalis, ton hôte et mon époux.

Le sourire aux lèvres, elle s'approcha de l'homme grand et mince qui venait d'insulter le meilleur ami de Seth.

Domitus lui tapota la main et attendit. Impérieuse, Flavia écarquilla les yeux.

Sethos ravala sa bile et marmonna quelque remerciement.

— Tu es doublement honoré ce soir, car nous accueillons un invité haut placé, Cassius Malchus.. qui sera bientôt plus qu'un invité : notre futur fils.

Seth leva les yeux au ciel. Futur fils ? Il devait avoir dix ans de plus que Flavia. Il fixa les paupières tombantes de son rival haï, un homme aux épaules larges, un ancien soldat vu sa posture, une bouche rebondie et légèrement tordue, un nez grand et large, une grosse tête et des cheveux grisonnants.

Seth manqua de vomir à l'idée que cet homme toucherait Livia.

Cassius s'impatientait.

— Où est ma fiancée, au fait ? Je ne suis pas venu ici pour regarder un esclave grabataire… Je présume que Livia chantera ce soir.

Il chassa Domitus de la pièce.

Les articulations de Seth blanchissaient à vue d'œil et il s'efforçait de maîtriser sa respiration tandis que les deux hommes passaient la porte.

De retour sous la fenêtre, Flavia l'observait. Elle poussa un long soupir. Elle en avait vu assez. Depuis plusieurs jours, les marmonnements fiévreux l'avaient alertée sur ses préoccupations ; elle espérait juste que ses mots résultaient de ses délires.

Mais là, elle avait observé l'effort conscient qu'il avait accompli pour contrôler son animosité envers Cassius. Il n'était pas difficile d'en deviner la raison. Flavia n'était pas stupide. D'une beauté exceptionnelle, Livia attirait les gens. D'ailleurs, Domitus et elle n'avaient-ils pas été captivés par elle, petite fille ?

Il ne faisait aucun doute dans son esprit : Sethos Leontis était amoureux de son enfant.

Flavia se mordit la lèvre pour réfréner le profond soupir qui risquait de la trahir. Dans son cœur, elle avait compris la veille, quand elle l'avait embrassé, qu'il ne voulait pas d'elle. Seulement, la patricienne pensait qu'en temps voulu, il céderait. À présent, elle savait que la partie était perdue. La jalousie était un compagnon froid qui s'agrippait à son âme et l'emplissait d'amertume. Tandis qu'elle suivait les hommes, elle décida d'agir au plus vite.

Au travers de ses rêves désespérés, Seth entendait au loin une chanson étrange et sensuelle qui tissait ses modulations autour de notes pincées complexes. Une partie de sa conscience reconnaissait Livia. Sa voix l'interpellait, lui rappelait qu'il avait quelque chose à faire.

Il se réveilla en sursaut. Il faisait sombre. Son parfum embaumait la pièce.

— Livia ? chuchota-t-il.

Il sentit ses lèvres contre son oreille.

— Seth, je n'ai pas le temps. Ils sont au courant pour nous… Je serai mariée demain matin. Les gardes arrivent… je dois partir !

— Livia, haleta-t-il. Je viens avec toi…

— Non, Sethos, c'est impossible. Je reviendrai te chercher. Je t'aime…

Et elle disparut.

Il voulait se lever et la suivre, mais il était attaché au lit. Impuissant, dépouillé, il sentit une rage intense bouillonner dans sa poitrine.

Pris au piège

Londinium, 152 apr. J.-C.

— Sethos.

Il refusait d'ouvrir les yeux.

Il s'était débattu dans un tourbillon écœurant, chaos fait de désespoir et de furie. Dans l'épicentre de cette tempête cauchemardesque se trouvait Livia, petite, disparaissant au loin.

Tandis qu'il s'agitait et luttait, des éclairs blancs de peur zébrèrent soudain l'obscurité. Livia hurlait. Elle criait son nom. Le cœur de Seth tambourinait tandis qu'il se battait contre les liens qui le retenaient au lit. Jamais de sa vie de gladiateur il ne s'était senti ainsi prisonnier. Son impuissance le minait, lui volait son identité. Il n'avait rien. Il n'était rien.

— Sethos ! Réveille-toi !

Ce n'était pas la voix de ses rêves. Il tourna la tête.

— Vite, Sethos ! J'ai un message… de la part de Livia.

Il ouvrit les yeux en grand. Vibia, la vieille cuisinière, était accroupie à côté de son lit, l'air inquiet.

— Elle a été attrapée alors qu'elle s'enfuyait... Elle est mariée désormais...

— Quand ?

— Hier. Ils t'ont administré une bonne dose de sédatifs.

— Où est-elle ?

— Chez Cassius.

— Par tous les dieux..., grogna-t-il.

L'idée lui était insupportable. Il se cacha les yeux avec l'avant-bras. Il ne pouvait faire face à Vibia. Ou à lui-même. Il avait abandonné Livia quand elle avait eu le plus besoin de lui. Maintenant, il ne voyait plus que les ténèbres. Ses espoirs étaient anéantis.

— Sethos Leontis, tout n'est pas perdu, murmura Vibia qui jeta un coup d'œil à la porte.

Seth remua.

— J'ai une nièce. Elle est domestique chez Cassius. On peut lui faire confiance...

— Mais, Vibia...

La cuisinière se redressa soudain et parla plus fort :

— Je te rapporte du pain tout de suite. Quel plaisir de te voir réveillé.

Elle lui lança un regard prudent avant de se relever.

— Ah ! Vibia ! Son repas devra attendre, déclara Flavia qui s'approcha du lit à grands pas. Le médecin est arrivé.

— D'accord, madame, répondit Vibia qui sortit.

Seth ferma les yeux en attendant ses visiteurs suivants. Il tâcha d'ignorer la caresse fraîche et seigneuriale de Flavia sur son bras. Par contre, quand il sentit la présence du Grec avant qu'il examine ses bandages, tout son corps se raidit.

Tychon s'éclaircit la voix avec déférence.

— Madame, j'aurais besoin d'un peu de temps pour examiner le gladiateur. J'appellerai votre servante pour prévenir que j'ai terminé.

— Très bien, renifla Flavia qui quitta la pièce en claquant presque la porte derrière elle.

Une fois assuré qu'elle ne pouvait plus les entendre, Tychon s'adressa à Sethos en grec.

— Quel mal te ronge, jeune homme ? Tu combats sans cesse mes médications. Tu possèdes la force de dix étalons et pourtant, la fièvre te consume toujours. Tu luttes contre les tisanes qui t'aideraient à dormir, tu as rouvert ta plaie par deux fois déjà… la peau autour de ta blessure est si fine que je ne pourrai pas la recoudre indéfiniment. Laisse-la guérir. Tu veux vivre, oui ou non ? Tes années de gladiateur t'ont-elles dégoûté à ce point de la vie ?

Seth secoua la tête.

— Je veux vivre, Tychon. J'ai besoin de recouvrer mes forces. Je dois partir d'ici… Je ne veux plus être attaché à ce lit comme un animal.

— Si j'enlève tes liens, ta blessure ne guérira pas.

— Est-il possible de me sangler uniquement l'épaule ? Ainsi je pourrai me lever et bouger. Mes jambes fonctionnent, mes mains aussi.

Tychon se gratta la tête quelques secondes.

— Bien, voyons d'abord si les points tiennent et si la zone est moins enflée…

Seth se prépara au changement de pansement, mais aujourd'hui, la douleur foudroyante de l'eau de feu, le tamponnement et le sondage méticuleux de sa plaie l'aidèrent à recouvrer ses esprits. Il était déterminé à rassembler assez de forces pour sortir Livia de sa prison.

Comme il n'était pas venu avec ses assistants, Tychon lui épargna les saignées. Seth remercia Zeus en silence pour cette petite miséricorde. Dès que son épaule fut bandée, au lieu de rattacher le jeune gladiateur au lit, Tychon appela Vibia.

— Peux-tu me trouver des linges propres et les couper en bandes longues et larges ? lui demanda-t-il en lui mimant ce qu'il souhaitait.

Vibia hocha la tête et repartit. Quand elle revint avec une pile impeccable de linges couleur crème, Tychon posa les bandes avec soin sur la table en marbre à côté du lit.

— Merci, Vibia. J'aimerais que tu restes m'aider quelques instants.

Tous deux assirent doucement Sethos qui poussa un gémissement quand la douleur lui transperça l'épaule.

— C'était ton idée, lui rappela le médecin.

— Je vais bien, haleta Sethos.

Tychon plia en douceur le bras gauche de Seth contre son corps et commença à envelopper épaule et bras. Aussitôt qu'il eut attaché la dernière bande, il se posta devant Seth, les bras croisés.

— Ne te sers surtout pas de cette main. Déplace-toi prudemment. Évite autant que possible les secousses : je ne veux pas recoudre ton entaille à nouveau. Si tu ressens une chaleur intense dans l'épaule, demande qu'on m'appelle sur-le-champ. Le soir, tu avaleras les sédatifs que je te fournis sans objecter. Tu prendras mes herbes qui purifient le sang trois fois par jour. Ne me laisse pas tomber, Sethos.

— Merci, murmura celui-ci.

— Je vous reconduis, intervint Vibia.

Assis au bord du lit, Seth respirait de manière saccadée. La douleur lancinante devenait peu à peu supportable et familière. Il n'avait pas eu les idées aussi claires depuis plusieurs jours… Plusieurs semaines ? Il ne se souvenait pas depuis combien de temps il était alité dans cette chambre.

Vibia revint avec du pain, des fruits secs et du vin chaud au miel. Seth mangea et but de bon cœur. Étrange comme cette pièce paraissait différente sous cet angle. Finalement, il la trouva très belle, claire, avec ses murs bleu pâle. Des spirales petites et simples ressortaient en blanc. Le sol carrelé était orné de motifs géométriques blancs et gris, la table en marbre gris de délicats fils bleus. Son lit se terminant par un rouleau était lui aussi peint en bleu.

Dès qu'il eut fini son petit déjeuner, il posa son assiette et sa coupe sur la table près du lit. Ensuite, il s'appuya sur le meuble pour se lever. L'opération ne fut pas indolore. Il fut pris de vertiges mais une fois debout, il se félicita. Au bout de quelques pas, la nausée l'obligea à tituber jusqu'au lit. Où il ne resta pas longtemps. Il inspira à grandes bouffées et se releva.

Il devait s'astreindre à une certaine discipline s'il voulait récupérer. Il s'obligea donc à marcher autour de la pièce. Chaque fois que ses jambes faiblissaient, il s'adossait au mur frais. Chaque fois que sa tête ondulait, il s'accroupissait et attendait que cela passe. Il avait accompli trois tours et se reposait contre le mur quand Flavia entra brusquement.

Elle n'en revint pas de le voir debout et sourit.

— Sethos ! Quelle joie de te voir là !

— Si les dieux le veulent, vous serez bientôt débarrassée de moi.

Il sentait ses yeux sur lui. Il essaya de sourire mais ses lèvres refusèrent de coopérer.

— Sethos, chuchota Flavia qui s'approcha tout près de lui et lui effleura le menton. Quel bonheur de voir le feu des gladiateurs brûler à nouveau dans ta poitrine.

Sa main glissa sur son torse et Sethos tenta de se soumettre sans broncher. Puis elle se dirigea vers la cloche et appela Vibia.

— Va chercher une bassine d'eau chaude et parfumée, des serviettes et de l'huile de genévrier.

Seth se réjouit à l'idée de se laver mais il craignit la présence de Flavia pendant ses ablutions. Elle posa la main sur son bras.

Il réfléchit à ses options. Était-il assez en forme pour partir sur-le-champ ? Le médecin lui avait dit que non, mais Seth se connaissait : il avait de grandes capacités de récupération. Puis il se souvint que les gladiateurs de la *familia* étaient absents de la caserne pendant encore deux semaines au moins. Il serait incapable de s'occuper tout seul de lui pour l'instant. De l'autre côté, s'il se refusait à Flavia, la vie chez Domitus serait vite insupportable. Les épouses romaines repoussées savaient se venger…

Il devait regarder la vérité en face : il était pris au piège.

Vibia frappa et entra avec une grande bassine qui sentait glorieusement bon. Bizarrement, elle ne la posa pas sur la table avant de partir. Elle fit un signe de tête vers la porte.

— J'ai demandé à Ochira de m'aider à baigner le gladiateur, madame, annonça Vibia avec un sourire éloquent.

Ochira, une grosse fille au visage rond, entra sur la pointe des pieds. Elle portait des serviettes, des huiles et une tunique propre.

Flavia était furieuse. Elle avait été dupée par une vieille esclave et il aurait été malséant pour elle de rester.

— Merci, Vibia, siffla-t-elle avant de sortir telle une furie.

Seth récita une prière silencieuse de gratitude puis sourit à sa sauveuse. Une bouffée inattendue d'optimisme l'envahit soudain. Avec l'aide de Vibia, Livia et lui pourraient peut-être quitter Londinium ? Il tendit son bras valide et ferma les yeux. S'il s'entraînait dur, il serait assez en forme pour se mesurer à Cassius.

L'eau chaude et parfumée apaisa sa peau ; tandis que les malheurs du jour étaient lavés, il inspira profondément et osa rêver au jour où Livia et lui seraient enfin réunis.

Chaleur

Sainte-Magdalen, 2012 apr. J.-C.

Je fermai la porte du labo de bio et retournai devant l'écran. Cette histoire m'intriguait. Des cellules envahies ne disparaissaient pas comme ça ! J'avais vu des cellules exploser mais il subsistait toujours des traces visibles, outre la bactérie ou le virus multiplié qui nageait plus loin pour envahir d'autres cellules. Jamais une évaporation totale comme celle-ci.

Il fallait que j'observe ce phénomène à nouveau. Je me dépêchai de repasser la séquence, cinq cents fois moins vite, c'est-à-dire aussi lentement que le programme le permettait.

Le ralentissement ne me fournit aucune information supplémentaire. La disparition totale se reproduisit, un peu moins rapidement.

Frustrée, je tournai le dos à l'écran et manquai trébucher sur le coffret ouvert par terre du professeur Ambrose. J'y jetai un coup d'œil et m'aperçus qu'il n'avait rangé ni le tube à essais ni le compte-gouttes. Ils étaient toujours sur la table à côté du microscope. Mon cœur se mit à battre très fort car ma décision était prise.

Si je voulais reproduire l'expérience, il me fallait des lymphocytes T normaux...

Facile, j'en avais un corps entier. Je sortis en vitesse un compas de ma trousse, m'enfonçai la pointe dans le doigt et déposai le sang sur une lamelle neuve. Puis je m'emparai du petit tube, ajoutai une goutte à la surface, la plaçai sous le microscope et réglai la lentille.

— Je n'y crois pas ! m'exclamai-je en regardant le ralenti.

Même lentement, cela se passait si vite ! Invasion, réplication, multiplication, explosion... disparition... puis un écran immobile et vide.

Je le fixai quelques minutes. Il s'agissait de science pure, il devait donc y avoir une explication logique. J'avais sûrement raté quelque chose. Je me levai pour réitérer l'expérience.

Je trouvai une lamelle propre, saisis mon compas, me piquai à nouveau le doigt, pris le tube à essais...

— Eva Koretsky ! Que fabriques-tu encore ici ?

Mme Franklin et le professeur Ambrose revenaient de déjeuner. J'étais tellement perdue dans mes pensées que je sursautai de surprise. Le contenu du précieux tube se déversa sur mes doigts puis sur le sol.

— Oh, mon Dieu ! Je suis désolée !

Le visage pétrifié, le professeur Ambrose regardait le tube à moitié vide.

— Eva, tu sais pourtant que les laboratoires sont interdits en l'absence d'un enseignant. J'espère que cet échantillon n'avait pas de valeur, professeur Ambrose ?

Je retins mon souffle.

Le professeur fixa quelques instants la petite flaque sur le carrelage puis, sans lever les yeux, il répondit :

— Non, non. J'en ai des quantités astronomiques.

— Voilà qui me rassure. OK Eva, tu ferais mieux d'aller au self.

— Je suis sincèrement désolée. Je pars dès que j'ai nettoyé les dégâts.

— File, Eva, me conseilla le professeur Ambrose en me poussant vers la sortie. Je m'en occupe. Madame Franklin, vous avez du papier absorbant ?

Elle partit en chercher.

— Eh bien… Euh… Merci, professeur Ambrose et encore désolée, marmonnai-je tout en ouvrant la porte. Au revoir.

— Au plaisir, Eva. Je crois que nous nous reverrons bientôt.

J'avais six minutes devant moi. Je piquai un sprint jusqu'à la cantine déserte mais j'avais raté le service.

Je me rendis donc directement en maths, les questions se bousculant dans mon cerveau.

À la fin du cours, la tête me tournait un peu. *Il faut que je grignote avant la répétition*, pensai-je, tandis que je ramassais mes affaires et me levais. Trop vite. Gros vertige. Je chancelai méchamment, au point que Rob Wilmer dut me soutenir.

— Ça va ? me demanda-t-il.

— J'ai sauté le déjeuner… et le petit déj', maintenant que j'y pense. Une minute…

— Tiens !

Il m'offrit une moitié de Mars.

Je le remerciai tout en enlevant les peluches sur la barre chocolatée.

Au bout d'une demi-heure d'histoire de l'art, je commençai à avoir chaud. Très chaud. J'ôtai mon sweat à capuche, mais je transpirais encore. Je m'essuyai le front, il était bouillant.

Je n'avais franchement pas le temps d'attraper la grippe. Au moment où je pensais cela, mon estomac se souleva. Ne pas vomir, ne pas vomir… Saleté de Mars ! Depuis combien de temps croupissait-il dans la poche de Rob ? Je me levai d'un bond. Grosse erreur. La salle se mit à tourbillonner violemment. Je tentai de l'arrêter assez longtemps pour localiser la porte. Mais tandis que je la cherchais, ma vision s'embua et la pièce s'obscurcit. J'entendis un grand fracas : moi qui heurtais le sol.

Fureur

Londinium, 152 apr. J.-C.

Seth mit la même énergie, la même volonté, la même intensité dans sa convalescence que dans l'arène. Il affronta la douleur, l'épuisement, les tremblements et les saignées quotidiennes sans accorder le moindre répit à son corps. Il était motivé par le besoin de retrouver sa forme physique, mais aussi par la honte. Il n'avait pas pu empêcher l'enlèvement de Livia et il était dévoré par son échec. Seth avait souvent assisté à la honte des gladiateurs lors d'un combat mal mené, mais c'était la première fois qu'il ressentait vraiment l'écœurement du déshonneur. Celui-ci lui semblait pire. Dans l'arène, le combattant se trahissait lui-même ; là, Seth avait trahi quelqu'un d'autre, la femme qu'il déclarait aimer.

Cet entraînement implacable était ponctué par la visite régulière de Flavia. Parfois, elle se contentait de s'adosser au mur et de le dévorer des yeux. De temps en temps, elle se postait derrière lui et le humait. Quand elle était sûre qu'ils ne seraient pas dérangés, elle approchait la tête de son épaule et l'embrassait dans le cou, faisait courir ses mains dans son dos, sa chevelure brune le long de sa mâchoire, sur ses lèvres. Seth fermait alors les yeux et demeurait immobile, tel un animal sauvage piégé par un prédateur. Il ne bronchait pas ; il se soumettait simplement jusqu'à ce qu'elle pousse un soupir de frustration et s'en aille. Dès que la porte se fermait derrière elle, il s'autorisait un frisson puis reprenait son entraînement.

Le matin du sixième jour, peu après que Tychon eut fini de le torturer – changement de pansement et saignée –, Vibia se faufila dans la chambre. Elle attendit que le médecin et son assistant soient sortis de la maison, s'assura que la porte était bien fermée, puis elle s'approcha du lit et lui chuchota à l'oreille :

— J'ai des nouvelles.

Seth se pencha tandis qu'elle lui murmurait son message. Il soupira, hocha la tête, le regard perdu dans le vide pendant qu'elle débarrassait la coupe et l'assiette du petit déjeuner. Dès qu'elle fut sortie, Seth cligna des yeux, se leva péniblement de sa couche et commença par des accroupissements.

Pendant deux heures, il transpira : pompes sur une main, course sur place, saut à la corde, développé couché avec des poids de fortune (bougeoirs en marbre et tabourets), fentes et parades. Il aurait été incapable de dire si le tambourinement de son cœur était dû aux exercices ou à l'anticipation.

À midi, Vibia arriva avec une bassine d'eau chaude et des huiles. Elle l'aida à se laver et à se raser. La nudité n'avait jamais complexé Seth, jusqu'aux assauts quotidiens de Flavia. Désormais, ses yeux et ses oreilles guettaient le moindre signe d'intrusion. Vibia avait bien programmé sa visite : elle l'aidait à enfiler sa tunique quand Flavia fit irruption.

— Vibia ! cracha-t-elle. Que fais-tu ici ?

— Pardon, madame. Vous avez besoin de moi ?

Elle ramassa la bassine, la serviette et la tunique sale avant de sortir de la pièce. Elle n'osa pas regarder sa maîtresse dans les yeux. Flavia affichait un visage de pierre.

— Ma dame, je suis vraiment désolé, s'excusa Seth. C'est ma faute. Mes mouvements sont encore limités, alors j'ai demandé à Vibia de m'aider.

Flavia renifla.

— La place d'une cuisinière est à la cuisine, sauf contrordre. Vu que je ne déjeune pas à la maison aujourd'hui, je passerai outre cette transgression… Elle peut te remercier.

Leurs regards se croisèrent ; il comprit aussitôt ce qu'elle impliquait. Le sort de Vibia était dangereusement lié au sien. Il déglutit avec amertume ;

chaque cellule de son corps résistait à son impuissance face à la situation et méprisait son autorité menaçante.

— Merci, ma dame, répondit-il, les dents serrées.

Flavia sourit, se pencha vers lui et l'embrassa avec vigueur sur la bouche. Il ferma très fort les yeux, fit de son mieux pour faire disparaître Livia et lui rendit son baiser. Frémissante de plaisir, Flavia lui caressa les cheveux, le cou, l'attira vers lui.

Quand elle s'arrêta pour reprendre son souffle, elle lui effleura les lèvres et rit doucement.

— Sethos, mon mignon, je ne peux pas rester. Je vais être en retard chez Tavinia ! Mais n'aie crainte, nous continuerons plus tard…

Elle l'embrassa une dernière fois et s'éclipsa.

— Ochira ! appela-t-elle. Mon manteau !

Cinq minutes plus tard, Flavia et Ochira avaient quitté la villa et Seth, les poings fermés, s'appliquait à contrôler la colère qui bouillonnait dans sa poitrine.

Il sursauta quand la porte s'entrouvrit dans un craquement. Ce n'était que Vibia qui lui apportait une toge et une cape.

Seth resta bouche bée devant les vêtements.

— Une toge ? s'étonna-t-il.

— Tu ne peux pas sortir de cette maison dans ta tunique d'esclave. Ces habits cacheront tes tatouages et ton épaule blessée.

La toge romaine symbolisait la citoyenneté et l'honneur. En porter une sans autorisation tenait du blasphème. Par ailleurs, Seth ignorait totalement comment l'enfiler. Contrairement à Vibia qui avait des années de pratique derrière elle. Malgré ses doigts ankylosés, elle lissait les plis autour de lui une poignée de minutes plus tard. Il avala une grande bouffée d'air quand elle jeta la lourde cape noire sur son épaule immobilisée.

— Désolée, marmonna-t-elle tout en attachant le fermoir. Mais tu seras content d'avoir une capuche, crois-moi.

Enfin, elle recula.

— Bien, approuva-t-elle. Tu ressembles à un vrai citoyen romain.

Il esquissa un sourire désabusé. Tous les deux connaissaient l'ambivalence du compliment à ses yeux : Sethos détestait la plupart des citoyens romains.

Vibia lui toucha le bras.

— Quoi que tu voies, lui conseilla-t-elle, ne te trahis pas. Nos vies à tous en dépendent.

Seth plissa les yeux, l'air pensif. Il savait reconnaître une mise en garde quand il en entendait une. L'effroi s'empara de lui.

Vibia sortit quelques secondes de la chambre pour vérifier que personne ne rôdait dans les parages, puis elle lui fit signe de la suivre. Une fois sûre que la voie était libre, elle se tourna vers lui, esquissa un signe de tête silencieux et soudain, il se retrouva au milieu de la rue, seul.

Ce fut là son premier moment de liberté depuis sa capture à Corinthe. Esclave, un gladiateur ne se promenait jamais dans les rues de Londinium à moins d'être enchaîné et sous bonne garde. Néanmoins, il ne perdit pas de temps à savourer cette liberté. Peu importait le bonheur que ressentait son corps libéré de ses entraves, cette douceur était gangrenée par une certitude amère : si on le surprenait dans une tenue de patricien, on le punirait sans pitié. Et là, il se jetait directement dans la gueule du lion : le forum.

Seth était conscient de l'imprudence de ce plan : le forum se trouvait au centre de la vie commerciale et politique de Londinium. Il y aurait foule. Tous les notables s'y retrouvaient. Et voilà que Sethos, le célèbre gladiateur, s'y rendait *incognito*.

Par chance, Sethos comprenait bien le psychisme romain. Les esclaves étaient invisibles, tels des sous-hommes. Même s'il avait été un gladiateur adulé, une balise au milieu de l'arène, peu de personnes s'attarderaient sur son visage. Comme la plupart des spectateurs étaient installés trop loin des jeux pour distinguer les combattants, Seth croyait assez en son déguisement. Il se méfiait uniquement des personnes qu'il côtoyait. Fort heureusement, la *familia* gladiatoriale n'était pas encore revenue d'Aquitania. Il devait toutefois admettre que plusieurs patriciennes le connaissaient intimement. Il chassa cette pensée de son esprit.

La villa des Natalis n'était pas loin du forum à pied. Tandis qu'il avançait d'un pas leste, sans se presser toutefois (comme le lui avait recommandé Vibia), il considéra le message transmis par Sabina, la nièce de la cuisinière.

Sabina devait quitter la maison de Cassius en compagnie de Livia et se rendre dans les boutiques du forum. Ce serait la première sortie de Livia depuis son mariage. Cassius, semblait-il, avait décidé de lui accorder cette petite liberté à condition qu'elle soit accompagnée de Sabina et d'un garde. Seth refusa d'imaginer comment Livia avait pu lui prouver qu'elle était digne de confiance. De la même manière qu'il avait convaincu Flavia ?

Il ne ferait peut-être que l'apercevoir, mais cette pensée lui donna du courage ce matin-là. Jamais il ne douta du bon sens de ce plan. Il avait besoin de la voir, comme une plante a besoin d'eau.

La marche jusqu'au forum se déroula sans incident. À son arrivée, il rabattit sa capuche sur la tête. Il faisait frais mais sec en ce jour de septembre, le temps ne se prêtait pas au port de la cape, ce qui mettait Seth mal à l'aise, mais la capuche lui cachait joliment le visage et, après réflexion, c'était bien la solution la plus raisonnable. Le poids combiné du manteau et de la toge pesait sur son épaule et chaque pas faisait vibrer sa blessure. Peu importait,

Seth avait l'esprit ailleurs. Il inspectait la foule, guettait le moindre danger, cherchait Livia.

Enfin, il la vit. Devant l'étal du boulanger, elle grignotait un gâteau aux amandes. Elle tournait la tête mais il la reconnut au premier coup d'œil. Un magnifique carré de soie lilas brodé d'or lui couvrait les cheveux. Elle portait une tunique lourde et blanche bordée de pourpre. Trois bracelets en or brillaient à son poignet et Seth reçut un coup de poignard quand il aperçut sa large bague de fiançailles. Toute son apparence la proclamait épouse d'un homme très riche. Par contre, elle semblait tellement malheureuse que son cœur en saigna. Elle mangeait sans savourer. La nourriture ne l'intéressait pas ; elle lançait des regards nerveux aux alentours.

Seth n'eut pas besoin d'attirer son attention. En effet, dès qu'il la remarqua, comme par une force magnétique, elle sentit son regard sur elle. Livia se figea. Lui aussi. Le plaisir de la voir fut anéanti par une autre émotion : la furie. Son visage n'était qu'un catalogue de blessures : une coupure gonflée le long de la joue, des ecchymoses à la mâchoire, les lèvres fendillées et enflées. Le souffle coupé, Seth examina vite le reste de son corps mais ses robes cachaient d'éventuels coups.

Pris de frénésie, il s'avança vers elle mais elle écarquilla les yeux de peur et, en silence, désigna sa gauche. Elle lui montrait son garde, un rouquin massif à l'air belliqueux et à la posture de soldat. Il ne dissimulait pas la dague à sa ceinture et l'épée attachée dans son dos.

Sans armes, Seth avait une épaule blessée et le devoir de demeurer caché, pour le bien de tous ceux qui étaient impliqués. Il se battit contre lui-même et cette envie urgente de tuer le gardien afin de sauver sa belle. Mais des années plus tôt, il avait appris qu'un guerrier devait contrôler sa colère et rester mesuré. Trop de vies étaient en jeu.

Soudain, Livia tendit le bras vers le garde.

— Otho, mon époux Cassius m'a expressément demandé de lui acheter de nouveaux dés. Je me sens un peu fatiguée… aurais-tu la gentillesse de les prendre pour moi ? J'ai vu un magnifique magasin de jeux là-bas. En attendant, je reste ici avec Sabina.

Livia sortit une bourse et remit trois pièces au garde.

Le type se moquait pas mal que sa prisonnière fût souffrante ou non. Sous les yeux hébétés de Seth, il tourna les talons. Aussitôt, le gladiateur courut vers Livia et l'attira contre lui. Dans un sanglot, elle s'appuya contre sa poitrine.

Il examina son visage meurtri.

— Qui t'a fait cela ? grogna-t-il.

— Cassius est mon mari désormais.

— Je le tuerai !

— Non. Tu ignores ce dont il est capable.

— Je t'emmène avec moi, mon amour.

— Pas maintenant, Seth. Pas encore, le supplia-t-elle, en essuyant avec colère une larme sur sa joue.

— Madame ! la prévint Sabina, le regard fou d'inquiétude. Nous sommes trop exposés. Otho risque de revenir d'une seconde à l'autre.

Les poings serrés, Seth contrôlait mal sa respiration. L'adrénaline montait en lui, il avait envie de se battre et ces semaines d'inaction forcée lui pesaient.

Livia posa la main sur son bras pour le ramener au calme.

— Livia, quand te reverrai-je ?

— Maîtresse, Otho arrive ! Maintenant !

— Pars, Sethos. Je t'enverrai un mot.

Il ne pouvait se résoudre à la quitter.

— S'il te plaît, mon tendre Seth…

Elle s'étrangla et lui tourna le dos.

Il regagna l'ombre et regarda, impuissant, sa bien-aimée lui échapper. Quelle sensation insupportable. Il avait besoin de courir, de dépenser l'énergie destructrice qui s'accumulait dans sa poitrine. Mais les citoyens romains drapés dans des toges et des capes ne couraient pas. Ils marchaient d'un pas alerte et décidé.

Chaque cellule de son corps luttait contre l'obligation de rentrer, mais c'était sans compter son grand sang-froid. Il devait survivre. Il avait une mission et réfléchir à son accomplissement occupa tellement son esprit qu'il ne remarqua pas que ses pas l'avaient reconduit à la maison des Natalis. Dès qu'il fut dans le jardin, Vibia se rua sur lui, lui ôta toge et cape puis le poussa à l'intérieur. Flavia était déjà revenue.

Elle l'attendait dans sa chambre ; la colère suintait de chacun de ses pores.

— Sethos Leontis, où étais-tu ?

Il plissa un instant les yeux afin d'étouffer la répulsion qu'elle lui inspirait et d'oublier le pouvoir qu'elle avait sur eux tous. Il reprit le contrôle et débita son texte :

— J'étais dans le jardin, ma dame. Je ramassai ceci.

Quand il lui tendit la pomme rouge et luisante que Vibia lui avait glissée dans la main quelques instants plus tôt, Seth observa le changement d'humeur le plus théâtral qu'il ait jamais vu.

Le ravissement transforma le tyran autoritaire en coquette flirteuse.

— Oh, Seth. Quelle gentille attention !

Elle se dirigea vers la porte de la chambre, la verrouilla puis le prit dans ses bras. Tandis qu'elle l'embrassait, Seth ferma les yeux et ne pensa qu'à Livia.

Secrets

Londinium, 152 apr. J.-C.

Huit jours difficiles s'étaient écoulés depuis sa rencontre avec Livia. Durant cette semaine, Seth avait enduré cinq visites conjugales de la part de Flavia, trente-deux heures d'entraînement exténuant, sept saignées. Là, assis sur le bord de son lit, il serrait des dents pendant que Tychon lui changeait son pansement, et il tentait de réprimer son agitation excessive.

Alors que le médecin lui immobilisait lentement l'épaule, Seth lui demanda soudain de reconsidérer la question.

— Tychon, il m'est impossible de m'entraîner correctement avec un seul bras. Et je suis obligé de demander l'aide des femmes de la maison à la moindre occasion. Il faut me libérer !

Il ne mentionna pas qu'un bras en écharpe gênait fortement son déguisement de citoyen romain, tenue qu'il avait l'intention de réutiliser moins d'une demi-heure plus tard. Il n'ajouta pas non plus que sa capacité à fuir Londinium et son rôle de protecteur de Livia seraient dangereusement compromis par un tel handicap.

Tychon secoua la tête, l'air grave.

— Patience, Sethos ! Les déchirures musculaires et la peau guérissent, mais l'os met plus de temps. Si je n'immobilise pas ton épaule, tu ne te resserviras jamais plus de ce bras. En as-tu conscience ? Tu ne seras plus utile à rien !

Tychon ne lui avait jamais parlé avec une telle franchise.

Seth déglutit et n'insista pas. Il préféra se consacrer à des pensées plus heureuses : les lettres de Livia. Il en avait reçu deux. Rédigées en grec. Seth sourit. Les Romaines n'apprenaient pas le grec en règle générale mais il se rappela que Livia n'était pas née à Rome. Une chance, car il ne lisait ni n'écrivait le latin.

Il avait brûlé les deux lettres sans attendre, ce qui avait été difficile : détruire son seul lien avec elle tenait du sacrilège, mais garder ses missives aurait été trop dangereux. Pour toutes les personnes impliquées. Peu importait car il avait mémorisé chaque mot. Il se récita celle qu'il avait reçue la veille :

Mon cher amour,
Le pré derrière le temple d'Apollon.

Au crépuscule demain ;
J'ai hâte de te voir.
À toi pour toujours,
L

Elle serait chaperonnée, bien entendu, par la cousine de Vibia, Sabina, et accompagnée de deux gardes qui se posteraient à l'extérieur du temple pendant que Livia « prierait ». Avec l'aide de Sabina, Livia sortirait en toute discrétion et le rejoindrait. Son estomac se noua. Il n'avait pas confiance en ce plan : elle courait un trop grand danger, mais elle était sûre d'elle car elle connaissait les lieux par cœur.

Il était tellement plongé dans ses pensées qu'il remarqua à peine quand le médecin sortit et que Vibia entra avec de l'eau et une tunique propre en laine grise et fine.

En vitesse, elle l'aida à se raser et se changer. Elle repartait en cuisine avec la bassine d'eau quand Flavia déboula en trombe.

— Madame…, commença Vibia.

— Merci, Vibia, tu peux nous quitter.

Seth craignit le pire. Flavia ne devait-elle pas rendre visite à sa sœur ? Pourquoi n'était-elle pas encore partie ?

— Seth, mon doux, mon tendre Seth…, lui chuchota-t-elle avant de l'embrasser sur la bouche.

Il essaya de ne pas s'étrangler. Flavia avait volé les mots que Livia avait utilisés au forum. N'en avait-elle pas eu assez ? Il s'était lavé, changé avant sa rencontre avec la jeune fille qu'il aimait et voilà que cette femme revenait le souiller.

Écœuré par la honte et le dégoût, il repoussa Flavia et s'adossa au mur, pantelant.

— Que se passe-t-il, Sethos ? Tu es malade ?

Il hocha la tête en silence, un bras sur les yeux. Puis il glissa vers le sol et se mit le crâne dans les mains.

— Vibia ! s'écria Flavia. Envoie chercher le médecin !

La cuisinière entra et aperçut Seth par terre.

— Bien sûr, madame, commença-t-elle. Hum… Le maître vient de rentrer et demande si vous êtes prête.

— Prête ?

— Vous vous rendez chez votre sœur.

Flavia resta bouche bée. Son obsession pour son nouvel amant la rendait négligente. Elle sortit d'un pas pressé.

Vibia toisa Seth.

— Tu as encore besoin du médecin ?

Il secoua lentement la tête.

Dès que Flavia et Domitus furent partis, Vibia l'aida à enfiler sa cape.

— Pas besoin de toge aujourd'hui. Il fait déjà sombre. Allez, vite !

Seth se faufila dans le jardin puis hors de la villa. Il connaissait le chemin du temple d'Apollon. Tête baissée, il évita de croiser le moindre regard. Dès qu'il le put, il s'engagea dans les ruelles moins peuplées.

Quinze minutes plus tard, il longeait le temple et se glissait entre les arbres jusqu'à la clairière. Vibia avait peaufiné le plan et suggéré un rendez-vous sous un immense chêne, côté forêt. Ils seraient bien cachés là. Adossé à l'arbre, Seth pria les dieux dans lesquels il ne croyait plus pour que Livia réussisse.

Elle arriva en courant entre les arbres. Il se précipita pour l'accueillir et, hors d'haleine, ils tombèrent dans les bras l'un de l'autre.

— Livia, grogna-t-il, la tête enfouie dans ses cheveux parfumés. Ma Livia.

Elle glissa les bras sous sa cape et lui enserra la taille, les yeux fermés, humant son odeur.

— Oh ! Sethos, comme tu m'as manqué... Nous n'avons que quelques minutes avant...

Il l'interrompit par un baiser. Les jours de désir et de manque, de peur et de frustration se transformèrent en un simple instant de bonheur. Il caressa son long cou gracile, son dos. Il voulait connaître tous les détails de son corps, baiser chaque parcelle de sa peau. Il l'embrassa dans le cou, s'arrêta quand ses lèvres effleurèrent la broderie de sa tunique en soie. Il détesta ce tissu qui se mettait entre eux. Il l'allongea doucement sur le sol, défit sa cape et l'étendit sous eux. Puis il la prit dans ses bras et la couvrit de baisers. Il fixa longuement ses yeux magnifiques, les mémorisa afin de s'en nourrir en attendant leur prochain rendez-vous volé.

— Sethos, murmura-t-elle quand ils reprirent un instant leur souffle. Je dois te dire : Cassius a prévu de se rendre à Carborundum dans deux jours pour son travail. Il emmènera la plupart de ses gardes avec lui.

— Nous partirons à ce moment-là. Je trouverai un moyen de retourner à la caserne pour récupérer mon argent. J'ai aussi plusieurs bijoux pour soudoyer…

— Sethos, je ne peux pas te demander un tel sacrifice. Ce sera trop dangereux. Mieux vaut que je parte seule. J'ai des possibilités que tu n'as pas. Si on nous surprend, tu seras fouetté et exécuté. Je refuse que tu risques ta vie pour moi.

— Livia. Tu es ma vie ! Sans toi, cela ne me sert à rien de continuer. Je ne veux pas.

— Réfléchis, Sethos. Tu seras libre dans un an ou deux. Tu as des économies qui te permettront de retourner à Corinthe, d'acheter des terres, de bien vivre. Je ne veux pas ruiner ton avenir.

— Tu es mon présent et mon avenir, Livia. Je t'en prie, ne perdons pas notre temps à nous disputer. Dès que tu sauras exactement la date du départ de Cassius, envoie-moi un mot par Sabina. Nous nous rencontrerons à la tombée de la nuit, près du port. Nous monterons à bord d'un navire marchand à destination du nord. C'est notre meilleure chance. Je me renseigne…

— Sabina a un bon réseau d'amis autour du port… Sethos…

— Que se passe-t-il ? Que vois-tu ?

— Le signal de Sabina… je dois y aller.

Livia lui prit le visage entre les mains et l'embrassa une dernière fois.

— Je t'aime. Prends soin de toi. Au revoir.

Il la regarda rentrer dans le temple et attendit que son groupe s'éloigne. Puis il se mit en route.

Il devrait à nouveau faire face à Flavia ce soir-là, mais il se sentait tellement ravi que rien ne gâcherait son enthousiasme. La *familia* devait revenir dans un ou deux jours. Il fallait donc qu'il déterre sa boîte aux trésors. La caserne serait sûrement déserte à cette heure-ci. Et s'il y faisait un saut sur le chemin du retour ? Cela ne lui prendrait pas de temps.

Ensuite, tout serait en place pour leur évasion. Dans deux petits jours, Livia et lui seraient réunis.

À LA DÉRIVE

Sainte-Magdalen, 2012 apr. J.-C.

Je m'aperçus vaguement qu'on m'évacuait de la salle d'histoire de l'art, mais je ne pouvais ouvrir les yeux. Je ne transpirais plus, je tremblais de froid. Mes dents claquaient toutes seules. Des gens m'appelaient de très loin, mais ma langue était si lourde, ma bouche si distante que je ne répondis pas. Je dérivais.

Les sirènes me réveillèrent brièvement. Je me trouvais sur un lit étroit. Quelque chose me couvrait la bouche et le nez. J'avais très mal au cœur. À cause du transport ou des vertiges ?

On me conduisit sur un brancard le long de couloirs éblouissants. Bruits de pas lourds. Cliquetis métalliques. Lumière trop vive. Odeur prégnante de maladie. Martèlement dans la tête. Quelqu'un gémissait. Moi ?

EFFONDREMENT

Londinium, 152 apr. J.-C.

Bien que fatigué et déprimé après ce long voyage en mer, Matthias était content de rentrer à Londinium. Au moins, il pourrait se laver et la nourriture serait convenable. Il n'aurait pas constamment peur pour sa vie.

Il avait joué de malchance. Ils avaient subi trois attaques de barbares pendant leur séjour et, bien que ce fût une erreur fatale de viser un groupe de gladiateurs (aucun barbare n'avait survécu au combat), Matthias avait été terrorisé puisqu'il ne savait absolument pas se battre.

Par ailleurs, ses talents de médecin avaient été mis à rude épreuve. Il avait dû soigner des dizaines de plaies en tout genre. En plus des blessures consécutives aux attaques barbares, il y en avait eu davantage dans l'arène qu'à l'habitude. Les gladiateurs avaient quitté Londinium le cœur lourd ; voyager sans leur meilleur élément les avait rendus superstitieux. Avec Seth, ils pensaient que la chance les accompagnait. Son absence leur paraissait de mauvais augure. Tertius avait beau les exhorter avec violence à se battre comme des hommes, rien ne triomphait d'une telle peur. Ils manquèrent donc d'attention et, au bout d'une semaine, deux combattants furent mortellement blessés. Matthias ne put les sauver.

Tertius était furieux : les gladiateurs coûtaient cher ! Il fallait les acheter, les entraîner, les loger, les nourrir… Par chance, il blâma leur incompétence et leur faiblesse, et non Matthias.

Celui-ci eut d'autant plus envie d'avoir des nouvelles de Seth. Tandis que la *familia* regrettait le gladiateur et priait pour son rétablissement, c'était Sethos, l'ami, qui manquait à Matthias. Sans lui, il se sentait sans attaches.

Il n'avait pas eu de nouvelles pendant huit longues semaines. Maintenant qu'ils étaient de retour à Londinium, il demanda aussitôt au laniste s'il avait du nouveau sur son gladiateur préféré.

— Patience, Matthias. Un messager a été envoyé chez les Natalis. Nous saurons bientôt comment il va.

Matthias consacra son après-midi à moudre de l'aneth et des graines de pavot, piler des racines d'iris, vérifier et trier ses réserves réduites. Il faisait presque nuit quand il fut enfin prêt à rédiger la liste des plantes qui lui manquaient. Il alluma sa lampe et commença son fastidieux inventaire. Deux heures plus tard, sa lampe se mit à crépiter puis à baisser. Il jura. Il devrait soutirer de l'huile à Brude, l'esclave picte hargneux qui s'occupait du stock de combustible et de suif. Dans un soupir, il saisit sa lampe crachotante et se prépara à livrer bataille.

— Comme s'il s'agissait de son stock personnel, grommela Matthias quand il traversa à nouveau l'arène pour retourner dans sa chambre.

Sa lampe projetait à présent une belle lumière chaude, ce qui rendait encore plus sinistres les bords sombres de l'arène. Il avait presque atteint sa porte quand il entendit un étrange grincement. Il se figea et scruta l'obscurité. Il entraperçut les contours d'une silhouette qui rampait doucement vers lui. Il eut la peur de sa vie, lui qui craignait le monde des esprits. Son réflexe fut de prendre ses jambes à son cou. Mais il choisit d'attendre un moment. La silhouette cessa d'avancer. Elle gisait en boule, immobile.

Finalement, la curiosité eut raison de lui. Il s'approcha avec précaution de la silhouette sombre, lampe devant lui, et reconnut un homme. Brisé, en sang. Agonisant.

Il retourna le corps et s'étrangla.

— S… Sethos. Oh, Seth ! Mon frère ! Que t'est-il arrivé ?

Le visage de Seth était couvert de sang et d'ecchymoses. Ses paupières clignèrent. Il essayait de parler.

Matt se pencha vers lui.

— C… Cassius…

— Cassius ? Qui est Cassius, Seth ?

Il ferma les yeux, tenta de reprendre son souffle.

— C'est lui qui t'a fait ça ?

Seth tenta d'avaler sa salive.

— Elle… elle est morte. Matthias… Livia est morte.

Son corps fut soudain pris de convulsions et il n'ajouta pas un mot.

Fièvre

Sainte-Magdalen, 2012 apr. J.-C.

Pourquoi étais-je couchée sur la neige ? Quel froid ! De gros ours blancs avançaient vers moi à pas feutrés. Je tremblais mais ne pouvais bouger. Le vent hurlait à mes oreilles. Je voulais qu'il s'arrête. À cause de lui, ma tête palpitait. Il fallait que je m'en aille, mais je ne voyais pas mes pieds… Le vent cinglant m'obligeait à fermer les yeux. Je m'évertuais à les ouvrir. Il le fallait. Dans un effort suprême, je poussai les muscles de mes paupières vers le haut. Je ne compris pas tout de suite ce que je vis. Je jetai des coups d'œil frénétiques autour de moi. Je me trouvais dans un lit d'hôpital, reliée à des tubes et des moniteurs qui semblaient remplir la pièce. Les ours blancs se penchèrent sur moi.

— Non ! hurlai-je.

Les gros ours rétrécirent et prirent la forme de… médecins. Puis ils se métamorphosèrent en… loups blancs… et enfin, ils disparurent. Obscurité. À présent, je courais. Loin de la neige. J'entrai dans un tunnel noir… La clarté s'estompa. Je fuyais la lumière pour m'enfoncer dans la pénombre. Du noir tout autour de moi. Pas d'air… Seules l'obscurité et la chaleur… Je me retournai et ne vis aucune issue.

— À l'aide ! criai-je sans entendre ma voix.

Seul un bip résonnait à un rythme régulier… un moniteur… le bip bégaya… des gens accoururent, appelèrent, crièrent.

— On va la perdre !

On me frappa, j'eus très mal à la poitrine. Impossible de respirer…

— Dégagez ! 200 joules !

— Pas de pouls.

— Dégagez ! 250 !

— Fibrillation…

— Plus de charge ! 300 !

— Électroencéphalogramme plat.

DEUXIÈME PARTIE

Et s'il existait un nombre infini d'univers
possédant chacun différentes lois de la physique ?
Des big bangs ont sûrement lieu tout le temps.
Notre univers coexiste avec d'autres membranes,
d'autres univers en plein processus d'expansion.
Notre univers n'est peut-être qu'une bulle
flottant dans un océan d'autres bulles.

Michio Kaku,
City University of New York

Altérité

Seth s'éloignait de la caserne en courant. Pourquoi les portes n'étaient-elles pas gardées ? Dans quelques minutes, pensa-t-il, quelqu'un remarquerait son absence et partirait à sa recherche.

Ses muscles lui parurent solides, ses idées claires. Il remua son épaule blessée. Ni douleur ni raideur. Il la regarda : à peine une cicatrice.

Comment était-ce possible ?

Il examina le vide autour de lui et, soudain, le silence le mit mal à l'aise. Seuls son cœur qui battait en rythme et ses sandales courant sur les pavés faisaient du bruit.

Tout clochait.

Une catastrophe avait-elle frappé Londinium ?

Son pouls, d'habitude si lent et régulier, s'accéléra.

Primordiale, sa survie était devenue plus qu'un réflexe. Elle le définissait et survivre signifiait s'enfuir, continuer à courir. Alors ses jambes avancèrent mécaniquement, ses yeux surveillèrent sa droite et sa gauche.

Il savait où il se rendait. Il n'y serait pas en sécurité, mais il fallait qu'il aille là-bas.

Quand il aperçut le temple de Jupiter devant lui, il sut qu'il n'était plus très loin. Il leva brièvement les yeux vers les piliers en marbre dont l'éclat l'éblouit. Les murs d'enceinte miroitèrent un peu quand il tourna la tête. La fièvre était-elle revenue ? Il se toucha le front. Chaud mais pas bouillant. Il n'avait mal nulle part, ne tremblait pas.

Il reprit sa course en se concentrant sur le temple. Un éclat prismatique étrange planait au-dessus de la route au loin. Un mirage peut-être. Il ralentit, l'effet se réduisit. Il repartit, passa devant le temple et entraperçut le champ en pente. Son estomac se noua. Il piqua un sprint dans l'herbe verte, parsemée de fleurs sauvages, de grands arbres verdoyants… et de longues ombres sombres tachées par les rayons de soleil crépusculaires.

Il courut vers son but. Leur chêne.

Mais elle n'était pas là. Le pré était désert. Pas un bruit. Pas même un chant d'oiseau. Juste des ombres vertes qui miroitaient. Il s'accroupit sous l'arbre, toucha l'écorce, l'herbe, le sol, tout ce qui pouvait la relier à lui. Mais rien d'elle ne subsistait.

Anxieux, il s'efforça de recréer leurs rares instants volés. Ne lui revint que la dernière image d'elle. Celle qu'il ne voulait pas accepter. Finalement, il s'assit par terre au pied du chêne et fondit en larmes. La solitude l'enveloppa comme une couverture de glace.

Il avait dû s'endormir sur le sol dur car la nuit était tombée quand il ouvrit les yeux. Ankylosé, il se leva et regarda autour de lui. Il lui sembla que le champ se rematérialisait autour de lui. Il cessa de bouger – tout se stabilisa. Il fit volte-face pour en saisir l'effet et les arbres gagnèrent en définition. Il se rendit alors lentement au temple, s'arrêta à côté d'une colonne étincelante qu'il effleura – solide, lisse. Il regarda plus loin le portique à l'ombre : désert.

Il regagna la route. Le temps qu'il arrive à l'entrée de l'immense caserne, il faisait nuit noire. Il ignorait pourquoi ses pas l'avaient ramené à sa prison. Peut-être était-ce justement le but ? N'avait-il pas perdu sa raison de vivre ?

Il ouvrit les lourdes portes en bois et traversa le terrain d'entraînement, sans chercher à se cacher. Il se moquait bien qu'on le capture. Mais personne ne lui tomba dessus. Il regarda l'intérieur de sa cellule… elle était comme il l'avait laissée.

Le bruit de sa respiration et des battements de son cœur l'affectèrent. Ses sons auraient dû être masqués par les disputes des gladiateurs, le cliquetis des chaînes, les coups des gardes…

Il passa en revue les cellules gladiatoriales : toutes vides. Il se rendit dans les quartiers du laniste : également abandonnés. D'habitude, quantité d'esclaves s'affairaient à la caserne – ils cuisinaient, nettoyaient, martelaient, couraient dans tous les sens… Pour la première fois, Seth explorait librement le bâtiment.

C'était d'une autre classe que les cellules étroites occupées par les gladiateurs. Il découvrit de grandes pièces, des sols carrelés, une cuisine remplie de fruits, de pain, de gibier qui se faisandait. Il y avait même un ragoût qui mijotait sur le poêle. Quand il s'aperçut qu'il mourait de faim, Seth prit un bol sur une étagère et se servit. L'odeur lui mit l'eau à la bouche. Assoiffé, il repéra un pichet rempli de vin au miel sur la table et se versa une coupe. Il but une grande gorgée puis il retourna à sa cellule avec le bol, la coupe et le pichet. Quand il eut fini son repas, il s'étendit sur son matelas pour dormir. Mais la caserne était trop calme. Il ne voulait pas entendre le seul bruit, celui de son cœur qui battait, rappel pénible qu'il vivait encore alors qu'elle était morte.

Cette solitude silencieuse était-elle sa punition pour l'avoir aimée ? Ou laissée mourir ?

Qu'il en soit ainsi. Il méritait son sort.

Reflet

— S… Seth ?

Seth ouvrit les yeux. La lumière du matin bataillait pour entrer par sa petite fenêtre. Il s'assit et cligna des yeux. Matthias se tenait sur le seuil de sa cellule, le visage figé, les yeux écarquillés.

— Matthias ! cria Seth en sautant du lit pour courir vers son ami. Par Zeus, comme c'est bon de te voir !

Quand il voulut serrer Matt dans ses bras, celui-ci recula d'un bond, comme frappé par la foudre.

— Eh ! Quel est le problème ?

— Seth ? souffla Matthias. Comment… Comment est-ce possible ?

Seth déglutit avec peine. Matt le fixait comme s'il venait de voir un fantôme.

— Matt ?

— Qu'es-tu ? chuchota Matt, la voix rauque.

— Pardon ?

— Seth, regarde-toi.

Seth baissa les yeux. Tout semblait à sa place : tunique, bras, jambes, pieds… Il interrogea Matt du regard.

— Ton… ton épaule…

Seth remua l'épaule. Parfait… mais la gêne qu'il avait réprimée la veille se fraya à nouveau un chemin dans sa conscience.

— Ta… ta jambe.

Sa jambe ? Ah oui ! Le coup de couteau. Il se frotta le mollet avec le pouce : complètement guéri.

Hésitant, Matt tendit le bras et posa la main sur le torse de Seth. Il sentit le battement régulier de son cœur.

— Ce n'est pas possible, Seth. Tu ne devrais pas être là. Tu ne te souviens de rien ? D'avoir rampé jusqu'à la caserne ? Je n'ai pas pu t'aider. Tu… tu as cessé de respirer… ton cœur s'est arrêté… Tu… es… mort !

Seth secoua doucement la tête.

Il se souvenait.

Il le savait depuis la veille, quand le monde bougeait de manière perturbante. Son environnement était pareil, mais pas pareil. La caserne désertée, les routes familières, la lumière, le miroitement…

À présent, il était bien obligé d'affronter la question qu'il repoussait sans cesse.

Il ne se sentait pas mort, mais en même temps, il ignorait quelle sensation cela pouvait faire.

Et s'il était vraiment mort, que faisait-il à Londinium ? Pourquoi n'était-il pas dans le royaume d'Hadès ? Plus singulier encore : qu'est-ce que Matthias fabriquait là ?

Celui-ci faisait les cent pas dans la petite pièce, les sourcils froncés.

Seth l'observait.

Aucun des deux ne trouvait les mots pour décrire le chaos dans leurs pensées.

Finalement, Matt saisit le pichet de vin au miel que Seth avait apporté de la maison du laniste et le porta à ses lèvres. Il but jusqu'à la dernière goutte. Puis il s'essuya avec le dos de la main, se racla la gorge et lâcha tristement :

— Seth, je crois que je suis mort, moi aussi.

Rêves sombres

Londres, 2012 apr. J.-C.

Encore courir… Poussée par la peur… Quelque chose de terrible derrière moi me pourchassait dans le noir… Et pourtant, au loin, je distinguais un halo lumineux… vif… éblouissant… il m'attirait… en avant… L'obscurité aspirait… tourbillonnait… gagnait du terrain… engloutissait l'air… Des doigts sombres se tendaient vers moi, m'atteignaient… Des bras m'agrippaient, m'attachaient… impossible de m'échapper… Non !

J'essayai de hurler.

Pas de bruit. Ma gorge me faisait mal. Il y avait quelque chose dans ma bouche. Je voulus la toucher. Ma main me parut lourde, ma peau tirait. J'étais retenue par les bras. J'ouvris les yeux.

Je me trouvais sur un lit d'hôpital Des moniteurs bipaient, des tuyaux couraient dans tous les sens jusqu'à ma main, ma bouche, mon nez… j'aperçus des médecins et des infirmières… mais… mais quelqu'un manquait. Je scrutai la pièce avec frénésie, cherchant à me souvenir d'un visage… Je fouillai ma tête entre deux élancements mais une seule émotion revenait en boucle : la terreur. Mon cœur tapait sous ma poitrine meurtrie, chaque souffle me coûtait.

— Eh bien, on n'est pas passés loin ! commenta un médecin, les sourcils froncés.

Il me regardait bizarrement. Puis il me prit la tension, la température, écrivit quelques trucs, murmura à d'autres blouses blanches qui s'affairaient autour de mon lit.

Je fermai les yeux sans rien comprendre… Trop d'efforts. Je me laissai donc aller. Oubli. Félicité.

Quand je rouvris les yeux, la plupart des tuyaux avaient disparu. Il ne restait qu'un léger bip cadencé provenant du moniteur à mes côtés. Paisible. Quelqu'un se pencha sur moi.

— Bonjour, Eva !

Je clignai des yeux.

— Je suis le Dr Falana. Sais-tu où tu es ?

Je regardai autour de moi : des lits, des moniteurs, des rideaux verts, des infirmières. Pas besoin d'être Einstein pour comprendre.

— À l'hôpital ?

Cette voix rauque m'appartenait ?

— Exact ! Très bien, Eva. Tu es au Guy's Hospital. Comment te sens-tu ce matin ?

Je réfléchis une seconde à sa question. Comment me sentais-je ?

Mes atroces maux de tête avaient disparu. Comme mes nausées. Lentement, je remuai les jambes. L'horrible douleur s'était calmée. J'avais l'impression qu'on m'avait râpé le fond de la gorge et qu'un bus avait reculé sur moi, mais à part ça…

— Super ! m'exclamai-je en me redressant.

OK. Encore un peu dans les vapes mais je pouvais gérer.

Il secoua la tête.

— Je suis hématologue depuis plus de quinze ans et je n'ai jamais assisté à une détérioration comme la tienne, et encore moins à un tel rétablissement.

Rétablissement. Voilà un mot qui me plaisait.

— Je vais bien alors ?

— Voyons… ton état s'est beaucoup amélioré…

— Bon, j'ai quoi ? Une espèce de grippe ?

— Hum… On pourrait dire cela.

Il lança un coup d'œil gêné à la porte, comme s'il se prévoyait une sortie rapide.

— Alors ? C'est la grippe ?

Il évitait de croiser mon regard. Ma gorge se serra.

— Vous me cachez quelque chose ?

Il s'éclaircit la voix. Je m'attendis au pire.

— Écoute… pour être honnête avec toi, Eva, nous… euh… n'en avons aucune idée.

— Vous plaisantez ?

Il serra les dents, sur la défensive.

— Tes symptômes indiquent une infection bactérienne ou virale très virulente, mais les résultats sanguins étaient tellement… anormaux… que nous n'avons pas pu utiliser les données.

— Des résultats anormaux ? C'est le jargon médical pour dire « foirés par votre labo » ?

Il eut un regard évasif. J'avais raison !

— Une enquête approfondie a lieu en ce moment même au laboratoire. Pour leur défense, je dirais que nous ne leur avons jamais fourni des données aussi contradictoires auparavant. Et dans ton cas, des analyses cohérentes et logiques nous auraient été très utiles.

— Qu'est-ce que vous me dites ? Votre labo a merdé et vous ignorez de quoi je suis malade ?

— Euh, non, il faut voir le côté positif. Tes analyses sanguines les plus récentes indiquent une absence totale d'infection.

— Et c'est une bonne nouvelle ?

— Excellente ! Même si hier soir…

— Quoi, hier soir ?

Il se mâchonna la lèvre, fixa ses pieds.

— Alors, hier soir ?

— Eh bien… Tu as souffert d'une défaillance de plusieurs organes… En fait… Nous…

Bon, il allait la finir sa phrase ?

— En fait, tu…

— Quoi ?

— Nous… pendant un moment… nous avons cru que nous t'avions perdue…

Abasourdie, je déglutis à plusieurs reprises.

Il s'avança d'un pas, me souleva doucement les paupières et examina mes pupilles avec une lampe.

— Tes parents…

— Quoi, mes parents ?

— Ils attendent dans le couloir.

Non !

— Ta mère nous a assuré que tes vaccins étaient à jour, que tu n'avais pas été exposée à des maladies tropicales étranges…

J'écarquillai les yeux : des maladies tropicales *étranges* ?

En vérité, j'avais été exposée à quelque chose de très étrange : dans le laboratoire de biologie de l'école. Tout me revint avec précision : les fils bizarres qui se multipliaient, le tube à essais renversé, un professeur en virologie…

— Et si c'était la faute d'un virus ? coassai-je.

— Quoi que tu aies… aies eu, je ne vois pas comment un virus pourrait être impliqué. Tu n'as pas un taux d'anticorps élevé dans le sang. Un virus aussi puissant aurait eu de graves conséquences. Même si tu as été sévèrement affaiblie par cet épisode, tes organes semblent fonctionner normalement. Cela n'a juste aucun sens.

Pendant que le Dr Falana examinait mes résultats, je réfléchis à toute allure. Cela n'avait peut-être aucun sens mais je ne pouvais ignorer la coïncidence.

À quoi avais-je donc été exposée ? Et si ce n'était pas un virus, qu'était-ce ? Le professeur Ambrose savait-il à quel point son échantillon était dangereux ? Et dans ce cas, pourquoi ne m'avait-il pas mise en garde ? Ce déferlement de questions fut interrompu par une voix familière.

— Eva ! Comment te sens-tu ?

— Maman ?

Soudain, elle fut à côté de mon lit. On lui aurait donné vingt ans de plus.

— Nous étions si inquiets !

Elle jeta un coup d'œil à la porte. Colin hésitait sur le seuil, clairement mal à l'aise.

Waouh ! La situation devait être vraiment critique pour que Colin descende.

— Ted est venu ? demandai-je avec prudence.

— Non… Non. Il est resté à la maison pour euh… « garder le fort ».

Je me rendis soudain compte que j'ignorais depuis combien de temps j'étais hospitalisée.

— Vous êtes arrivés quand ?

— Écoute… l'école nous a téléphoné hier après-midi pour nous annoncer que tu étais à l'hôpital et le temps de venir, j'ai cru qu'il était… trop tard. Cela a été tellement soudain et ils ne savent pas ce que tu as eu ! Mais Dieu merci, tu vas mieux, conclut-elle en me tapotant le bras avec maladresse.

Pensive, je hochai la tête.

— Je suis malade depuis… hier seulement ?

— Un virus de douze heures, je suppose.

Elle me regardait avec une chaleur inattendue.

— Nous te ramenons à la maison pour que tu récupères.

À la maison ? Avec Colin et Ted ? Pas question !

— Sincèrement, maman, je vais bien. Et puis j'ai des tonnes de travail. On va avoir des examens blancs…

Elle secoua la tête en souriant.

— Je ne te comprends pas, Eva. La plupart des jeunes de ton âge donneraient n'importe quoi pour avoir quelques jours de vacances.

— Tu me connais, maman. Je n'ai jamais été comme les autres, marmonnai-je.

Une infirmière arriva pour vérifier ma tension, ce qui me sauva de toute autre discussion embarrassante sur mon futur immédiat.

Révélation

Matt et Seth traversèrent à pas lents le terrain d'entraînement. Ils marchaient en silence parce qu'ils ne se résolvaient pas à mettre des mots sur des pensées qui venaient à peine de prendre forme.

Seth prit finalement la parole :

— Je ne devrais pas être là, Matt. Je devrais être mort. Je me souviens des blessures, de la fièvre… de tout. Mais tu sais quoi ? Je ne peux pas être mort !

— Et pourquoi, Seth ?

— Parce que tu es là, mon frère ! répondit le gladiateur en lui tapant sur l'épaule.

Matt s'arrêta pour le regarder en face.

— Quand je t'ai trouvé, tu étais affalé dans l'arène. Tu avais essayé de ramper jusqu'à la caserne. T'en souviens-tu au moins ?

Bien sûr qu'il se souvenait de ce soir-là. Même s'il y avait beaucoup de choses qu'il ne voulait pas voir remonter à la surface.

— Nous t'avons transporté dans ta cellule. Tu délirais déjà, à cause de la fièvre. Tu étais plus mort que vif à ce moment-là. Couvert de sang et de bleus, les côtes cassées, des coups de couteau à la poitrine, la mâchoire et le nez brisés. Tu avais l'épaule déboîtée et ta plaie s'était rouverte. Tu avais aussi une profonde entaille à la jambe… J'étais tellement en colère contre toi. Tous ces coups ! Évidemment, j'ai nettoyé le sang : tes blessures enflaient à cause du poison. Je t'ai appliqué des cataplasmes, j'ai mélangé des potions pour réduire ta fièvre, mais aucun de mes remèdes ne te calmait. En deux heures, la fièvre t'avait tellement épuisé que tu n'avais même plus la force de tourner la tête. En dernier recours, j'ai voulu faire sortir du sang près des blessures…

— Je peux au moins remercier la fièvre pour une chose : je n'étais pas conscient quand j'ai dû endurer tes saignées.

— Même dans les vapes, tu faisais tout pour les éviter, grogna Matt. À un moment, tu t'es débattu avec une telle force que mon couteau a glissé et que je me suis moi-même saigné !

Il lui montra sa main. Aucun signe de coupure.

— Tu as goûté à ta médecine ! ironisa Seth.

— Peut-être était-ce le choc, je ne sais pas. En tout cas, tu as cessé de te tordre immédiatement. Tu n'as plus bougé. Là, j'ai compris pourquoi : tu t'étais arrêté de respirer… Je me suis assis, j'essayais d'accepter que tu étais parti. Je me suis dit qu'il fallait prévenir quelqu'un que tu étais mort… Mais à ce moment-là, j'ai ressenti une étonnante chaleur dans le dos, la lumière est devenue plus vive. J'ai tout de suite pensé qu'un gladiateur avait apporté une torche. Je me suis retourné. Personne ! Peut-être était-ce ton esprit qui quittait ton corps ? La chaleur s'est peu à peu diffusée en moi. Je me suis alors levé et j'ai eu de terribles vertiges. Je me suis rendu en titubant dans ma cellule et je me suis allongé, épuisé. Je ne me souviens pas de grand-chose ensuite… juste la douleur, les nausées, la chaleur… Et je me suis réveillé ici.

Seth hocha doucement la tête : Matt avait probablement raison.

Ils étaient tous les deux morts.

Champs Élysées

Assis dans la cuisine du laniste, Matt et Seth buvaient du vin et mangeaient du pain et des olives.

— Tu crois qu'on est aux champs Élysées ? demanda Matt

Seth secoua la tête.

— Et si la fièvre nous avait embrouillés au point de nous faire traverser le fleuve Léthé sans qu'on s'en rende compte ? insista Matt.

— Cela ressemble aux champs Élysées, ici, à ton avis ? Où sont les champs, les nymphes, la musique perpétuelle ? Non, Matt, nous sommes toujours à Londinium. Enfin, un endroit qui y ressemble beaucoup...

— Et si nous n'avions pas encore trouvé l'Élysée et les nymphes ? insista Matt. Nous n'avons encore rien exploré.

Soudain, Seth poussa un halètement, se leva d'un bond et manqua se cogner à la porte dans son empressement à sortir.

— Où vas-tu ? lui cria Matt.

— Chercher Livia ! Je ne sais pas où nous sommes, mais si nous sommes vraiment morts, elle doit être là quelque part aussi.

Il sortit en courant de la caserne, longea la large route qui menait au centre de la ville. L'aube se levait, éclairant faiblement les larges villas silencieuses, les petites boutiques fermées. Il passa devant deux auberges, les bains publics… puis s'arrêta net. Les bains lui parurent étranges. Comme tout le reste d'ailleurs. Mauvaise hauteur. Mauvaise couleur. Où étaient les colonnes qui soutenaient l'entrée ? Les drôles de panneaux réfléchissants qui ponctuaient la façade ? Pourquoi le bâtiment était-il si grand ? Le cœur de Seth martelait dans sa poitrine…

Il s'approcha du bâtiment qu'il effleura du bout des doigts. Il miroitait légèrement, mais semblait solide. Il avança avec prudence, passa devant trois immeubles qu'il ne reconnut pas, se rendit au forum. Il resta bouche bée. Au lieu du forum avec sa place ouverte et sa basilique se matérialisa devant lui une immense structure en forme de courge. Non seulement elle chatoyait de manière sinistre, mais elle reflétait le ciel.

Il n'en crut pas ses yeux. Cette chose n'obéissait à aucune règle structurelle qu'il connaissait. Elle ne semblait ni stable ni en équilibre. Comment tenait-elle debout ? Combien d'esclaves avait-il fallu pour la construire ?

Et surtout, que faisait-il là ?

Son estomac se noua. S'il ne trouvait pas le forum, jamais il ne trouverait Livia !

Il tourna le dos à la courge géante et courut jusqu'à la villa des Natalis.

Seth s'arrêta net. La villa des Natalis. Comme dans ses souvenirs, luisant dans le soleil levant. Seulement, aucun esclave ne balayait le portique. Aucun ne vint questionner l'inconnu arrivé sans prévenir. Il entra par la porte principale et se rendit dans la chambre où Livia l'avait veillé pendant sa convalescence. Il ferma les yeux, pria pour qu'elle soit là, pour qu'elle revienne. Mais elle ne le rejoignit pas.

Poussé par le désespoir, il courut à travers toute la maison, claqua les portes, tira les rideaux… Il était convaincu qu'en cherchant bien partout, elle se matérialiserait.

Livia n'apparut pas.

Il refusa d'abandonner, persuadé qu'elle se trouvait là, quelque part, dans cet étrange au-delà. Après avoir fouillé la maison trois fois, crié son nom à s'en casser la voix, il explora le grand jardin.

L'endroit n'avait pas changé non plus. Des fruits lourds et mûrs pendaient aux petits arbres taillés. Légumes et herbes aromatiques poussaient en rangs soignés d'un côté, fleurs parfumées de l'autre. Nulle trace de Livia.

Il courut comme un dératé dans des rues qu'il ne reconnaissait pas. Alors que certaines demeuraient romaines, d'autres étaient flanquées d'immenses structures scintillantes qui assombrissaient le ciel du matin. Où se cachait Livia ?

Malgré le désespoir qui s'infiltrait dans ses veines, ses jambes puissantes le transportèrent vite vers la route la plus prestigieuse que Londinium offrait.

— Des villas dignes de César ! rumina-t-il.

Il en cherchait une en particulier. La plus ostentatoire avec les aigles en or à l'extérieur : le palais du procurateur Cassius Malchus. Il avait conduit Livia ici… Seth respirait plus vite, la colère grondait dans sa poitrine.

Cet endroit lui donnait la chair de poule. Mais au moins, cela le réconforta de voir qu'il était encore là, qu'aucun bâtiment étrange n'avait pris sa place. Pourvu que Livia soit à l'intérieur…

Bien qu'il n'ait croisé absolument personne, il choisit l'ombre pour gravir les larges marches et avancer sous le grand portique à colonnes. Il poussa doucement une des portes qui grinça de façon lugubre.

Dans l'entrée, il siffla doucement entre ses dents. Bien que Livia lui eût décrit les lieux, il fut impressionné. Construite autour d'un gigantesque atrium central ouvert, la villa se trouvait baignée de lumière. L'effet était multiplié par le marbre blanc et étincelant des murs et des colonnes. Des oiseaux dorés ornaient le sol en mosaïque turquoise.

Une grande fontaine sculptée entourée de bancs en pierre à pieds de lion trônait au milieu de l'atrium. Des arbres fruitiers de Méditerranée taillés avec soin poussaient dans les coins ; sous cette lumière vive, il se serait cru chez lui. Il maudit Cassius. Comme s'il n'était pas déjà coupable de suffisamment de crimes !

Des pas résonnèrent soudain à l'extérieur. Aussitôt, l'adrénaline coula à flots dans ses veines.

Cassius ?

Il ne lui vint pas à l'idée de courir ou de se cacher. Après Livia, il voulait rencontrer une seule et unique personne : Malchus. Il dégaina son poignard, bomba le torse. Il avait passé des années dans l'arène sans connaître ce désir ardent de se battre. La rage bouillonnait en Seth qui faisait face à la porte, tendu, prêt à bondir.

Dès qu'elle s'ouvrit, il s'élança.

— Seth ? Ça ne va pas ? cria Matthias.

Par chance, les réflexes du gladiateur étaient aiguisés. Il atterrit comme un chat à quelques millimètres de son ami, le couteau destiné à égorger son ennemi figé contre le cou de Matt.

— Pardon, bredouilla Seth en abaissant son arme.

Il l'avait légèrement entaillé et un filet de sang coulait sur sa peau.

— Par Zeus ! Une seule mort me suffit ! grommela Matthias en se redressant.

Mais Seth fixait le cou de son ami. La coupure… se refermait sous ses yeux. Bientôt, il n'y parut plus rien.

Quel était cet endroit ?

Aussitôt, Seth renversa son poignard et se taillada l'avant-bras.

— Tu es complètement fou ! hurla Matthias qui tenta de l'arrêter.

— Regarde bien, Matt.

Seth espérait que la coupure ne serait pas douloureuse : il se trompait. Tandis que le sang coulait de son bras et tombait sur le sol en mosaïque, il commença à douter de sa nouvelle théorie. Mais, sous leurs yeux, la peau se ressouda et en quelques secondes il n'y eut plus trace de la blessure.

— Par Hercule ! murmura Matt, estomaqué.

Puis il éclata de rire, sautilla, cria de joie autour de la pièce.

— Seth ! Tu comprends ce que cela veut dire ? Nous sommes immortels ! Nous sommes des dieux !

ÉPIPHANIE

Sainte-Magdalen, novembre 2012 apr. J.-C.

J'attendais, assise au bord de mon lit d'hôpital. Le médecin m'avait officiellement congédiée dix minutes plus tôt et je mourais d'envie de quitter cet endroit. Après un milliard de tests sanguins, d'électrocardiogrammes, d'IRM, de scanners, j'en avais plus qu'assez. Mais ils ne voulaient pas me lâcher. Il fallait que quelqu'un vienne me chercher.

Et ce quelqu'un s'appelait Rose Marley, l'infirmière en chef de Sainte-Magdalen. Elle m'avait rendu visite deux ou trois fois et je la trouvais bien. Très bien, en fait.

Une semaine plus tôt, quand je lui avais affirmé que je préférais retourner en cours que rentrer chez moi, elle m'avait lancé un regard perplexe mais ne m'avait posé aucune question embarrassante. Mon air suppliant avait dû lui donner la mesure de mon désespoir, bien qu'elle ne m'en parlât jamais.

Elle s'était même chargée d'annoncer la nouvelle à ma mère :

— Bonjour ! Vous devez être Mme Koretsky ! Ravie de vous rencontrer.

— En fait, non. Je m'appelle Brewer... Jane Brewer. Je me suis remariée.

Rose Marley regarda discrètement tandis qu'elle s'excusait pour son erreur.

— Oh ! Je suis désolée, madame Brewer. Cela a dû m'échapper dans le dossier de votre fille.

Parce qu'il n'y avait pas de détails sur elle. En effet, j'en avais dit le moins possible sur ma famille.

— Vous devez être tellement soulagée qu'Eva aille mieux ! continua-t-elle d'un air absent.

— Oui, c'est un grand soulagement, répondit ma mère.

— Tout le monde s'en réjouit aussi à Sainte-Magdalen. Nous étions tellement inquiets. Une jeune fille extraordinairement douée comme elle...

Ma mère semblait mal à l'aise. Elle était loin de considérer mes talents « extraordinaires » comme un don.

— Eh bien... Euh... Oui...

— En vérité, le directeur s'inquiète tellement pour sa santé qu'il a suggéré une convalescence de deux semaines dans l'aile médicale du lycée avec moi, après sa sortie de l'hôpital. Ainsi, au moindre signe de rechute, nous pourrons agir rapidement : nous ne sommes après tout qu'à dix minutes de l'hôpital qui, comme vous l'aurez probablement remarqué, a la meilleure unité d'hématologie du pays. N'avons-nous pas de la chance d'être aussi bien placés ?

Je lançai un regard surpris à Rose Marley. Cela dépassait ses obligations. L'aile médicale ? Pourquoi devrais-je rester là-bas ? Était-ce simplement une ruse pour me débarrasser de ma mère ? Sûrement. Excellente stratégie en tout cas. Après ce petit discours, cela m'aurait étonnée que ma mère insistât pour me ramener avec elle à York. Elle risquait de mettre ma vie en danger !

Si j'avais cru une minute que ma mère avait sincèrement envie de prendre soin de moi à York, je me serais sentie un peu coupable. Seulement, je ne lus que du soulagement sur son visage. Elle était reconnaissante à cent pour cent à Rose de me prendre sous sa responsabilité. Comme moi : pas de Colin, pas de Ted. Je retournais au lycée. Après cette belle petite victoire, mon respect pour Rose Marley fut immense.

Et là, tandis que j'attendais sur mon lit d'hôpital le moment rêvé de mon évasion, j'entendis un bruit salvateur : Rose Marley discutait avec des infirmières au bout du couloir. Je m'emparai de mon petit sac de voyage et allai à sa rencontre.

Je n'avais pas fait dix pas que je dus m'appuyer contre le mur. J'avais déjà le tournis ! Je glissai jusqu'au sol et posai la tête entre mes genoux. Ce n'était pas bon signe… J'espérais que les infirmières étaient trop accaparées par leur conversation pour me remarquer.

Pas de chance. Je ne m'étais pas encore relevée que je sentis des bras puissants me redresser et m'installer dans un fauteuil roulant. Le plus agaçant ? J'avais trop envie de vomir pour m'y opposer.

Rose Marley savait-elle depuis le début que je n'étais pas aussi en forme que je le croyais ? Parce qu'elle agissait comme s'il était tout à fait normal d'être une femmelette. Pendant deux semaines, je ne fus bonne à rien. Elle m'aidait à prendre ma douche, à manger car j'étais trop épuisée pour tenir une fourchette.

Ce séjour à l'infirmerie fut étonnamment reposant. Peut-être était-ce dû à son calme, à moins que ce fût l'endroit en lui-même… la couleur des murs, un joli bleu ciel à la fois familier et réconfortant. J'étais peut-être contente que ma chambre ne rappelle pas trop l'hôpital. OK. Il y avait une sonnette d'urgence au mur, un pied à perfusion, une table couverte de trucs médicaux, un tensiomètre, une bassine pour vomir, un appareil à oxygène… Elle comptait aussi deux belles reproductions de Dufy au-dessus du lit, une grande fenêtre qui donnait sur la cour, un bureau, un ordinateur portable et le wi-fi. De quoi une fille avait-elle besoin de plus ?

Je gagnais des forces de jour en jour. La deuxième semaine, j'allais en cours le matin ; la troisième, j'ajoutai deux après-midi. La fatigue m'empêchait de me concentrer, ce qui me frustrait beaucoup. Par conséquent, mon travail en pâtissait, mais Rose me conseilla d'ajouter la patience à ma liste de qualifications.

— Pfff ! lui répondis-je.

À vrai dire, j'étais contente de côtoyer une personne qui me traitait comme quelqu'un de normal, parce que en cours tout le monde agissait comme si j'étais un élément chimique instable, à la limite de la combustion spontanée. Les profs ne cessaient de me répéter : « Ça va ? », « Tu n'es pas obligée de faire cet exercice, Eva », « Laissez-la respirer, vous autres ! », « Bien travaillé, c'était génial ! »... Les élèves me proposaient de porter mon plateau à midi, mon sac. Dans un sens, c'était touchant. Mais je détestais être au centre de l'attention. Quel ne fut pas mon soulagement le jour où je repris les cours normalement et les gens commencèrent à oublier ma petite expérience de mort imminente.

À la fin de cette troisième semaine, je quittai l'infirmerie de l'école et réintégrai ma chambre. J'étais plus ou moins prête à reprendre la routine scolaire : leçons, TP, répétitions avec le groupe de musique et même la troupe de théâtre. M. Kidd avait recruté une doublure mais il sembla content de me réengager – incroyable !

Ainsi la vie reprit son cours, comme avant.

Enfin, pas tout à fait.

Ce séjour à l'hôpital m'avait beaucoup secouée, ce que je n'avais confié à personne. Quelque chose en moi avait changé…

Et aujourd'hui, soit cinq semaines plus tard, je me sentais encore faible et fatiguée. Rose avait raison : je devais me montrer patiente. Mais promis : dès que mon énergie serait revenue, je commencerais des recherches sur ce foutu virus.

Chez soi

— Seth, nous devons donner un nom à cet endroit…

Allongés par terre dans l'arène d'entraînement, Seth et Matt observaient les étoiles. Ils vivaient là depuis si longtemps et n'avaient pas encore nommé ce lieu.

— Londinium, suggéra Seth sur un ton sarcastique.

— Nous savons tous les deux que nous ne sommes pas à Londinium, répliqua Matt, imperturbable. Je pencherais pour l'Élysée.

— Arrête, Matt, cracha Seth. C'est la destination des braves, des héros…

— Tu es un héros ! Je n'ai jamais vu un gladiateur aussi courageux que toi !

— Matt ! Un héros gagne des guerres, livre de nobles batailles. Ce n'est pas un esclave tatoué, obligé de se battre comme un animal sur une piste.

— Un homme peut se battre avec noblesse dans une arène…

— Non, Matt. Un seul combat m'intéressait et on m'a empêché de le mener à bien.

Matt l'interrogea du regard.

— On m'a empêché de débarrasser le monde de Cassius Malchus.

Matthias soupira. Pourquoi son ami ne pouvait-il pas apprécier ce nouveau monde ? Lui-même l'avait accueilli les bras ouverts. Chaque jour était ponctué de découvertes merveilleuses.

— Seth ! Seth ! Regarde !

Et celui-ci devait patiemment regarder Matt, debout devant une table, en train de commander un banquet. Grâce à sa seule volonté, tout ce qu'il désirait se matérialisait : poulets rôtis, miches de pain, gâteaux de riz, soupes, ragoûts, pichets de vin, coupes étincelantes…

D'abord, ce fut la nourriture. Puis il fit apparaître des vêtements, des tentures, des manuscrits, des médications… et pendant que Matt passait ses jours à créer, Seth cherchait Livia ou bien il courait. Il n'avait pas besoin de partenaires pour s'entraîner : il se défiait tout seul. Il érigea un poteau dans l'arène et pratiqua ses coups, ses parades. Tous les jours, il testait sa rapidité et son endurance à la course. S'il restait inactif, la désolation l'accablait. Chaque fois qu'il courait, ses yeux ne cessaient de la chercher.

Il s'était approprié certains endroits : le temple, la caserne, l'arène. Il n'aimait pas courir dans des lieux inconnus. Les structures lui paraissaient trop imposantes, trop étranges. Leurs surfaces ne faisaient aucun sens. Comme leur hauteur ou leur fonction. Alors il les contournait… Jusqu'au jour où il décida d'affronter le fleuve.

Depuis son arrivée, Seth avait contourné la Tamesis. C'était le dernier endroit où il l'avait vue vivante et il n'avait pas la force de s'y rendre. Mais au fil du temps, ayant épuisé tous les lieux connus, il ne put l'éviter plus longtemps.

Il tourna au dernier coin et vit l'eau qui étincelait au soleil. Seth fronça les sourcils. Le fleuve lui parut différent, plus petit. À cause de ces structures plus grandes et plus mystérieuses qui la flanquaient ? Par instinct, il se réfugia à l'ombre d'un bâtiment. Il croyait avoir entendu quelque chose…

Quelques secondes plus tard, trois hommes sortirent d'un immeuble près de l'eau.

Il y avait d'autres personnes ici !

Son pouls s'accéléra. Et s'ils connaissaient Livia ?

Mais pouvait-il leur parler ? Ils verraient tout de suite sa condition d'esclave. Seth jura : ses tatouages le trahiraient immédiatement. Si seulement il portait une cape. Dès que cette pensée se forma dans son esprit, il sentit un poids sur ses épaules. Il portait la réplique exacte du manteau en laine que

Vibia lui avait prêté. Seth sourit. Il avait oublié ce don.

Il demeura néanmoins caché. S'il y avait une chose que ses années d'esclavage lui avait apprise, c'était la prudence. De sa position, il observerait en toute tranquillité.

Le trio s'approcha du fleuve et contempla l'eau. L'un d'eux rit en désignant la Tamesis. Leurs habits lui semblèrent étranges et insolites : bras et jambes étaient recouverts de tissu, malgré la chaleur. L'un d'eux portait une barbe.

Un Grec ? espéra Seth. La plupart des Romains qu'il avait rencontrés se rasaient.

Il s'approcha dans l'espoir d'écouter des bribes de conversation. Ils parlaient une langue qu'il n'avait jamais entendue. Ils ne venaient donc pas de Grèce…

Tandis qu'il réfléchissait dans son coin sombre, le plus grand des trois leva la tête et sembla le fixer. Par réflexe, Seth prit ses jambes à son cou.

Quand il arriva à sa cellule, il était en nage et mourait de soif. Il venait de se verser de l'eau et buvait de bon cœur, quand Matthias entra en trombe.

— Seth, on déménage !

— Quelqu'un m'a suivi ? s'inquiéta Seth en regardant par la fenêtre.

— Suivi ? Qui pourrait te suivre ?

Seth contempla l'arène sans percevoir le moindre mouvement.

— Les trois hommes…

— Quels hommes ?

— Près du fleuve. J'ai vu des gens…

— Nous ne sommes pas seuls ! s'exclama Matt, transporté de joie.

— Je ne les ai pas trouvés amicaux.

Matthias se précipita à la fenêtre.

— Raison de plus pour…

— Pour quoi ?

— Partir d'ici. Je nous ai déniché un autre endroit. Nous vivons ici tels des esclaves, alors que nous sommes libres ! Déménageons !

— Ici, c'est très bien pour moi, affirma Seth qui s'approcha de la table et se versa le pichet d'eau sur la tête.

— Seth, mon frère, tu te crois chez toi ici. Pas moi. Je ne suis pas né pour vivre comme un animal. Toi non plus.

— J'ai vécu trop longtemps comme un animal pour connaître la différence.

— Seth, cette époque est révolue.

— Rien n'est fini, Matt. Au contraire. Chaque jour, chaque nuit… rien ne change. La douleur continue. Regarde autour de toi, tout ce vide. Tu le vois ?

— Non, Seth. Franchement. Quand je regarde autour de moi, je vois un endroit plein d'opportunités. Surtout si nous ne sommes pas seuls comme tu le prétends. Combien de temps vas-tu rester dans le noir ? Combien de temps vas-tu pleurer cette fille ?

— Mon chagrin durera aussi longtemps que moi.

— Par le sang d'Apollon, Seth ! Elle est partie ! Mais toi, tu es là.

— Qui est là ? Qui suis-je, Matthias ? Sethos le Corinthien n'existe plus. Sethos Leontis, vainqueur de neuf couronnes, n'existe plus. Je suis mort dans une caserne de gladiateurs. Je ne sais plus qui ni ce que je suis…

Matthias secoua la tête et obligea son ami à se relever.

— Viens avec moi.

Il traîna Seth par-delà les grandes portes en bois de la caserne, vers la partie occidentale de la ville. Les bâtiments romains disparurent peu à peu. Seth examinait les alentours. Aucune structure étrange ne surplombait cette partie du paysage… En fait, rien ne dominait les lieux. Il n'y avait que du vide, un ciel et un sol sans la moindre caractéristique. Matthias sourit.

— Nous y sommes presque.

— Où allons-nous ? marmonna Seth, agacé.

Ils se rendirent un peu plus loin et, progressivement, une petite oliveraie apparut à l'horizon. Les feuilles bruissaient doucement sous la brise. Au-delà des arbres étincelait un grand bâtiment blanc.

— Voilà, mon ami !

— C'est quoi exactement ?

— Notre nouvelle maison !

Ils se tenaient devant un… vrai palais, décoré avec faste.

— Qu'est-ce que cela signifie, Matthias ?

Celui-ci ne répondit pas mais entraîna son ami sous l'entrée à colonnades dans l'atrium en marbre. Une fontaine bruissait au centre. Deux statues en marbre elles aussi s'observaient de chaque côté de l'eau.

Seth en fit le tour en silence avant de glousser. Il n'avait pas ri depuis si longtemps qu'il ne se rappelait pas la dernière fois.

— Tu mesures combien, là ?

— Un ou deux pouces de plus. Tu en penses quoi ? Elle est ressemblante, hein ?

— On ressemble tous les deux à des dieux, tu veux dire !

— Et pourquoi pas ? Ici, nous sommes des dieux. Eh ! Viens voir ton arène d'entraînement. Je n'ai rien oublié.

Il entraîna Seth dans un large espace sur un flanc du palais, la réplique exacte de l'arène de la caserne. Le sol était plus souple, le poteau plus récent, les armes propres et étincelantes sur leur support.

Seth sourit.

Sentant qu'il se relaxait, Matthias en profita pour le ramener à la villa.

— Attends de voir ta chambre !

Ils marchèrent sur de superbes mosaïques, passèrent devant un jardin intérieur luxuriant comprenant tous les arbres et arbustes qui poussaient dans leur pays natal, des bains avec spa, une pièce à vivre confortable tout comme la salle à manger. Finalement, ils parvinrent devant deux portes en bois sculptées.

— La tienne est à gauche.

Il s'agissait d'une chambre immense avec un lit géant d'un côté. De lourds rideaux pendaient aux fenêtres et à la porte. La pièce lui rappela la sienne, à la villa Natalis. Belle, douloureuse, vide.

Il secoua la tête, donna une claque sur l'épaule de Matthias et recula. Puis il fit volte-face et partit en courant.

— Seth ? Qu'est-ce qu'il y a ? On peut modifier ce que tu n'aimes pas ! Hé ! Attends !

Mais personne ne pouvait pourchasser Seth quand il était lancé.

CORRESPONDANCE

Londres, 2012 apr. J.-C.

— La Terre au vaisseau Koretsky. Y a-t-il une vie à bord ?

Je fis un bond d'au moins trente centimètres. Astrid se tenait sur le seuil de ma porte, les bras croisés.

— Astrid ! Qu'est-ce que tu fais là ?

— Oh ! excuse-moi, mais toi, qu'est-ce que tu fais là ?

Je regardai ma montre. Oh non ! La répétition avait commencé depuis une demi-heure.

— Désolée, désolée, désolée. Pourquoi tu ne m'as pas appelée ?

— Je l'ai fait. Au moins vingt fois.

Mon téléphone se trouvait au fond de mon sac. En mode silencieux. Oups. Vingt et un appels manqués.

— Je n'arrive pas à me décider : je suis fâchée que tu nous aies oubliées parce que tu travaillais ou je suis soulagée parce que tu n'es pas morte ? Je crois que fâchée l'emporte.

— Y a de quoi, répondis-je en fermant mon ordi. Je me serais exclue du groupe depuis des semaines à ta place, Astrid. Je n'en vaux pas la peine.

— Exact. C'est pourquoi nous t'avons cherché un remplaçant digne de ce nom.

Je lui lançai un rapide coup d'œil. Elle souriait.

À vrai dire, je leur étais assez inutile. Nous n'avions quasiment eu aucune répète ensemble depuis mon retour de l'hôpital et les rares étaient réduites de moitié.

Ce soir-là, nous réussîmes à jouer deux bonnes heures. Pendant que je me languissais dans mon lit, Astrid avait écrit de nouvelles chansons et les mélodies s'accordaient à la perfection à ma voix, sans être trop difficiles. Nous travaillâmes donc sur plusieurs projets et je quittai le bâtiment de musique en vrac mais enthousiaste. Cela ne pouvait signifier qu'une chose : je récupérais des forces.

Ce qui était très bien vu le travail qui m'attendait ce soir.

Astrid se trompait sur un point : je ne travaillais pas quand elle était arrivée. Enfin… pas dans le sens conventionnel des choses. J'effectuais des recherches sur…

Les virus.

J'avais l'intention de trouver ce que j'avais regardé au microscope avec le professeur Ambrose.

En effet, j'étais quasiment certaine que cet échantillon avait failli me tuer.

Étant donné qu'il était virologiste, j'assumai que nous avions observé un virus, même si je ne me souvenais pas s'il l'avait clairement défini ou non.

En tout cas, je traquais depuis des jours les virus inhabituels.

Il en existait des milliers. La plupart étaient simplement très déplaisants. Par où commencer pour identifier le mien ? Je choisis la piste des symptômes : fièvre, migraine, affaiblissement, nausées, vomissements. Ce qui en éliminait quelques-uns.

Le deuxième élément qui me semblait significatif concernait la forme.

Je savais qu'elle variait selon les virus. La majorité paraissait sphérique, d'autres sphériques et hérissés de pointes, mais virtuellement aucune ne ressemblait à des fils, et encore moins des fils hérissés de pointes.

Voilà pourquoi, quand je tombai sur le virus Ébola, je sus que j'étais en compagnie d'un solide adversaire. Il provoquait des symptômes semblables aux miens et, bien que sans épines, il était en forme de filaments. J'étudiais des agrandissements quand Astrid avait surgi. N'importe qui aurait perdu toute notion du temps dans ces circonstances, non ?

En conséquence, même si cela m'avait fait beaucoup de bien de répéter, j'avais hâte de retourner devant mon écran.

J'attendis l'extinction officielle des feux pour me faufiler au lit avec mon portable et reprendre mon enquête. Tandis que je faisais défiler les informations, j'eus soudain des frissons dans tout le corps : taux de mortalité entre 50 et 89 %. Plutôt méchant comme virus. Une ligne de plus à son CV. OK. La forme était quelque peu différente, peut-être le grossissement n'était-il pas suffisant ? Mais pourquoi le professeur Ambrose se promènerait-il avec le virus Ébola ? Et pourquoi tenait-il à ce que je le voie ? Et pourquoi avait-il refusé de me dire son nom ?

Je continuais d'afficher la page lorsque mes doigts se figèrent. Mon pouls s'accéléra quand je lus :

« … ce virus dévastateur et virulent peut avoir une période d'incubation très rapide… »

Lignes suivantes :

« Les symptômes se déclarent quarante-huit heures après l'infection, même si l'incubation peut prendre vingt et un jours. »

De quarante-huit heures à vingt et un jours ? Bien trop lent. Je fus infectée et tombai malade en deux heures.

Ébola éliminé. Comme tous les virus que j'avais regardés. La prolifération virale que j'avais observée sur cette lamelle, même ralentie cinq cents fois, était bien plus rapide que tout ce que j'avais débusqué. J'examinai encore trente autres virus, sans qu'aucun corresponde au profil.

Lorsque je m'aperçus que les taches difformes qui flottaient devant mon visage n'étaient plus des virus à l'écran, mais des points sous mes paupières, je décidai d'éteindre la lumière et de dormir.

Fin

Seth courut à l'aveuglette, loin de Matthias et de son palais factice, jusqu'à ce que ses jambes le transportent au temple de Jupiter et à leur pré. Celui de Livia et le sien.

Ce fut une erreur car il se sentit plus seul que jamais. Il s'adossa à une colonne, fixa l'herbe et là, il ressentit un tel désespoir, un tel sentiment de perte qu'il se tapa la tête contre le marbre. La douleur lui fit du bien, le sang qui coulait sur sa joue lui parut réel… mais il ne quitta pas cet endroit. Il s'arrêta, regarda les éclaboussures de sang sur le marbre et attendit qu'elles disparaissent. Puis ses yeux suivirent la colonne jusqu'à son chapiteau ionique. Une frise courait au-dessus du pilier et, encore plus haut, il y avait la corniche.

Il entreprit de grimper. Le marbre était lisse mais les stries dessinées lui offraient une prise pour les mains et les pieds. Très vite, il se tint au sommet du temple, la ville s'étendant sous lui. Au loin, il aperçut la caserne et l'arène, nichées entre les étranges et hautes constructions. Par-delà la caserne, il distingua les fortifications puis plus rien, juste le ciel et la terre. Il scruta la cité. Où se trouvait la nouvelle maison de Matt et son jardin arboré, seuls dans cette splendeur solitaire ? Soudain, un éclat doré brilla au soleil. Un instant, son cœur bondit dans sa poitrine… le bracelet de Livia ? Puis il en reconnut la source. Il s'agissait d'un des aigles en or de la villa de Cassius. Il gronda sa haine. Submergé par le désespoir, il sauta.

La sensation de chute le vivifia. L'atterrissage fut moins euphorique. Il perdit brièvement conscience, si bien qu'à son réveil, allongé sur le sol et les bras en croix devant le temple, il avait les idées embrouillées. Était-il enfin aux champs Élysées ?

Un léger rire moqueur lui apprit que non. Seth se leva et se trouva nez à nez avec le grand inconnu aux yeux gris cristal qu'il avait fui plus tôt.

Seth se mit aussitôt dans la position défensive qui définissait son style gladiatorial.

L'inconnu tressaillit et recula d'un pas.

— Qui êtes-vous ? gronda Seth sans baisser la garde.

— Qui je suis ? demanda l'inconnu, les sourcils froncés.

Seth remarqua que l'homme parlait latin avec un fort accent vaguement familier.

Il y eut une brève pause pendant laquelle les deux hommes se toisèrent. Puis l'inconnu s'adossa à un pilier et dit :

— Je m'appelle Zachary et d'abord qui es-tu, toi ?

— Sethos Leontis de Corinthe.

— Tu as voyagé depuis Corinthe ? bafouilla Zachary.

— Non, depuis Londinium.

— Comment es-tu venu ici ?

— Aucune idée, répondit Seth dans un haussement d'épaules.

Zachary le fixa en se frottant le menton.

— Quel est cet endroit ? l'interrogea Seth.

L'homme continua de le dévisager en plissant des yeux.

— Parallon.

— Parallon ?

Avant que Seth ne poursuive, Zachary continua :

— Tu ne devrais pas être ici…

— Je ne l'ai pas choisi, cracha Seth avec amertume. Je ferais n'importe quoi pour être ailleurs.

— Tu préférerais la mort à tout ceci ? s'étonna Zachary.

— Oui.

— Eh bien, ce n'est pas en sautant du haut d'un temple que tu y arriveras. Tu ne sais vraiment rien.

Seth en était bien conscient, au fond de son cœur. Il avait simplement laissé l'espoir l'emporter sur la connaissance. Et puis, il n'était pas question que cet homme continue à le mépriser ainsi. Il tourna donc les talons, mais Zachary le rattrapa par l'épaule.

— Hé, je peux t'aider.

— Impossible, aboya Seth en chassant sa main.

— Tu ne veux pas que cela se termine ?

Seth lui lança un regard exaspéré.

— Allez ! Profitons du temps présent.

Seth suivit à contrecœur Zachary le long de la route romaine poussiéreuse, de rues inexplorées remplies de bâtiments singuliers, jusqu'au fleuve. Cette fois-ci, l'endroit était désert. Ils descendirent quelques marches et se retrouvèrent au bord de l'eau. Zachary s'avança de quelques pas et fit signe à Seth de se mettre en position.

— Il te suffit de sauter, le défia-t-il sur un ton nonchalant.

Seth lui lança un regard sceptique.

— Promis. Si tu aimes ta mortalité comme tu le prétends, tu ne seras pas déçu.

Seth examina l'eau. Une légère brume voilait sa surface, si bien qu'on ne voyait pas la rive opposée. Il ne remarqua pas la petite brise quand il prit sa décision. Il ne perçut qu'un soupir d'espoir lorsqu'il ôta ses sandales et sauta.

Il n'essaya pas de nager. Il lui fallut beaucoup de force pour empêcher que son corps entraîné à survivre résiste. Soudain, il ressentit une forte traction vers le bas. Une partie de son cerveau fut surprise. Il ne s'attendait pas à cela ! Il pensait que ce serait difficile de ne pas remonter à la surface et non de lutter contre cette force. Elle n'avait rien à voir avec le poids de ses habits ou le courant. Tandis qu'il tourbillonnait, il comprit qu'il était piégé dans un étrange vortex qui l'entraînait dans les profondeurs.

Était-il enfin mort ? Avait-il trouvé le chemin de l'au-delà ?

Non, il avait juste trouvé le chemin de la surface et il se cogna contre la berge.

Il maudit Zachary alors qu'il se hissait hors de l'eau en tremblant. Puis il leva les yeux au ciel sans comprendre, comme si l'après-midi s'était déjà écoulé. Les ombres étaient trop longues. Le soir. Il regarda autour de lui. Tout lui semblait familier mais des détails ne collaient pas : le pont, les bateaux… paraissaient plus petits que ceux qu'il venait de quitter. Une clameur l'entourait également. Et puis cela puait la viande cuite et le poisson mort. Des gens s'affairaient, troquaient, criaient autour de lui. Des chiens aboyaient. Des maçons tapaient. Où était passé le vide tranquille et miroitant de… comment Zachary l'avait-il nommé ? – Parallon ? Ici tout était abrasif, bruyant…

Londinium. Il avait retrouvé le chemin de Londinium. Une ville étrangement déroutante et probablement hostile. Il avait presque oublié la peur humiliante du gladiateur évadé et voilà qu'il était entouré de soldats et de citoyens prêts à capturer un esclave en fuite. Il devrait se montrer prudent.

Retour

Seth se faufila dans l'ombre où il attendit et observa. Dès que le crépuscule de Londinium se transforma en nuit, il se décida à bouger. Mais que faire ? Où aller ? Rarement il s'était senti aussi indécis, presque faible. Il examina sa tunique mouillée, ses pieds nus et se demanda pourquoi il ne ressentait pas le froid, juste un certain engourdissement. Il fut tenté de simplement rester là mais au final, fidèle à ses habitudes, il retourna à la caserne.

Comme à l'accoutumée, des gardes faisaient les cent pas devant les grandes portes en bois, confirmant qu'il était bel et bien de retour à Londinium. Si tout était redevenu comme avant, un autre garde serait stationné de l'autre côté des portes. Seth avait les idées un peu confuses. Il n'avait qu'une envie : s'allonger et dormir. Il se coucha par terre sans un bruit mais ne sentit pas les dalles froides en pierre sous lui. Avait-il été drogué ? Il devait absolument garder sa vivacité d'esprit.

Il avait l'intention de retourner dans sa cellule. Il ignorait pourquoi, vu que chaque atome de son corps le pressait de regagner le fleuve. Il combattait les penchants de son corps depuis trop longtemps pour céder à cette nouvelle tentation. Il rit en silence, sans la moindre joie : si on lui avait dit qu'un jour il tenterait d'entrer en fraude dans sa propre prison ! Il n'y avait plus de doute : il était vraiment fou.

Une opportunité se présenta enfin lors de la relève de la garde. Les trois nouveaux traversaient l'aire d'entraînement. La porte allait s'ouvrir d'une seconde à l'autre. Il faisait sombre, il était agile. Il se faufilerait entre eux, tel un chat, en espérant qu'ils ne le remarqueraient pas.

La porte s'ouvrit et Seth fonça entre les deux hommes. Il avait bien jugé son coup. Aucun des deux ne sentit sa présence. Avec précaution, il passa l'arène d'entraînement et gagna sa cellule. La caserne grouillait d'activité : les gens couraient dans tous les sens, on se disputait plus loin, quelqu'un sifflait, deux gladiateurs se battaient… Seth reconnut Telemachus qui portait des serviettes et des bassines. Il le suivit à une distance raisonnable.

Telemachus se dirigea droit vers la cellule de Seth et disparut à l'intérieur. Seth le rattrapa et jeta un coup d'œil depuis le seuil. Il étouffa un cri.

Dans la pénombre, il se vit, allongé sur le matelas, en train de gémir et de trembler à cause de la fièvre. Penché au-dessus de lui, Aurelius agitait un grand éventail en tissu pendant que, accroupi à côté du matelas, Telemachus épongeait la sueur sur le corps inconscient.

— Il ne va pas s'en sortir cette fois-ci, chuchota Aurelius à Telemachus.

Celui-ci n'eut pas le temps de répondre. Matthias était apparu, pâle et l'air lugubre.

— Du changement ?

— Son état empire de minute en minute. Même s'il ne vomit plus, il respire mal, son pouls bat vite, je ne pense pas…

— Tu ne penses pas quoi, Aurelius ? Être capable de le garder en vie ? Tu peux sortir ! Donne-moi cet éventail et disparais !

— Matthias, tenta de le calmer Telemachus, tu es fatigué. Tu as besoin de repos…

— Je n'ai pas besoin de repos ! Je vais pratiquer une autre saignée… Je réussirai peut-être à extraire le poison. Telemachus, tiens la lumière plus…

Seth n'avait pas trop envie d'assister à cela. Il se sentait faible et nauséeux. Sachant très bien ce que son double allait subir, il glissa le long de la porte et s'assit par terre. L'effort l'avait épuisé. Ses forces diminuaient. Son instinct le poussait à retourner à la Tamesis, mais il avait beaucoup de volonté et il préféra rester. Il jeta un coup d'œil à la paillasse.

De sa position, il voyait parfaitement le visage de Matt qui se penchait et travaillait. Soudain, il sentit une bouffée d'amour et de culpabilité en distinguant la concentration et la passion sur son visage tandis qu'il luttait pour lui sauver la vie. Il ne s'attendait pas une réaction violente de son double quand Matthias inséra le couteau près de sa vieille blessure à l'épaule. Son corps inconscient et surpuissant s'agita avec sauvagerie, expédia la bassine remplie de sang sur le sol où elle se brisa et bouscula Matt qui se coupa la main gauche.

— Par Zeus ! siffla Matthias en se suçant la paume.

Il déchira un bout de tissu qu'il enroula autour de sa coupure. Il s'apprêtait à poursuivre sa saignée quand le corps à nouveau prostré haleta, trembla et se figea.

— Seth ? murmura Matthias.

Il ne respirait plus avec difficulté.

— Seth ! cria-t-il en plaçant le corps sous la lumière.

Il posa l'oreille contre son cœur silencieux.

— Reste avec moi ! gronda-t-il en l'allongeant.

Telemachus s'approcha de Matthias et mit la main sur son épaule.

— Il est parti vers un monde meilleur, Matthias.

Ce dernier ne répondit pas. Avachi au-dessus du corps de son ami, il le fixait.

Telemachus quitta la cellule au bout d'un moment. Matthias ne le remarqua même pas. Seth observa la détresse de son ami jusqu'à ce qu'il n'en puisse plus. Il se hissa sur ses pieds et s'avança lentement vers Matt. La distance lui parut énorme, l'effort de marcher immense.

— Matt…

Apparemment, il n'entendait pas sa voix.

Seth tendit la main pour le toucher mais il ne sentit pas la tunique de Matthias sous ses doigts. Il regarda sa main et écarquilla les yeux. Il n'en distinguait que les contours, souvenir translucide d'une forme, comme s'il avait été mal effacé. Il dut néanmoins toucher Matthias car celui-ci tressaillit et fit volte-face, les yeux ronds, comme pour apercevoir quelque chose dans le noir.

— Seth ? murmura-t-il en tendant le bras devant lui.

Seth fut horrifié quand la main de Matt lui traversa le corps. Matthias gagna la porte en titubant, comme si ses jambes refusaient de le porter.

— Laisse-moi t'aider, Matt, lui cria Seth mais les mots demeurèrent en suspension dans l'air, sans son.

Il suivit son ami jusqu'à sa cellule. Matthias s'allongea sur son matelas. La fièvre avait déjà fait son chemin. Seth s'accroupit. Tordu de douleur, Matt commença à tanguer et à trembler.

— Au secours ! Telemachus ! Aurelius ! hurla Seth.

Personne ne vint en courant parce que personne ne l'entendit.

Il s'assit au bord du lit tandis que son ami mourait. Sa torpeur et son chagrin avaient chassé toute envie de regagner le fleuve et Parallon. Dans son délire, Matthias marmonna son nom.

— Je suis là ! le rassura Seth en vain.

Matthias ne pouvait l'entendre. Jamais plus il ne l'entendrait… sauf à Parallon.

Parallon. Ce mot résonna vaguement dans l'esprit engourdi de Seth. Il essaya de se concentrer. Il devait retourner là-bas. Matt l'attendait. Soudain, pour la première fois, il se dit que Matt avait besoin de lui. Le chagrin l'avait tellement obnubilé qu'il en avait abandonné son ami. S'il ne rentrait pas, Matthias serait complètement seul.

Mais il se sentait si fatigué. Si faible.

« Et tu te prétends gladiateur, le défia une partie profonde de sa conscience. Lève-toi et bouge ! »

Il rassembla toutes ses forces et se mit debout. L'effort lui donna des vertiges et la nausée mais il parvint à sortir de la caserne. Il sentait que le temps manquait. Il se trouvait au milieu de l'arène quand il entendit des pas pressés derrière lui. Aurelius suivait la même trajectoire que la sienne. Avant que Seth ait eu le temps de l'éviter, Aurelius était sur lui. Il resta bouche bée une seconde, abasourdi.

Aurelius venait de le traverser sans rencontrer la moindre résistance. Seth était désormais aussi insaisissable que l'air. Pataud, il arriva juste à temps aux portes pour entendre la conversation d'Aurélien et des gardes.

— Sethos est mort.

— C'était un combattant courageux. Il manquera à la *familia.*

— Et aux femmes.

L'air triste, Aurelius hocha la tête puis courut jusqu'aux quartiers du laniste pour apporter la mauvaise nouvelle. Il manqua les commentaires murmurés des gardes.

— Tu penses à quoi je pense ?

— Cassius Malchus a retiré la somme qu'il avait misée sur Sethos Leontis ce matin.

— Cela ne m'étonne qu'à moitié.

Seth grogna. Cassius Malchus. L'homme qu'il détestait plus que tout au monde. Il ignorait que ce type avait investi de l'argent dans ses succès. Il enragea à l'idée que ses victoires gladiatoriales aient servi à l'enrichir davantage et à le rendre plus puissant. Cette colère lui donna la force de poursuivre. Il n'allait pas disparaître ici par sa faute, affaibli, sans avoir été vengé.

D'un pas résolu, il se rua sur les gardes, passa entre eux et parvint dehors sans lever un souffle d'air. Puis il obligea ses jambes à avancer, convoqua ses dernières bribes d'énergie pour mettre un pied devant l'autre. Il était à peine conscient quand il arriva au bord de l'eau. Priant pour qu'il ne soit pas trop tard, il plongea.

Lumière

Seth ouvrit les yeux quand son corps rebondit contre une surface dure et rugueuse. Il regarda autour de lui, les idées embrouillées, et avala une gorgée d'eau du fleuve par inadvertance. Toussant et tremblotant, il se hissa sur la berge. Il était gelé, trempé jusqu'aux os et épuisé. Où avait-il atterri cette fois-ci ? Ayant trop froid pour se mouvoir, il se tint assis là quelques minutes afin de s'éclaircir les idées.

Une seule pensée cohérente lui parvint : *Je dois me sécher.* Aussitôt, il ressentit le confort d'une tunique propre et sèche, le poids d'une épaisse cape en laine sur ses épaules. Il ne faisait plus de doute : il était de retour à Parallon.

Comme ses sandales avaient disparu, il s'en créa une nouvelle paire et les enfila. Tandis qu'il les attachait, il remarqua avec soulagement la robustesse de ses mains. Il n'avait pas apprécié d'incarner une ombre et était finalement content d'être revenu.

Il était prêt à partir et affronter Matthias. Quand il se leva, il entendit du bruit.

Des voix, des éclats de rire. Il longea la berge et monta les marches en silence. Accroupi dans l'ombre d'un bâtiment immense, il les vit. Seth compta onze personnes assises à des tables rondes et blanches sur une plateforme en bois. Une lumière vacillait au milieu de chaque table ; ils buvaient dans des récipients transparents, discutaient dans l'étrange langue qu'il avait entendue auparavant et ils souriaient.

Zachary serpentait entre eux, approuvait, riait, écoutait. Seth s'approcha. Il se sentait tel un mendiant regardant une fête de famille par la fenêtre. Et il sut soudain que tous ces gens appartenaient à cet endroit. Pas lui. Zachary n'avait-il pas sous-entendu quelque chose dans ce genre l'autre fois ? Qui était Zachary ? Comment en savait-il autant sur ce monde ? Seth se jura de le découvrir.

Finalement, Zachary bâilla, dit au revoir au groupe et s'éloigna en direction d'une grande tour luisante. Sans réfléchir, Seth le suivit.

Toujours caché, il le regarda gravir trois marches jusqu'à un porche et une imposante porte noire. Au lieu de l'ouvrir, il dessina quelque chose avec ses doigts sur le panneau lisse couvert de boutons à droite. La porte s'entrebâilla et Zachary disparut à l'intérieur. Seth pouvait-il le suivre ? Le devait-il ?

Qu'avait-il à perdre ?

Zachary ne représentait aucune menace. Frêle, il manquait franchement de muscles. Mais les prouesses physiques n'avaient virtuellement aucun sens à Parallon. En vérité, sans s'éterniser sur le sujet, Seth croyait de plus en plus que Zachary détenait une sorte de pouvoir ici, un pouvoir bien plus fascinant que sa simple force de gladiateur.

Il hésita un long moment. Pouvait-il se faufiler devant les gens sans être remarqué ? Il avait de bonnes chances de réussir… Il choisit un moment de joie animée pour foncer sur la plateforme sans un bruit et grimper les marches. Il essaya d'ouvrir. La porte était verrouillée.

Il examina le panneau que Zachary avait touché et le tapota. Rien ne se passa. Des symboles étaient gravés sur les boutons. Une sorte d'entrée codée ? Il appuya sur les touches au hasard sans déverrouiller la porte. Il ferma les yeux et s'efforça de se rappeler les gestes exacts de Zachary… Il avait tracé une formule que Seth s'appliqua à imiter. Au troisième essai, la porte émit un petit bruit long et s'entrouvrit. Seth s'engouffra dans l'immeuble et la porte se referma derrière lui.

Il pénétra dans un grand hall blanc. Des tentures rectangulaires et colorées ornaient les murs. Il découvrit une porte lambrissée à sa gauche et un escalier droit devant.

Il écouta, absolument immobile. Où se trouvait Zachary à cet instant ? Il perçut des bruits de pas légers au-dessus de lui. Bien. Il ne risquait pas d'être découvert tout de suite. Il ignorait si Zachary et lui étaient seuls, mais il fallait qu'il explore les lieux.

Très doucement, il poussa la porte lambrissée et n'en crut pas ses yeux. Rien ne l'avait préparé à l'amoncellement de couleurs et d'inventions qui se présentait à lui. Un grand écran rectangulaire sur lequel bougeaient des images et des motifs dominait la pièce. Il était flanqué d'autres écrans plus petits, noirs et inertes. De longues tables blanches occupaient le mur opposé. Elles accueillaient plusieurs instruments larges et cylindriques ainsi que deux écrans supplémentaires. Le troisième mur comportait des boutons colorés qui clignotaient sur des boîtes en argent.

Seth observait depuis le seuil de la porte.

Soudain, ses jambes suivirent une trajectoire inexorable, attirées par le magnétisme irrésistible des couleurs et des mouvements sur le grand écran devant lui. Son cœur battait fort sous sa poitrine. Avec un émerveillement impartial, il tendit la main pour en toucher la surface. Au moment où ses doigts entraient en contact, une chaleur soudaine se diffusa dans sa main, le long de son bras, dans tout son corps. Puis la chaleur se transforma en brûlure insupportable. La pièce se mit à tourbillonner autour de lui. Il ferma les yeux et tenta de s'extirper de là, mais ses doigts restaient collés. Des millions d'images et de sons furent projetés dans son cerveau à une telle rapidité que, bientôt, il ne put plus suivre ni respirer, ni en encaisser. Quelqu'un hurla, emplit l'espace de sa terreur puis une douleur blanche et aveuglante explosa dans sa tête… Il perdit connaissance.

Voies sans issue

Londres, 2012 apr. J.-C.

Le jour où Mme Franklin nous parla de réponses inhabituelles des monocytes en cours de bio, je me demandai soudain si je n'avais pas raté quelque chose de vital. À vrai dire, je me sentais frustrée. Ma chasse au virus n'avait absolument rien donné et je n'étais pas habituée à ce genre d'échec. J'avais développé des stratégies de recherches élaborées et littéralement écumé sur Internet tous les instituts de recherche indépendants du monde. À côté de quoi étais-je passée ? J'avais suivi plusieurs pistes sérieuses mais deux heures d'incubation, c'était simplement du jamais-vu.

Même l'Institut de médecine biochimique de Hong Kong, où ils effectuaient d'incroyables recherches sur des virus assez sensationnels (et effrayants), ne m'offrit rien. Ce qui était assez agaçant, vu le temps que j'avais consacré à entrer dans leur système informatique.

Où se trouvait donc mon virus ?

Je regardai le tableau. Mme Franklin dessinait le diagramme d'une réponse immunitaire typique. À onze ans, je m'étais intéressée à la microbiologie en partie pour étudier le système immunitaire. J'adorais l'idée qu'une armée microscopique défende son monde (moi) contre une invasion étrangère. Quand je découvris combien de travaux microscopiques différents les cellules accomplissaient, je fus encore plus estomaquée.

Depuis, je n'avais cessé de trouver la microbiologie aussi cool que distrayante. Je regardai donc Mme Franklin qui dessinait des lymphocytes T et des monocytes qui attaquaient l'infection. Je me demandai soudain pourquoi je n'avais découvert aucun signe de réaction défensive lors de l'invasion cellulaire en compagnie du professeur Ambrose. Aucune activation des lymphocytes T, des lymphocytes B, des macrophages et surtout aucune réponse des monocytes.

Je levai la main.

— Madame Franklin, la rapidité d'une infection peut-elle empêcher une réponse immunitaire ?

— Je pense que toutes les infections induisent une espèce de réponse immunitaire, Eva. Comme tu le sais, les lymphocytes perçoivent une invasion et se précipitent à sa rencontre. Si l'infection se propage trop vite, les attaquants sont débordés mais il y aura toujours une trace du nombre élevé de leucocytes pendant et après l'infection.

L'attaque à laquelle j'avais assisté n'avait obéi à aucune règle habituelle. Elle avait été intense, délibérée… Sa cible était choisie.

— Madame Franklin, et si l'infection bombardait directement le lymphocyte T, cela désactiverait-il sa réponse immunitaire ?

— Une attaque furtive. Joli. Une frappe préventive sur les cellules de défense ? Hummm. Je ne connais qu'un seul virus capable de viser directement le lymphocyte T…

Je retins mon souffle.

— Le VIH.

Soupir. Mon virus n'avait absolument rien à voir avec celui du sida.

La cloche sonna. Fin du cours. Fin de la journée. Je ramassai mes livres en me demandant comment sortir de cette impasse. Je me levai et me cognai à Harry qui se tenait pile derrière moi.

— Oups, désolée, Harry, marmonnai-je en tâchant de rester droite.

Il tendit la main pour me retenir.

— Hé, Eva ! Reviens sur terre ! Ça va ?

— Ouais, super ! m'exclamai-je en m'extrayant de ses bras.

— Bien ! On ferait mieux d'y aller, on risque d'être en retard.

— En retard ? La journée n'est pas terminée ?

— Euh… Répétition d'*Hamlet*, Eva.

Il souriait et secouait la tête devant moi, comme si j'étais une petite idiote. Ce qui n'était pas loin de la vérité. Qu'est-ce qui clochait chez moi ?

Pendant que nous traversions la cour pour nous rendre au théâtre, nous rattrapâmes Astrid, George et Louis qui sortaient de cours d'anglais.

Je surpris un regard entre Astrid et Harry. Il avait pour mission de m'escorter !

Soudain, je compris avec dégoût qu'Harry n'était pas le seul qu'Astrid avait enrôlé. L'avant-veille, c'était Omar. Comme si cela ne suffisait pas qu'Omar vienne tous les jours aux répétitions suite au renvoi de Felix pour manque d'assiduité. Dans sa nouvelle campagne *Accompagnez Eva aux répétitions*, Astrid l'avait nommé chef du contingent histoire de l'art.

Cependant, j'étais presque sûre qu'Omar avait accepté de jouer les réveils par peur d'Astrid et non pour se rapprocher de moi. Il sortait avec Verity Sutton et semblait heureux avec elle. Pour être honnête, c'était agréable de discuter à nouveau avec lui. Il me manquait un peu. Ruby aussi, bien sûr, mais elle refusait encore de me regarder en face. Dieu merci, elle ne jouait pas dans *Hamlet*.

Après la répétition, j'avais une disserte de philo et une expérience de physique à rédiger. Je dus donc faire une pause dans mes recherches sur les virus. Ce qui me procura un certain soulagement. Je me cognai contre tellement de murs… Je sentais que je passais à côté de quelque chose, mais quoi ?

J'étais tellement préoccupée par ma frustration que le lendemain matin je sortis de grec à la fin du cours sans mon manuel.

J'arrivais à la porte quand la voix de M. Mylne m'interrompit dans mes pensées encombrées.

— On a l'intention d'écrire un essai sur Platon sans le texte source, Eva ? me demanda-t-il en fixant mon livre sur ma table.

Je m'immobilisai sur le seuil, les sourcils froncés.

— Ça va ? s'inquiéta-t-il.

Je tentai de revenir au présent.

— Oui, monsieur. Je vais bien. Désolée, marmonnai-je avant de ranger mon manuel dans mon sac.

Quand je quittai la salle, je me sentis soudain d'humeur plus résolue. Grâce à M. Mylne, je venais de comprendre que je me trouvais sur la mauvaise voie. Dans ma recherche obsessionnelle de virus équivalents, je n'avais pas réfléchi à la source : le tube à essais.

Je devais mettre la main sur le professeur Ambrose.

SURCHARGE

Seth s'entendit respirer. Il était donc… vivant. Le martèlement dans sa tête en témoignait. Il remua une main, tenta de deviner où il se trouvait. Des images s'entrechoquaient dans son esprit, des images connues tout en étant inconnues.

Où était-il ? Dans l'arène ? Il tendit la main. Non, il n'y avait pas de sable. Il se tenait à l'horizontale, étendu sur le dos. Une surface dure sous lui. Les yeux fermés. Lessivé.

Il se laissa un peu aller puis se réveilla en sursaut. Il bougeait. Quelqu'un l'avait saisi par les pieds et le traînait sur le sol.

Il grommela, essayant de se concentrer. Il avait les idées tellement embrouillées qu'il ne parvenait pas à réfléchir. Venait-il d'être blessé dans l'arène ? Protix était-il mort ? Non, il y avait très longtemps que cela s'était passé…

Peu à peu, il revint à lui. Il ne pouvait pas être dans l'arène puisqu'on le traînait au bas de plusieurs marches.

— Argh ! lâcha-t-il quand il leva les bras pour se protéger la tête.

Il ouvrit les yeux et murmura :

— Zachary ?

Celui-ci se tourna vers lui et, à cet instant, il comprit que ce type allait le tuer.

Il s'efforça de se raisonner. On ne mourait pas à Parallon, pas vrai ?

Malgré son état d'affaiblissement extrême, il put compter sur son fameux instinct de survie. Ils se rendaient au fleuve !

Essoufflé, Zachary grognait sous l'effort, mais ils étaient pratiquement arrivés. Seth chercha avec affolement un objet auquel s'accrocher – un mur, un poteau, n'importe quoi pour arrêter sa progression.

Ils habitaient Parallon et, comme il l'avait souhaité, un poteau en bois apparut à côté de lui. Il s'y accrocha à deux bras.

Zachary tituba et manqua de lâcher les jambes de Seth, ce qui lui donna l'occasion de frapper son ravisseur. Tandis que Zachary basculait en arrière, Seth bondit sur ses pieds et imagina un poignard dans sa main.

Zachary se leva lentement et, l'air froid, fit face à Seth.

— Un pauvre poignard ne te sera d'aucune utilité, tu le sais.

Seth écarquilla les yeux. Il ne parlait pas latin mais utilisait la langue inconnue, celle dans laquelle il conversait avec les autres ! Seth ne pouvait l'expliquer, mais une partie de son cerveau la comprenait désormais.

— Je n'en ai plus besoin, déclara Seth dans la langue de Zachary, avant de jeter le couteau par terre.

L'homme plissa les yeux, jaugea le physique impressionnant du gladiateur devant lui et sut que Seth avait raison. Il chercha un allié autour de lui.

Seth l'observait, mal à l'aise.

— Pourquoi me détestez-vous ? lui demanda-t-il.

— Mauvaise question, Sethos.

De colère, Seth serra des dents mais patienta.

— Je ne te déteste pas, grogna-t-il. Comment le pourrais-je ? Tu es à présent la chose la plus proche de moi qui ait jamais existé…

Seth n'en revint pas. Cela n'avait aucun sens !

— Pourquoi vouloir ma mort ?

— Meilleure question. Réponse simple : Parallon est trop petit pour nous deux.

— C'est pour cette raison que vous m'avez expédié à Londinium ?

— Je ne t'ai pas « expédié » à Londinium. J'ai présumé que tu voulais te rendre là-bas. D'ailleurs, je ne comprends toujours pas comment tu as pu survivre. Tu es resté trop longtemps…

— Juste une nuit.

— Une nuit entière dans ton temps ? Impossible. J'ai mesuré le séjour le plus long : personne ne survit plus de deux heures. Tu n'as pas eu l'impression de disparaître ? Que ta vie filait entre tes doigts ?

Seth haussa les épaules, préféra ne pas se rappeler la lutte incroyable contre lui-même pour s'obliger à regagner le fleuve.

— Soit tu as une force exceptionnelle, soit tu as eu une chance extraordinaire. C'est l'instinct primaire qui nous pousse à vouloir assister à notre propre mort, voilà pourquoi tu es arrivé là-bas. Ton séjour a duré trop longtemps, tu aurais dû être piégé dans ton propre temps.

— Piégé ?

— Oui ; tu ne repars jamais. Tu deviens un fantôme.

— Vous espériez que je subisse ce sort.

— Bien entendu ! Explique-moi pourquoi tu es revenu ? Tu en avais assez de Parallon !

Seth allait lui mentionner Matthias quand il changea d'avis. Zachary ne savait rien de son ami et, selon lui, il était dans l'intérêt de Matt que cela demeure ainsi.

— Non seulement tu survis à la visite, mais tu survis au vortex. Tu reviens, tu pénètres par effraction dans mon bureau, tu te connectes à mon terminal et tu…

— … parviens on ne sait comment à acquérir des connaissances qui ne sont pas utiles à un esclave en temps normal, compléta Seth.

— Et ce n'est rien de le dire.

— Zachary…

— Sethos, l'interrompit celui-ci, les deux mains en avant. J'ai besoin de réfléchir. Laisse-moi à présent. Nous reparlerons demain matin. Retrouve-moi ici à onze heures.

— Onze heures ? Comment évaluerai-je le temps ?

— Pour l'amour de Dieu, Sethos, nous sommes à Parallon. Procure-toi une montre !

Restauration

Quand il regagna le palais, Seth découvrit que son ami dormait à poings fermés dans sa chambre. Matthias lui avait laissé un festin de roi dans la salle à manger. Le cœur de Seth se serra en pensant à Matt, assis seul, attendant son retour. Dans un soupir, il prit une assiette et choisit une salade de radis et une tranche de canard accompagnée d'une sauce à l'huître.

Il mangea, pensif. Que lui était-il arrivé ? Pouvait-il vraiment parler une nouvelle langue sans l'avoir apprise ? Que savait-il d'autre ? Il piocha une olive et remarqua l'accessoire qui brillait à son poignet. Il était apparu quand il avait pensé à une montre selon les ordres de Zachary. À présent, elle affichait l'heure en silence et il la lisait facilement, comme s'il n'avait jamais vécu sans.

Il secoua la tête. Trop fatigué pour réfléchir davantage, il avala une grande coupe d'eau et se rendit dans sa chambre. Peu après, il dormait sous une épaisse couverture brodée, dans son nouveau lit douillet.

Quand Matthias émergea le lendemain matin, Seth s'entraînait déjà dans l'arène. Seth interrompit son attaque contre le poteau pour sourire à son ami.

— Merci pour tout, s'exclama-t-il en désignant l'arène, et pour le banquet d'hier soir. Désolé, je suis revenu trop tard pour le partager avec toi.

Matthias haussa les sourcils de surprise. Il s'était tellement habitué au désespoir monosyllabique de Seth qu'il reconnaissait à peine le garçon chaleureux et courtois devant lui.

— Que s'est-il passé hier ? Tu n'es pas rentré de la nuit. Où étais-tu ?

Seth fixa son ami. Que lui dire ? Qu'il avait engrangé des connaissances incroyables, encore difficiles à assimiler ? Un tel gouffre s'était formé entre eux deux qu'il ignorait comment le franchir. Quelle infime partie lui raconter ?

— J'ai découvert comment s'appelait cet endroit.

— Que les dieux soient remerciés, s'esclaffa Matthias. Allez, viens déjeuner.

Seth n'arriva pas en retard à son rendez-vous. Zachary était déjà assis sur les marches de sa maison d'où il regardait le fleuve, l'air rêveur. Seth prit place à côté de lui. Zachary lui tendit une coupe dotée d'une poignée et remplie d'un liquide chaud et fumant.

— Mmm… Du café, merci, répondit Seth par automatisme.

Puis il examina le récipient. Comment savait-il cela ? Il n'avait jamais vu une tasse de sa vie, jamais goûté de café ! Pourtant, quand il le sirota le breuvage avait le goût attendu : délicieux.

Il s'interrogea sur l'expression résignée de son voisin et comprit qu'il avait acquis beaucoup plus de connaissances que la simple capacité à parler une nouvelle langue. De plus, il ignorait quels en étaient les paramètres.

Seth décida donc de tester ce savoir : Zachary portait un *jean* et un *T-shirt,* des vêtements bizarres, inconnus et sans nom pour lui la veille encore. Aujourd'hui, ils lui semblaient normaux, appropriés. Il regarda sa tunique. Bien que correcte, elle ne lui convenait plus. Il fronça les sourcils.

Zachary se moqua doucement de sa confusion et posa une pile de vêtements sur ses genoux.

— Il va falloir y passer. Tu ne vas pas porter une robe toute ta vie !

Seth ne rit pas. Agacé, il se demanda d'où venait ce type.

La réponse surgit dans la seconde : de Londres. Ce que Londinium deviendrait, sut-il sans réfléchir davantage. Était devenue. La respiration de Seth s'accéléra. La compréhension du temps mesurable, séquentiel, lui échappait complètement.

Percevant son malaise, Zachary se tourna vers lui :

— Qu'est-ce qui tracasse tant notre gladiateur ? Autre chose que les vêtements et le café, je parie.

— En quelle année sommes-nous ?

— Allons ! Gladiateur ! Tu peux mieux faire !

Seth se renfrogna. Voilà qu'il se retrouvait à Parallon en compagnie d'un autre laniste ! Zachary n'était pas aussi sanguin et vicieux que Tertius, mais il affichait la même indifférence, la même intransigeance. Et, comme Tertius, Zachary aimait l'aiguillonner.

Seth décida de ne pas entrer dans son jeu. Il considéra le commentaire de Zachary et comprit la stupidité de sa question.

— Nous vivons en dehors du temps, c'est bien cela ?

Comment pouvait-il savoir une chose pareille ?

Zachary hocha la tête.

— Êtes-vous retourné à votre époque ?

— Bien entendu.

— En avez-vous visité d'autres ?

— Plusieurs. Comme tu le feras.

— Oh non, murmura Seth. Pas moi.

Zachary haussa un sourcil et se leva.

— Bien, entrons. J'ai de nombreuses choses à te montrer.

Seth ne bougea pas. Que manigançait cet homme ? La nuit dernière, il essayait de le tuer, et Seth était désormais sûr à cent pour cent de ne pas vouloir mourir.

Zachary l'attendait sur le seuil de la porte.

— Le gladiateur a trop peur d'entrer ? ironisa-t-il.

— Que fais-je ici, Zachary ? l'interrogea Sethos.

— Tu le sauras assez vite. Allez, suis-moi. Nous n'avons pas beaucoup de temps.

Seth rit aux éclats.

— Bien sûr que non ! Le temps est une matière si précieuse ici !

Zachary lui lança un regard glacial.

— Tu n'en as pas idée.

Furieux, Seth s'apprêtait à retourner au palais.

— Très bien. Fuis, ô puissant et brave gladiateur ! Quand tu seras assez courageux pour revenir et poser les bonnes questions, je serai là.

Bouillonnant de rage, Seth s'éloigna à grands pas. Quelques dizaines de mètres plus loin, une main lui agrippa l'épaule. Il fit volte-face, le regard méchant.

— Avant de partir, jure-moi que tu ne parleras à personne du vortex.

Seth grinça des dents.

— À qui le dirais-je ?

— À personne, tu m'entends ? La vie à Parallon dépend entièrement de ton silence.

Seth se rembrunit. Pourquoi se montrerait-il loyal envers lui ? Pourtant quelque chose dans l'intensité de sa requête sonnait vrai. Il hésita avant de hocher la tête :

— D'accord, marmonna-t-il. Je le jure.

Contact

Londres, 2012 apr. J.-C.

La répétition d'*Hamlet* finit plus tôt que prévu. Au lieu de me rendre au réfectoire, je me ruai dans ma chambre pour suivre ma dernière piste en date : professeur Ambrose, virologiste.

Lorsqu'elle nous l'avait présenté en cours de bio, Mme Franklin avait mentionné qu'il travaillait au département de recherche en microbiologie de l'université de New York – que je tapai dans Google.

Impressionnant…

Je cliquai sur *Équipes de recherche.* Je me serais giflée de ne pas y avoir pensé plus tôt et de ne pas avoir inclus les unités de recherche universitaires dans ma grande quête du virus. J'eus soudain le sentiment que les universités seraient les lieux idéaux où effectuer de telles expériences, plus que les laboratoires à capitaux privés.

L'avantage supplémentaire des universités ? Leur tendance à répertorier toutes les personnes sans exception (chercheurs, enseignants...). Je pouvais donc chercher le professeur Ambrose en toute légalité.

Nul besoin de mes talents de hacker.

Facile... En théorie. Si le professeur Ambrose était apparu dans la moindre liste.

J'avais commencé, bien évidemment, par le département de virologie. Aucun signe de lui. J'avais donc élargi mes horizons et parcouru l'unité entière de microbiologie. Vu qu'il ne figurait dans aucune équipe, j'étendis mes investigations et visitai la biologie cellulaire, la biochimie, même la parasitologie médicale.

Inconnu au bataillon.

N'étant pas du genre à me décourager aisément, je décidai d'effectuer une simple recherche de nom sur Google :

Professeur Ambrose virologie

J'obtins une vague correspondance. Un professeur Ambrose ayant contribué à un article sur l'immunopathogénèse du paludisme.

Serait-ce lui ? Pas de photo. Il ne nous avait pas parlé de ce domaine. Ce n'était pas grand-chose mais j'avais au moins un os à ronger... jusqu'à ce que je découvre son prénom : Caroline. Ce professeur Ambrose était une femme.

Je tapai simplement le nom de famille et découvris une Belinda Ambrose, historienne ayant écrit un papier sur la guerre de Sécession, deux avocats, un poète, un agent immobilier.

Finalement, je dus admettre mon échec.

— Eva ! Qu'est-ce que tu fabriques ici ?

Je sursautai.

— Astrid ! Merde ! J'ai raté quoi cette fois-ci ?

Elle secouait la tête sur le seuil de la porte. Je me levai d'un bond.

— Désolée, Astrid. On m'attend où ?

— Eva, tu risques de tomber malade si tu oublies tout le temps de manger… Dis-moi ce qui ne va pas.

Elle m'entraîna vers le réfectoire. Nous arrivâmes au moment où ils desservaient mais je réussis à attraper un bol de pâtes froides et une pomme.

— Tu ne prends rien ? demandai-je à Astrid qui me conduisait à une table.

Rob, Harry et George étaient assis devant leurs assiettes vides et Sophie gardait un plateau rempli de nourriture. Celui d'Astrid. Elle avait interrompu son repas pour venir me chercher ! Cette attention m'embarrassa et me toucha.

Ils parlaient de la répétition d'*Hamlet*. Moi, j'étais trop préoccupée pour me joindre à eux.

— Qu'en penses-tu, Eva ?

Je bondis dans le présent. Je retournais dans ma chambre et Astrid me poussait du coude.

— Désolée, Astrid. Qu'est-ce que tu disais ?

— Eva ? Où étais-tu encore ? s'emporta-t-elle.

Je clignai des yeux. Obligée : son visage se trouvait à quelques centimètres du mien.

— Voilà, il y a quelque chose que je n'arrive pas à comprendre… et ça me mine…

— Eva, as-tu envisagé cette hypothèse : si tu ne comprends pas, c'est qu'il n'y a peut-être pas de réponse.

Je roulai des yeux.

— Quel sujet ?

Pouvais-je me confier à elle ? C'était tellement dangereux de faire confiance aux gens. Regardez où cela m'avait menée. Mais Astrid se montrait si cool avec moi…

— Allez, Eva ! Quel est ce gros secret ?

Je réfléchis… il n'y avait pas de secret. Quel était mon problème ?

Alors je lui racontai toute l'histoire – mon virus, le tube à essais du professeur Ambrose, mes recherches infructueuses…

Elle prit un air drôlement sceptique.

— Eva, il faut que tu admettes une chose. Des disparitions de virus suivies par des disparitions de professeurs… Tu ne trouves pas cela un petit peu… dingue ?

Comme je regrettais mon aveu !

— Qu'est-ce qu'en pense la mère Frankie ?

— Qui ?

— Mme Franklin ! Comment a-t-elle déniché ce professeur ?

Silence.

— Tu lui as demandé, Eva ?

— Bien sûr que non. Pour quoi faire ?

— Gagner du temps, peut-être !

Je la regardai avec de gros yeux ronds. Elle devait avoir raison. J'aurais dû demander à Mme Franklin en premier.

Sauf que je ne réclamais jamais l'aide de personne. Le dernier adulte en qui j'avais eu confiance était la bibliothécaire qui m'avait vendue aux services sociaux. L'idée de me confier à Mme Franklin me donnait envie de vomir.

Malgré son air renfrogné, Astrid poursuivit calmement :

— Eva, le monde entier ne veut pas ta peau.

Je plissai les yeux.

— Excepté Will, Harry et George ! s'esclaffa-t-elle. Ils ont l'air déterminés. N'importe où. N'importe quand, si je ne me trompe. Mais tu es assez grande pour les repousser toute seule !

Nous étions arrivées devant mon bâtiment.

— Va te coucher, Eva. Et demain matin, fais-moi plaisir. Parle à ton professeur de biologie.

Et c'est exactement ce que je fis.

J'interceptai Mme Franklin à la fin du cours ; c'était l'heure du déjeuner et la plupart des élèves se dirigeaient vers la cantine. Je sortis du labo juste derrière elle et décidai de m'en remettre au destin. Si elle faisait un détour par la salle des profs, j'oublierais. Si nous allions dans la même direction, je me jetterais à l'eau. Elle ne tourna pas, je l'interpellai :

— Euh… Mme Franklin.

— Eva ! Tout va bien ?

— Oui, merci. Euh… je me demandais juste… C'est au sujet du professeur Ambrose.

Elle fronça les sourcils. Il devait y avoir beaucoup d'intervenants extérieurs à Sainte-Mag.

— Le virologiste, complétai-je.

— Ah oui, bien sûr ! Tu t'étais bien entendue avec lui, pas vrai ?

Je décidai de ne pas répondre à cette question.

— En fait, il y a une question de virologie que j'aimerais lui poser et euh… auriez-vous ses coordonnées ?

— Attends que je réfléchisse… Je vais voir si j'ai son e-mail. J'essaie de me souvenir comment il nous a contactés…

— Oh ! L'idée venait de lui.

— En effet. Il donnait une série de conférences dans le pays. Désirions-nous que Sainte-Mag soit incluse ? Il m'a envoyé quelques papiers à consulter, je dois sûrement avoir son adresse mail quelque part. Je jetterai un coup d'œil ce soir.

— Merci beaucoup, madame Franklin.

Dommage qu'Astrid ait intercepté la fin de notre petit échange, car elle sourit béatement pendant tout le déjeuner. Il ne me restait qu'à m'asseoir et encaisser.

Dieu merci, cela lui était passé le soir même, lors de nos répétitions avec le groupe. En vérité, j'étais ravie car j'étais arrivée devant la salle avant elle et Sophie. Je le fus moins quand je découvris la raison de leur retard : elles avaient fait un crochet par ma chambre pour m'emmener.

En tout cas, nous jouâmes très bien ensemble – ce fut même la meilleure répétition depuis mon retour. J'étais donc d'humeur assez joviale quand je regagnai ma chambre.

Joviale mais aussi éreintée. Je décidai de me coucher tôt pour une fois. J'avais juste encore deux trucs urgents à faire : un devoir de physique et une liste de vocabulaire en latin que j'avais promis d'envoyer par e-mail à Astrid pour son interro du lendemain.

La physique me prit dix minutes. J'ouvris donc mon portable pour me connecter.

Ma boîte de réception clignotait.

Un message de Mme Franklin ! Génial !

Salut Eva,

Malheureusement, je n'ai pas l'adresse Internet du professeur Ambrose. Je me souviens maintenant qu'il nous a contactés par téléphone, puis il nous a envoyé par la poste quelques articles la semaine précédant sa visite. Ils ne mentionnaient aucune coordonnée.

Je t'ai photocopié ces articles, au cas où ils contiendraient la réponse à ta question. Tu pourras les récupérer en classe demain.

A. F.

Merde ! Merde ! Merde !

Compagnie

Après son affrontement avec Zachary, Sethos fit son maximum pour retomber dans la routine – s'entraîner, courir, chercher Livia – tout en évitant avec soin le fleuve et ses alentours.

Quand il courait, de nouvelles questions et réponses bouillonnaient dans son esprit. Des questions sur Parallon, Londres, la fin de Londinium, la mort du latin, l'origine de l'anglais. Il se demandait comment il pouvait être décédé et vivant au même moment, si son Londinium existait en même temps que le Londres de Zachary. Si cet homme et lui allaient simultanément à la rencontre de leur mort, alors deux époques coexisteraient ? Ou bien le temps n'avait-il de réalité que si on était là pour en témoigner ? Le monde réel, son vieux monde existaient-ils vraiment ? Parallon existait-il ? Et où, entre ces mondes et le temps, se trouvait Livia ?

Bien entendu, il ne devait pas confier ses pensées à Matthias. Il ignorait tout de Zachary, du vortex, des connaissances nouvelles de Seth. Il fallait que cela continue ainsi. Ce savoir rendrait Matthias trop vulnérable.

Si celui-ci soupçonnait son ami de lui faire des cachotteries, il n'osa pas en parler. Il était tellement content du retour de son fougueux camarade qu'il n'allait surtout pas poser de questions.

Puis un soir, alors que Seth revenait en sueur et fatigué d'une course particulièrement longue, Matthias l'attendait devant la maison, tout excité.

— Seth ! Je viens de croiser des gens ! Plein de gens !

— Tu as traîné près du fleuve ? lui demanda Seth avec prudence.

— Non, laisse-moi te montrer… seulement…

— Quoi ?

— Ils portaient des vêtements étranges… et ils parlaient…

Seth soupira.

— Je prends un bain, puis je jetterai un coup d'œil, lui lança Seth.

Il se débarrassa de sa tunique humide en se demandant comment Matthias réagirait s'il installait une douche.

Quand il sortit, Matthias n'en crut pas ses yeux.

— Seth ! Tu es habillé comme eux…

— Ce serait mieux si tu l'étais aussi, lui suggéra le gladiateur.

Matthias fronça les sourcils mais obtempéra. Seth lui montra comment utiliser une fermeture Éclair et mettre une ceinture à son jean. Matthias le fixa, déconcerté.

— Quand… comment as-tu appris tout ça ?

Sethos lui devait une sorte d'explication mais avant tout, il avait besoin de se préparer.

— Je te raconterai plus tard, promis.

Bien qu'exaspéré par son silence, Matthias ne contesta pas. Trop grande était son excitation.

— On y va ! s'exclama-t-il en tirant Seth au-dehors.

Leur villa se situait à l'ouest du centre de Parallon, au-delà du temple et du champ. Sethos préférait courir dans cette zone. Mais Matthias le conduisit vers l'est, dans la direction de la maison de Cassius, le quartier que Sethos aimait le moins.

Peu avant d'atteindre la rue de Cassius, Matthias vira à droite, traversa deux autres rues puis s'arrêta. Ils faisaient face à une place verdoyante. Seth reconnut le style édouardien des grands bâtiments qui l'entouraient. Chaque fois qu'une bribe de connaissance se présentait à son esprit, Seth tremblait légèrement. Il avait des difficultés à s'y habituer.

Matthias désigna le coin opposé.

— Par ici, chuchota-t-il.

— Un café, murmura Seth qui voyait pourtant ce lieu pour la première fois.

Des tables étaient dispersées sur l'herbe. Seth ne reconnut aucune personne attablée.

Il y avait autant d'hommes que de femmes et la plupart devaient avoir leur âge, voire quelques années de plus. Matt avait raison. Aucun ne portait de tunique romaine. Seth fut soulagé qu'ils aient changé d'habits. Il se sentait étonnamment à l'aise dans son jean et ses baskets.

Matthias souriait de toutes ses dents et Seth faisait son possible pour l'empêcher de courir sur la place et prendre une chaise.

— Restons cachés, Matt. On ignore qui sont ces gens.

Mais Matt n'avait plus du tout peur d'être capturé et ce sentiment d'immortalité lui procurait une confiance imprudente. Il refusa de rester dans l'ombre. Seth regrettait désormais de ne pas l'avoir mis en garde contre Zachary.

— Matt…

Trop tard. Une des filles l'avait remarqué et lui faisait signe.

Matt la salua et s'avança vers elle. Comme Seth ne le suivait pas, il se retourna et tira son ami dans la lumière.

Plus tard ce soir-là, Matt et Seth regagnèrent la villa en silence. Dès qu'ils eurent passé la porte,

Matthias fonça dans sa chambre et, avec un grand soupir, Seth rejoignit la sienne. Refusant de s'appesantir sur l'humeur de chien de son ami, Seth s'allongea sur son lit et fixa le plafond. Il s'interrogeait sur la population de Parallon. La majorité des personnes qu'ils venaient de rencontrer était arrivée récemment. Certains se connaissaient avant, comme Matt et lui ; d'autres étaient de parfaits inconnus.

Qu'est-ce qui les a conduits ici ?

Quel est le lien entre eux… ?

Il ne finit pas sa pensée car Matt surgit telle une furie :

— Qu'est-ce que ça veut dire ? Comment as-tu pu me faire une chose pareille ?

Seth mit de côté ses propres questions pour affronter cette nouvelle charge. Il était sincèrement dérouté.

— Et je t'ai fait quoi, mon frère ?

Matt le fixa avec incrédulité.

— Tu ne sais pas ? Tous ces gens ! Ces filles ! Souriantes, accueillantes. On se serait crus aux champs Élysées. Puis nous nous sommes attablés et là… là, je n'ai pas compris un mot de ce qu'elles m'ont dit.

— Matt, j'ai essayé de…

— Toi, tu les comprenais ! Toi qui refusais d'aller là-bas ! Je constate que tu t'y es rendu sans m'en parler et qu'elles t'ont enseigné leur langue en secret.

— Non, Matt. Ce n'est pas comme ça…

— Monsieur était assis là, donnant l'impression qu'il préférait mille fois être ailleurs qu'avec nous, alors que toutes les femmes de la place papillonnaient autour de lui.

— Matt, elles voulaient juste…

— Et moi je ne pouvais rien dire de simple comme « J'aime beaucoup tes cheveux » sans te demander de traduire.

— Matt, je…

— Je suis passé pour un parfait imbécile !

Matt se jeta sur le bord du lit et fixa méchamment le sol.

Seth se leva et prit une profonde inspiration. Il était temps de parler.

— Tu te souviens de la nuit où je ne suis pas rentré à la maison ?

Ce changement soudain de sujet ne plut pas à Matt qui hocha la tête à contrecœur.

— Eh bien…

Comment lui expliquer ? Seth n'avait pas le vocabulaire grec. Grâce à son intellect récemment enrichi, il savait que son cerveau avait puisé une vaste quantité d'informations dans un terminal informatique. Zachary avait été à la fois surpris et horrifié par cet événement. Bien qu'il n'eût pas la moindre idée de l'étendue de son savoir, il le savait substantiel. Au point que Zachary veuille sa mort. Voilà pourquoi, entre autres, il n'avait rien dit à Matt. Par ailleurs, il ignorait comment ce transfert physique avait pu se produire. D'après ses connaissances en informatique, cela était purement et simplement impossible.

Matt s'impatientait.

— Cette nuit-là, j'ai ouvert… par accident… une… une boîte. J'ai perdu connaissance et quand je me suis réveillé, je parlais anglais…

Son explication semblait absurde mais elle se rapprochait beaucoup de la vérité.

Par chance, Matthias avait passé assez de temps à Parallon pour accepter le plus saugrenu.

— Une sorte de boîte de Pandore ?

— Je suppose…

— Pourquoi ne m'as-tu pas emmené là-bas ? Si j'avais trouvé cette boîte en premier, je l'aurais partagée avec toi !

Seth fixa son ami.

— Parce que le gardien de la boîte a essayé de me tuer…

— Mais on ne peut pas être tué à Par…

Le mot mourut sur les lèvres de Matt quand il vit l'expression de Seth.

— Qui était cet homme ?

Seth pinça la bouche, secoua la tête.

— Je ne sais pas.

Au moins, cela était vrai. Le rôle de Zachary à Parallon demeurait un mystère. Matthias ne dit rien pendant une minute ou deux. Si Seth ne voulait pas se confier à lui, jamais il ne lui tirerait les vers du nez.

Finalement, Matthias poussa un long soupir et se leva.

— D'accord, grogna-t-il. Tu vas m'apprendre l'anglais. On commence demain matin !

Réflexions

Seth préparait une soupe. De manière conventionnelle : il avait réuni les ingrédients, écrasé les épices, coupé les oignons, mis les légumes à chauffer et à présent, il remuait. Petit, il aimait beaucoup aider Acantha, l'esclave qui cuisinait pour sa famille. Matthias ne comprenait pas pourquoi son ami s'obstinait à passer autant de temps à écraser et mélanger quand un seul claquement de doigts suffisait à créer un repas tout prêt. Seth appréciait la procédure qu'il trouvait réconfortante. Tant de pensées bouillonnaient dans son esprit tout le temps qu'il avait besoin d'activités apaisantes. Désormais, il courait deux heures par jour avant de retourner à la villa se laver, réveiller Matt et déjeuner avec lui. Ensuite, il passait deux heures environ à lui enseigner l'anglais – sans exception depuis leur soirée au café.

Les leçons se déroulaient plutôt bien. Seth se révélait un professeur patient, Matthias un élève très motivé qui travaillait dur. En fait, il parlait maintenant assez bien pour se rendre seul au café tous les jours.

En général, Seth commençait son entraînement et Matthias partait peu après, ce qui leur convenait à tous les deux. Seth détestait avoir un public et Matthias ne supportait plus de le voir s'exercer. Il ne comprenait simplement pas pourquoi il insistait ainsi. Seth détestait le métier de gladiateur, n'avait jamais aimé le combat. Qu'est-ce qui le poussait à continuer ? Ses talents de guerrier ne lui servaient plus à rien à Parallon, pas vrai ?

Matt craignait également que Seth n'éprouve encore le besoin de venger la mort de Livia. Et jusqu'à ce jour, son ami ne dormirait pas en paix. Matt était à peu près certain que Seth ne reverrait jamais Cassius. Le gladiateur se battrait contre lui-même jusqu'à la fin des temps.

Ils ne parlaient plus de Livia – sujet interdit. Encore moins de Cassius et de la nuit où Seth avait disparu. Mais leur amitié pouvait supporter de tels tabous. Elle avait évolué : ils se respectaient et s'autorisaient beaucoup d'intimité.

La soupe de Seth frémissait gentiment, dégageant des souvenirs aromatiques d'une autre cuisine, d'une autre vie. Il refusa que son esprit batte à nouveau en retraite. Tandis qu'il déposait des feuilles de fenouil sur les fèves, il se demanda en passant si Matt rentrerait pour manger. Coïncidence : la porte d'entrée claqua.

— Salut, Seth ! s'exclama Matt, jovial. Ça sent bon par ici.

— Je suis dans la cuis...

Seth écarquilla les yeux.

— Je te présente Georgia et Claire. Elles dînent avec nous ce soir.

C'était la première fois que quelqu'un pénétrait dans leur villa, leur cocon, leur sanctuaire privé. Et voilà que Matthias avait ouvert la porte et laissé entrer Parallon.

Seth contrebalança le choc provoqué par cette invasion avec son sens inné de la courtoisie. Matthias simula une certaine nonchalance tandis que les filles observaient Seth avec prudence, ayant senti son malaise.

Seth réagit avec rapidité et appliqua les lois de l'hospitalité qu'on lui avait inculquées.

— Bienvenue, Claire... Georgia. J'espère que vous avez faim.

Elles hochèrent la tête, hypnotisées par son sourire. Matthias constata avec tristesse que Seth suscitait ici aussi le même effet dévastateur sur les femmes. Il regrettait déjà de les avoir emmenées à la villa. Georgia s'intéressait à lui avant d'entrer dans la cuisine et de voir son ami...

Obligé d'augmenter les quantités, Seth retourna à ses fourneaux. Il ne pouvait cuisiner à partir de rien, mais la beauté de Parallon faisait qu'on pouvait accroître les portions à volonté. Il décida d'ajouter un simple plat de poisson – rouget à la coriandre et à la menthe verte et son filet de citron. Les seuls desserts qu'il avait rencontrés lui avaient été servis à la villa des Natalis. Malgré la douleur que ces souvenirs lui infligeaient, il se concentra et se souvint d'un plat délicieux que lui avait apporté Livia : un gâteau fourré aux dattes et aux amandes. Il le fit apparaître. Son odeur fut tellement évocatrice qu'elle lui coupa le souffle.

Claire jetait justement un coup d'œil en cuisine quand la torture déforma le visage de Seth.

— Euh… Je venais voir si je pouvais t'aider…

Il secoua la tête, redoutant que sa voix ne le trahisse. La jeune femme repartit aussi sec.

Seth inspira plusieurs fois et relégua une fois de plus ses souvenirs dans le coin sûr et sombre de sa conscience. Il versa la soupe dans des bols qu'il apporta dans la salle à manger où les autres étaient déjà assis. L'atmosphère était tendue. Seth demeura silencieux tandis que Matthias parlait pour deux.

Dès qu'ils eurent fini le potage, Seth alla chercher le poisson en cuisine. Quand il disposa les assiettes en terre cuite devant les filles, elles examinèrent la table, l'air perplexe.

— Oh ! On dirait que je n'ai pas de fourchette, remarqua Georgia, un peu nerveuse.

C'est quoi une fourchette ? se demanda Matthias, décontenancé.

D'abord surpris, Seth en fit vite apparaître quatre. Son ami lui lança un regard interrogateur. Seth haussa les épaules puis utilisa la sienne. Grâce à son expérience médicale, Matthias était habile de ses mains et apprit rapidement à s'en servir en regardant les autres.

Quand Seth apporta le dessert, Georgia parut ravie. Le gâteau semblait délicieux. Il en coupa quatre parts. Quand il goûta son morceau, il fut instantanément transporté dans cette chambre chez les Natalis tandis que Livia lui tendait une assiette parfumée. Pour jouer, il lui avait donné la becquée. Elle adorait les amandes et il adorait la regarder manger. Quand ils eurent fini le gâteau, elle avait léché les miettes sur les doigts de Seth…

Matthias se racla la gorge.

— Seth, ça te dirait de faire visiter la villa à Claire ?

Il revint brusquement au moment présent.

— J'aimerais beaucoup ! s'exclama-t-elle en se levant d'un bond.

— Pourquoi pas ? répliqua Seth en lançant un regard perçant à Matt.

Il conduisit Claire à l'extérieur jusqu'au carré d'herbes aromatiques. Il l'invita à écraser différentes feuilles entre ses doigts et à en apprécier l'odeur.

— C'est merveilleux ! J'ai passé toute ma vie en ville et je n'ai jamais rien fait pousser.

— À Londres ?

— Oui.

— En quelle année es-tu… partie ?

— 1969.

— Par Zeus, lâcha-t-il malgré lui.

— Zeus ? Seth, quelle est ton époque ?

— Mon époque précède de loin la tienne. Mais ici la notion du temps est différente. Apparemment, les gens n'arrivent pas de manière chronologique… Cela me rend perplexe.

— Seth, il faut que je sache… Georgia change sans arrêt de sujet… Dis-moi, s'il te plaît… Sais-tu pourquoi nous sommes ici ?

Tandis qu'elle le fixait, il se mordit la lèvre. Voilà une question à laquelle il ne pouvait répondre.

— Seth, dis-moi la vérité : sommes-nous morts ?

Il regarda ses mains.

— Je n'en sais pas beaucoup plus sur ce monde que toi. Mais oui, Claire. À ton époque, je crois que tu es morte.

Elle s'avachit sur un muret, face à un pied de romarin. Des larmes coulaient sur ses joues.

— Pourquoi ? Je suis trop jeune ! Je suis encore étudiante. Je n'ai rien accompli…

Seth s'assit à côté d'elle et la serra contre lui. Elle sanglotait à présent.

— Claire, tu es morte là-bas mais ici, tu es vivante.

— J'avais tant de choses à faire…

Seth regretta que Matthias ne fût pas assis là à sa place. Il était tellement enchanté par sa nouvelle vie qu'il l'aurait mieux réconfortée que lui. Il tenta de se rappeler certains arguments de son ami.

— Claire, tu peux faire tout ce que tu veux à Parallon. Tu as tout le temps devant toi. Tu ne vieilliras pas, tu resteras forte, en bonne santé…

Elle renifla et hocha la tête ; elle essuya ses larmes avec sa main.

— Matt dirait que nous sommes plus vivants ici que nous ne l'avons jamais été.

Elle lui adressa un sourire humide.

— C'est vrai. Je me sens bien. Mieux. La fièvre m'avait tellement affaiblie.

Seth tiqua en entendant le mot « fièvre ».

— Tu étais malade ?

Claire s'étonna de ce changement soudain de ton. Elle acquiesça.

— Tu pourrais me décrire ta fièvre ?

— Eh bien, c'était horrible. Je ne pouvais plus bouger. J'avais des maux de tête effroyables, des cauchemars terribles, je vomissais. Je ne me souviens pas de grand-chose d'autre. Juste d'être arrivée ici.

Seth se mit à faire les cent pas dans le carré d'herbes.

— Seth ?

Il se retourna.

— J'ai une autre question… Si nous sommes morts, où sont tous les autres ? chuchota-t-elle.

— Il y a beaucoup de gens ici, se déroba Seth.

— Oui, je sais, mais où sont les autres ? Mes grands-parents ? Shakespeare ? Je ne sais pas… la reine Victoria ?

Claire venait de poser la question qui le hantait depuis son arrivée. Il n'avait cessé de chercher Livia. Où était-elle ? Et tous les autres ? Sophocle ? Ses parents ? Son frère et sa sœur assassinés ?

— Je l'ignore. Mais je me demande s'il n'y a pas un point commun entre nous tous. Suis-moi.

Claire et Seth retournèrent la salle à manger par l'atrium. Il ouvrit la porte en grand ; Matthias et Georgia s'écartèrent vite l'un de l'autre.

— Seth ! Pourrait-on avoir un peu d'intimité, s'il te plaît ?

— Désolé, Matthias. Il faut absolument que je demande quelque chose à Georgia.

Celle-ci se lissa les cheveux et haussa les sourcils.

— Que veux-tu savoir ?

La question n'était pas des plus faciles à poser. Seth réfléchit quelques instants…

— Georgia, tu es morte comment ?

Mosaïque

Londres, 2012 apr. J.-C.

— Tu te dépêches, Astrid !

— Hé, on se calme, Eva ! Bouscule pas mémé ! On dirait que cette sortie t'intéresse vraiment…

Elle me lança un de ses fameux regards.

— Arrête de minauder ! grognai-je. Je ne suis pas la seule à avoir envie d'y aller.

— Euh… Désolée, Eva, j'avais oublié, hum… M. Mylne, M. Crispin et deux ou trois intellos de seconde.

Froissée, je croisai les bras et regardai par la fenêtre du réfectoire le point de rassemblement de l'autre côté de la cour.

— OK. C'est officiel : nous sommes en retard. Mylne, Andropolus, Edwards et le Crispé sont déjà arrivés.

Dans un grognement, Astrid enfourna son dernier bout de tarte et rapporta son assiette au comptoir.

Nous n'étions pas les dernières. Ruby et son nouveau copain, Dominic Patel, lambinaient derrière nous. Les quatre professeurs les foudroyèrent du regard en même temps.

Les départements de lettres classiques et d'histoire – quatre profs et trente-quatre élèves – participaient à cette sortie spéciale et les enseignants s'en réjouissaient d'avance. Les jeunes, eux, affichaient le même enthousiasme qu'Astrid.

— Bien ! annonça M. Mylne après avoir fait l'appel. Nous allons marcher jusqu'au site. Cela nous prendra quinze bonnes minutes. Une fois là-bas, vous écouterez attentivement les consignes de sécurité et on vous remettra des casques de chantier. Inutile de vous dire que nous vous offrons là une opportunité incroyable. De nos jours, il est très rare qu'un bâtiment soit démoli au-dessus d'un site du vieux Londinium ; les archéologues ont découvert les fondations d'un palais romain, mais aussi de nombreux objets précieux. J'espère que vous aurez la chance de les contempler également. Comme vous le savez, les visites scolaires ne sont jamais autorisées sur des chantiers en cours, mais il se trouve que je suis un ami personnel d'Allan Hardcastle, l'un des directeurs du site, et je lui ai promis que vous vous comporteriez de manière exemplaire.

Il nous fixa tour à tour. Un ou deux d'entre nous s'impatientaient, certains bâillaient. On nous assénait le même discours avant chaque sortie. Et Sainte-Mag en effectuait beaucoup – théâtre, concert, galeries d'art, musées… La plupart d'entre nous étions plus que blasés. Pas moi, j'étais encore impressionnée par le décorum. Par conséquent, je me trouvais pile derrière M. Mylne quand il franchit d'un pas décidé l'arche du lycée. Astrid se plaça à côté de moi en roulant des yeux.

M. Mylne longea d'un pas pressé City Road, franchit le mur de Londres, direction Moorgate. Nous suivions, les autres traînaient.

Quand il s'arrêta devant la station Bank pour compter tout le monde, Astrid croisa les bras.

— Vous étiez optimiste, avec vos quinze minutes !

— Nous mettons longtemps parce que nous sommes obligés d'attendre vos camarades.

Je devais admettre que ces arrêts forcés m'arrangeaient. Primo, la marche me fatiguait encore ; secundo, j'adorais cette partie de Londres. On aurait dit un catalogue d'architecte recensant des centaines de formes et de styles différents de bâtiments, côte à côte, sans ordre cohérent.

Lorsque tout le monde fut présent, nous repartîmes.

— Enfin, soupira Astrid.

Nous étions arrivés devant… un chantier poussiéreux. Plusieurs sections étaient recouvertes de bâches. M. Mylne nous abandonna afin d'annoncer notre présence et revint au bout de quelques minutes avec son ami Allan Hardcastle. Ils portaient de gros cartons remplis de casques. Astrid fut encore plus heureuse quand elle en eut un sur la tête : elle adorait se déguiser, surtout en orange fluo.

Ensuite, nous fûmes parqués avec soin le long de petites élévations rectangulaires.

— Nous pensons que les réserves du palais se trouvaient là, déclara Allan Hardcastle.

— Vous le voyez à quoi ? demanda un élève de seconde.

— Je déteste ces sorties avec les petits, marmonna Astrid à mon oreille. Trouvent toujours le moyen de nous ralentir.

— Aux dimensions tout d'abord, continua notre guide. Puis nous avons découvert de nombreux morceaux de poterie, des récipients pour l'eau et le vin sûrement. Le coordinateur des découvertes les assemble en ce moment même.

Nous examinâmes deux minuscules endroits – difficile d'imaginer qu'ils étaient remplis de nourriture et de vin, ou simplement qu'il s'agissait de pièces.

– Montez avec précaution sur cette élévation et vous vous tiendrez sur les vestiges d'un des murs externes du palais.

Nous le suivîmes sur une sorte de butte au pied de laquelle je regardai ce qui devait être l'intérieur du palais. On distinguait un dallage poussiéreux, un bon mètre au-dessous. Puis je contemplai le site tout entier, réseau de monticules similaires, vestiges des murs intérieurs. J'essayai de tout mon cœur d'imaginer le genre de bâtiment que c'était.

— Seigneur ! s'exclama soudain M. Mylne un peu plus loin. La structure de la fontaine est quasiment intacte !

Allan Hardcastle hocha la tête avec fierté.

— On devine même les oiseaux sculptés tout autour. Celui à qui appartenait ce palais devait aimer les oiseaux ; nous avons mis au jour les restes de deux grands aigles. Ils flanquaient probablement les portes d'entrée originelles.

— Est-il possible de les voir ? demanda Rob Wilmer.

Apparemment dans le clan des enthousiastes, Rob remonta dans mon estime.

— Certainement. S'ils n'ont pas été emballés et envoyés au British Museum. Je dois vérifier cela avec le coordinateur des découvertes. Maintenant, si vous voulez bien vous mettre en file indienne, vous pourrez admirer ces gravures exquises…

Je me plaçai derrière M. Mylne. Même s'il manquait beaucoup de morceaux, je me représentai soudain très bien la statue… au point de voir le marbre poli, étincelant... la lumière se reflétant à sa surface.

— Avons-nous déjà vu cette fontaine en diapo ? interrogeai-je M. Mylne.

— Bien sûr que non, Eva. Elle vient de sortir de terre.

— Une qui lui ressemblerait ? Elle m'est incroyablement familière, insistai-je.

— Pas dans ma classe, en tout cas. Je n'ai jamais vu de fontaine décorée avec autant de délicatesse. Elle est extraordinaire.

Je ne me sentais pas très bien. J'étais persuadée de l'avoir déjà vue quelque part mais où ? À la bibliothèque de l'école ? Sur Internet ? Mais d'après M. Mylne, elle était cachée sous terre et un immeuble de bureaux depuis plus de deux mille ans. Je cherchai des références visuelles dans mon cerveau. En général, j'étais douée pour me souvenir de mes sources d'information.

— Eva..., grommela Astrid.

Je clignai des yeux et constatai que j'étais la dernière près de la fontaine. Astrid me fit grimper sur un mur et nous coupâmes à travers le chantier pour rejoindre le groupe.

Allan Hardcastle ouvrait la marche.

— Voici la partie qui m'excite le plus !

À pas prudents, il contourna ce qui restait de l'atrium central et longea un autre muret. Nous le suivîmes à la queue leu leu.

— Regroupez-vous ici, ordonna-t-il en montrant un mur pendant qu'il sautait prudemment en contrebas.

Le sol était recouvert d'une grande bâche blanche.

Depuis notre promontoire, nous le regardâmes tandis qu'il roulait la toile et révélait peu à peu une superbe mosaïque turquoise.

— Vous comprenez à présent pourquoi je pense que le propriétaire des lieux adorait les oiseaux. Admirez-moi ces…

Je contemplai les oiseaux dorés et brillants au milieu d'un feuillage complexe, sur des carreaux d'un riche bleu, et soudain mon cœur s'affola, mon estomac se retourna… J'allais vomir. Non ! Ce n'était pas le moment d'être malade. Il me fallait des toilettes, mais je ne parvenais pas à soulever mes jambes trop lourdes. De vrais poids morts. Je chancelai au lieu de pivoter. Rester concentrée… Mon cerveau tenta de s'accrocher aux mots d'Allan Hardcastle mais sa voix ressemblait à un écho lointain. Tout à coup, son visage s'assombrit et disparut… Je n'eus pas le temps de réagir : ce fut le noir absolu.

Statistiques

— Seth ! Va te coucher ! C'est le petit matin.

— Oui, Matt, dans une minute. Il faut que je termine.

Seth était assis à la table de la cuisine devant une pile de papiers et de graphiques.

Matthias secouait la tête sur le seuil de la pièce. Georgia apparut derrière lui.

— Tu le regretteras demain matin, lui assura-t-elle. Comment auras-tu l'énergie de courir ?

Georgia et Claire avaient emménagé à la villa quelques semaines après ce premier dîner. Matthias avait ajouté une nouvelle aile et leur avait offert une grande chambre chacune. Cela l'avait un peu contrarié qu'elles les redécorent immédiatement. La première avait choisi des murs noir et argent, la seconde les avait recouverts de posters des Beatles et des Rolling Stones. Elle avait aussi installé un tourne-disque vert citron et passait en boucle tous les 45 et 33 tours qu'elle avait aimés. Georgia, qui avait quitté Londres en 1982, se dépêcha d'ajouter ses morceaux préférés : The Stranglers, Adam Ant, Squeeze… que Matt appréciait franchement moins.

Deux mois plus tard, Matt agrandit le palais pour accueillir trois amis supplémentaires du café : Blake, Emerson et Tamara.

Matthias était dans son élément : il organisait des soirées fabuleuses, des dîners animés… Leur maison devint le cœur de Parallon. Même s'il ne partageait pas l'enthousiasme de Matt pour la fête, Seth faisait parfois une apparition. Le reste du temps, il le consacrait à son nouveau projet de recherche.

Ce soir-là, il avait l'intention de comparer ses découvertes mais toutes les pièces étaient occupées et la musique trop forte pour se concentrer. Il avait dû attendre que les invités s'en aillent et que la paix règne à nouveau.

Seth recueillait les informations avec méthode. Depuis cette fameuse soirée avec Georgia et Claire, ses préoccupations avaient changé. Jusqu'alors, il s'était focalisé sur Livia ou bien il cherchait par tous les moyens à cautériser la douleur de son absence. À partir de ce jour, sa quête avait pris un nouveau tournant.

Au début, il questionnait, l'air de rien, les personnes qui entraient et sortaient du palais. Lorsqu'il eut épuisé son stock de sujets, il se rendit au café, puis dans les magasins. Ensuite, il accosta le moindre passant. Il surmonta sa réticence naturelle à entamer la conversation, si grande était sa curiosité d'en apprendre davantage sur cette mystérieuse fièvre. Il avait recueilli les commentaires de milliers de personnes.

Dès qu'il entendit Matt et Georgia fermer la porte de leur chambre, il se mit à collationner les informations qu'il possédait.

Il examina son tableau, compara les informations et ses notes. Il crut entendre le rire de Claire, puis la voix d'Emerson.

— Claire sort avec Emerson ?

Seth le connaissait à peine. Ainsi que Blake et Tamara d'ailleurs. Ils avaient tendance à être plus solitaires et plus calmes. Ils ne tarderaient pas à déménager. La vie à la villa pouvait être épuisante.

Pas aussi épuisante que le puzzle insoluble auquel il s'était attaqué.

Il comprenait à présent ce que représentait une partie des chiffres. La fièvre était la clé. Mais quelle porte ouvrait-elle ? Et pourquoi la porte donnait sur ce monde ?

Plus tôt ce jour-là, alors que Matt était exceptionnellement seul, il lui avait montré ses données.

— Matt, en tant que médecin… quelle serait la cause réelle de la fièvre ?

PARALLON – ÉTUDE SUR 543 PERSONNES

ÂGE	HOMMES	FEMMES	SYMPTÔMES	DURÉE DE LA FIÈVRE	TRANS-MISSION (Nombre de cas liés)	COUPURE OU BLESSURE
16	31	27	fièvre, nausée, migraine, faiblesse	incertaine : < 12 h ?	12	2
17	39	35	fièvre, nausée, migraine, faiblesse	incertaine : < 12 h ?	36	6
18	47	41	fièvre, nausée, migraine, faiblesse	incertaine : < 12 h ?	46	12
19	43	44	fièvre, nausée, migraine, faiblesse	incertaine : < 12 h ?	38	14
20	39	33	fièvre, nausée, migraine, faiblesse	incertaine : < 12 h ?	24	6
21	31	29	fièvre, nausée, migraine, faiblesse	incertaine : < 12 h ?	28	4
22	29	27	fièvre, nausée, migraine, faiblesse	incertaine : < 12 h ?	24	2
23	24	21	fièvre, nausée, migraine, faiblesse	incertaine : < 12 h ?	16	0
24-44	2	1	légère fièvre, un peu de nausée, maux de tête, certaine faiblesse	entre 4 et 13 mois	2	0
TOTAL	285	258			226	46

— Eh bien, on m'a appris que la plupart sont dues à un trouble du sang : il est trop lourd, trop stagnant, trop chaud. Je parie que ta question a un rapport avec cette fièvre qui a précédé notre arrivée ici !

Seth sourit. Matt était forcément au courant de son petit projet.

— Moi aussi je me suis interrogé, Sethos. Vu que nous avons tous les deux atteint des températures très élevées, la maladie a été provoquée par une surchauffe du sang.

— D'après ce que je comprends, soutint Seth, la fièvre n'est pas un trouble en lui-même, mais un symptôme. Je me demandais si ce n'était pas le symptôme d'une infection très grave.

— D'une infection ? s'étonna Matt.

Seth grimaça : il avait oublié que le concept d'infection lui était totalement étranger.

— Euh… un poison… une sorte d'empoisonnement en profondeur.

— Mais il aurait fallu que le poison ait eu accès au corps.

— Comme une blessure.

— Une blessure ? Je pensais à de la viande avariée ou une boisson empoisonnée. Mais oui, c'est possible.

— Toi et moi avions une telle blessure, Matt…

— C'est toi qui es arrivé en sang à la caserne !

— Tu ne m'as pas dit que ton couteau a dérapé lors de ma saignée ?

Seth ne pouvait pas lui avouer qu'il avait assisté à l'incident, en tant que fantôme.

Matt demeura silencieux quelques secondes.

— Tu as raison, Seth.

— Peut-être pas. Je pensais être sur une piste mais très peu de personnes se rappellent une coupure ou une blessure.

Sa frustration était palpable. Matthias soupira.

— Seth, mon frère, quelle importance, dis-moi ? Nous sommes ici maintenant : en sécurité, à l'aise dans ce monde merveilleux, entourés par des personnes intéressantes et distrayantes. Nous faisons ce que nous voulons, quand nous le voulons. Nous ne sommes pas des esclaves, nous ne souffrons pas, nous serons jeunes à tout jamais. À quoi cela te servira-t-il de savoir la raison de notre présence ici ?

Seth fixa Matthias, réfléchit à une réponse.

Comment lui expliquer que Livia était au centre de sa quête ? Il l'avait perdue, et il continuerait ses recherches jusqu'à ce qu'il comprenne pourquoi.

Chute

Londres, 2012 apr. J.-C.

Je tournai la tête dans un grognement.

— Belle cascade, Eva. Dommage que je n'y aie pas pensé avant toi.

Je roulai des yeux. Astrid souriait au-dessus de moi. J'essayai de lui rendre son sourire mais ma bouche refusa de coopérer.

— Que s'est-il passé ? marmonnai-je en fermant les yeux.

J'avais mal à la tête.

— Tu as eu une idée de génie. Une minute, tu te tenais à côté de moi sur un bout de vieux mur friable et regardais des morceaux de mosaïque moisis ; la deuxième tu plongeais… enfin, tu basculais pour être plus précise. Si j'avais su à quel point tu souhaitais zapper cette sortie, j'aurais trouvé un meilleur stratagème. Tiens, par exemple, j'aurais évité la partie où tu tombes tête la première du haut d'un mur de un mètre.

— Oh ! Non ! Ne me dis pas que je me suis écrasée sur la mosaïque ?

Pourvu que je n'aie rien abîmé…

— Tu as atterri sur un gros tas de bâches. Chouette diversion ! Tous les casques de chantier sont arrivés en courant. Un secouriste s'est pointé, a vérifié que tu ne t'étais pas cassé le cou et t'a transportée ici. Une ambulance arrive.

— Pas question ! gémis-je. Je vais bien et je veux retourner sur le site.

Je voulus m'asseoir. Astrid me poussa à deux mains.

— Eva, aucune personne saine d'esprit ne te laissera retourner sur son précieux site ! Imagine les dégâts que tu pourrais provoquer !

Elle ricanait en disant cela.

— Oublie ! De toute manière, la sortie se termine dans approximativement… trente secondes. Si tu as de la chance, nous aurons la visite de…

— M. Crispin, m'étranglai-je quand la silhouette de notre directeur s'avança à grands pas vers nous.

— Salut, Eva ! Content que tu sois réveillée. Tu nous as fait une belle frayeur là-bas… surtout au pauvre Allan Hardcastle.

Tandis que je tentais de me concentrer sur son visage, quelque chose me dégoulinait dans l'œil. Je clignai des paupières. Je devais me montrer attentive et voilà que quelque chose me distrayait. Je m'essuyai le visage avec la main. Elle revint moite et collante. Du sang !

Astrid haussa un sourcil et me lança son regard « Essaie de te défiler pour voir ».

Elle avait raison. Je ne pouvais pas me défiler cette fois-ci. Je finis donc aux urgences. Résultat : sept points de suture à la tête et cinq pour une entaille au bras que je n'avais pas remarquée.

Quand j'éteignis enfin ma lampe et me glissai au lit ce soir-là, je m'appliquai à me rappeler ce que je regardais avant de m'évanouir. Mon cœur se mit à battre plus fort, mon estomac se tordit de peur. Je cherchai la lumière à tâtons et fus soulagée d'être dans cette chambre familière. L'obscurité ne m'avait jamais gênée auparavant, mais ce soir-là, il ne fut pas question d'éteindre la lumière.

Vortex

Seth courut chez Zachary et frappa à la porte. Il était déjà venu la veille, l'avant-veille. Chaque matin depuis cinq mois il se cognait le nez.

Comme d'habitude, personne ne lui ouvrit et comme d'habitude, il maudit Zachary. Car finalement, il avait dû admettre qu'il avait besoin de lui. Il ne pouvait poursuivre ses recherches sans lui.

Mais Zachary avait disparu.

Luttant contre son désespoir croissant, Seth poussa un long soupir et s'apprêta à partir quand soudain, il entendit la porte s'ouvrir derrière lui.

Il pivota et n'en crut pas ses yeux.

Zachary se tenait sur le seuil, enveloppé dans une serviette, les cheveux dégoulinants.

Mais Seth fixait son visage.

— Zachary, que vous est-il arrivé ?

Mis à part son air froid et fatigué, l'homme semblait plus vieux. D'au moins dix ans. Il avait les traits tirés, le front ridé, les yeux creusés.

— J'étais absent quelque temps.

— Pas au point de…

— Vieillir autant ?

Sa franchise mit Seth mal à l'aise.

— Depuis combien de temps ai-je quitté Parallon ?

— Eh bien, je frappe à votre porte depuis cinq mois.

— C'était imprudent de ma part. Je ne devais m'absenter que quelques heures. J'imagine que tu as dû t'impatienter.

Seth roula des yeux.

— Content de voir que tu t'es débarrassé de ta jupe, se moqua Zachary en remarquant son jean. Allez, entre.

Il laissa la porte ouverte et monta chez lui. Seth hésita un moment avant de le suivre.

— Café ?

— Bien sûr.

Zachary se déplaçait avec méthode dans la cuisine, une pièce claire, remplie d'appareils ménagers en inox. Seth s'assit à la large table pendant que son hôte sortait un filtre de sa boîte et le plaçait avec soin dans la cafetière. Puis il versa trois cuillères de café moulu, prit le pichet en verre et mesura la quantité d'eau exacte qu'il versa dans le réservoir de la machine. Pour finir, il l'alluma.

Seth comprit pourquoi Matthias était agacé par sa manie de cuisiner au lieu de créer directement des plats. Il brûlait de parler à Zachary qui prenait délibérément son temps.

Pendant que le café coulait avec une lenteur incroyable, goutte après goutte au travers du filtre en papier, Zachary sortit une poêle peu profonde qu'il huila à peine et plaça sur la cuisinière. Quand la poêle fut chaude, il sortit une boîte d'œufs et les cassa un par un.

— Petit déjeuner ?

— Non merci, répondit Seth, les dents serrées.

Il faisait son possible pour garder son calme. Il attendait ce jour depuis si longtemps – alors, quelques minutes de plus ou de moins…

Quand Zachary s'assit enfin devant ses œufs au plat et ses deux toasts beurrés, Seth entama la conversation :

— Zachary…

— Sethos, verse-nous le café, tu veux bien ? Il y a du lait dans le frigo.

Seth se mordit la lèvre, se leva, servit le café dans des mugs, posa le litre de lait sur la table et se rassit.

— Zachary…

Celui-ci mâchonnait, l'air pensif, en regardant par la fenêtre. Il ne semblait pas écouter.

— J'ai quelques questions.

— Ce sont les bonnes, Sethos ?

— Comment le saurais-je ? s'emporta celui-ci. Qu'est-ce qu'une mauvaise question ? Vous me mettez au défi de venir ici avec les bonnes questions, vous disparaissez pendant des mois et à votre retour, vous vous montrez plus condescendant que jamais. Par Zeus, allez-vous vous donner la peine d'entendre ma mauvaise question ou est-ce que je perds mon temps ?

Zachary posa sa fourchette dans son assiette, tourna la tête vers Seth et haussa les sourcils.

D'une voix aussi dure et froide que la glace, il répliqua :

— De la patience et un peu de respect ne seraient pas du luxe. Je suis revenu ce matin après douze ans d'absence. J'ai faim, je suis éreinté et j'ai un peu froid. Je ne pensais pas être accueilli à mon retour par un gladiateur déchaîné et surexcité. Maintenant, calme-toi, accorde-moi quelques minutes pour rassembler mes pensées et j'écouterai tes questions.

Galvanisé, Seth avait déjà couru ses deux heures quotidiennes et en aurait bien effectué deux de plus. Son corps était électrisé par un excès d'adrénaline. Pouvait-il attendre encore cinq minutes ? Pas sûr. Il fit donc les cent pas dans la cuisine.

Zachary sirota lentement son café en regardant par la fenêtre. Enfin il se tourna vers Seth et lui indiqua qu'il était prêt.

Seth prit une profonde inspiration et se lança :

— Pourquoi sommes-nous ici ?

— Voyons… Je sais pourquoi je suis là. Quant à toi, je l'ignore.

— Où devrais-je être ?

— À Londinium bien entendu.

Seth luttait contre l'envie de sortir de la cuisine et de claquer la porte d'entrée derrière lui. Mais contrairement aux accusations de Zachary, il possédait un remarquable sang-froid. Il inspira lentement, compta jusqu'à dix et poursuivit :

— D'après les recherches que j'ai entreprises, tout le monde ici semble être mort de la même cause : une fièvre virulente. C'est le seul point que nous avons en commun.

Zachary fixa Seth.

— Tu t'es bien occupé !

— Je dois comprendre cette fièvre… cette infection…

— Pourquoi ?

— À l'évidence, toutes les causes de mort n'aboutissent pas à Parallon. Cette infection particulière a quelque chose de spécial. Je dois découvrir quoi.

— Que proposes-tu ?

— Eh bien, je pensais que vous…

— Tu pensais quoi ? Que j'aurais toutes les réponses ? Je suis désolé, Sethos.

— Vous savez pourquoi nous sommes ici.

Zachary regarda dehors, l'air distrait.

— Oui et non. Comme toi, il y a beaucoup de questions auxquelles je ne peux pas répondre.

— Les vôtres sont-elles différentes des miennes ?

— Nos parcours ne se ressemblent pas du tout. Mais qui sait ? Nos chemins se croisent peut-être ?

Seth en avait plus qu'assez de ses réponses indirectes et évasives.

— Quel est mon chemin ? gronda-t-il.

— Comment puis-je répondre à cela ? À ton avis, sur quel chemin es-tu ?

— J'aimerais savoir pourquoi nous sommes là, comment une fièvre peut nous transporter dans un autre monde, quelle est cette infection, comment elle est transmise et où sont tous les autres.

— Tous les autres ?

— Les gens qui ne sont pas morts de la fièvre.

— Ce sont d'excellentes questions. Tu trouveras la plupart des réponses si tu continues de chercher avec la rigueur qui est la tienne. Peut-être ne sommes-nous pas sur des chemins si différents, après tout ?

— Je ne cherche pas des résolutions, mais des réponses !

— OK. Qu'est-ce que tu veux savoir ?

— Comment identifier l'infection.

— Tu le sais déjà. Pour identifier une infection, tu dois d'abord la comprendre. Quel agent pathogène est-ce ? Un parasite ? Une bactérie ? Un virus ? Un champignon ? Un prion ? À quoi est-ce qu'il ressemble ? Comment se répand-il ? Quelle est sa durée d'incubation ? Quand tu l'auras identifié et nommé, tu pourras localiser la cause et finir par découvrir la source. Mais avant de commencer cette quête laborieuse qui te prendra énormément de temps, demande-toi pourquoi tu te lances

— Parce que je veux comprendre.

— Et à quoi cet éclaircissement te servira-t-il ? Tu ne peux plus sauver ta peau.

— Je le sais. Ce n'est pas le salut qui m'intéresse.

— Qu'il en soit ainsi, soupira Zachary. Je suppose que je vais devoir t'apprendre à voyager.

— Voyager ?

— Sethos ! Quand vas-tu cesser de répéter tout ce que je dis ? Quand te décideras-tu à activer ton cerveau et traiteras-tu les abondantes informations que je t'ai données par inadvertance ?

Seth se posta devant Zachary. La furie le consumait. Oui, Zachary avait raison : il était idiot. Il n'aurait pas dû revenir ici et espérer de l'aide. À quoi pensait-il ? Il détestait cet homme. Et, pire, Zachary était totalement imperméable à sa colère.

— Sethos, tu comprends bien que tes recherches impliquent de voyager jusqu'à la source ?

— Je dois retourner dans le vortex ?

— Tu n'es pas revenu me voir pour ça ?

— Non. J'étais assez stupide pour penser que vous m'aideriez !

Zachary éclata de rire.

— Reviens quand tu seras prêt à prendre ce que j'ai à offrir, proposa-t-il avant de déposer les tasses vides dans l'évier.

Seth faillit partir mais il s'arrêta sur le seuil de la porte, inspira plusieurs fois et pivota. Sa voix ne tremblait pas quand il prit la parole :

— Je dois avoir accès au sang : infecté et non infecté. À des équipements et des instruments qui m'aideront à d'identifier l'agent pathogène.

— Bien, répondit Zachary, dos à lui.

Puis il rinça les mugs, les posa délicatement sur l'égouttoir, se sécha les mains avec un torchon, le plia avec soin et se tourna lentement vers Seth.

— Que sais-tu à propos du vortex ?

Seth réfléchit un moment.

— C'est une sorte tourbillon, de trou de ver, non ? Un raccourci dans l'espace-temps ?

Zachary hocha la tête de manière imperceptible.

— Quand tu parviens dans le monde corporel, tu rendosses ton état humain : tes cellules redeviennent vulnérables. Elles vieillissent et meurent aussi rapidement que si tu avais vécu à Londinium. Si tu es blessé et ne peux pas reprendre le vortex, tu ne pourras plus revenir ici. Voilà le plus intéressant : plus tu voyages loin de ton époque originelle, plus tu seras fort dans ce monde. Un avantage non négligeable pour toi en particulier. Mais sois prudent, parce que les faiblesses sont amplifiées autant que les attributs. Je dois aussi te faire remarquer une chose : le revers du courage, c'est l'irresponsabilité. Tu es d'une nature impulsive qui doit être tempérée.

Agacé, Seth serrait et desserrait les poings.

— Sethos, tu es très jeune. J'ignore si je peux te transmettre l'immense et terrible pouvoir que représente le vortex. Depuis que tu es dans le secret, le risque a doublé pour les deux mondes.

— C'est la raison pour laquelle vous vouliez ma mort ?

— Entre autres. La connaissance peut être un cadeau dangereux et un savoir de cette magnitude... Le vortex est une porte absolument unique. En cas d'accès abusif, les résultats seraient catastrophiques.

— Je vous ai donné ma parole. Je n'en ai parlé à personne.

— Bien... As-tu décidé où tu voulais te rendre ?

Avec toute la maîtrise et l'humilité dont il était capable, Seth se prépara.

— Où suggérez-vous que j'aille ?

— Enfin ! La bonne question ! Hummm, quelque part où tu aurais accès à un groupe d'étude aléatoire.

— Pas trop aléatoire. Mon groupe cible a entre seize et vingt-trois ans.

— Intéressant. Il te faudra un environnement où ton apparente jeunesse n'attirera pas trop l'attention. Très bien, commençons ! Mais avant que je ne te lâche sur un public sans méfiance, tu auras besoin de quelques leçons de voyage dans le temps.

TROISIÈME PARTIE

Il traversa les frontières enflammées de l'espace et du temps :
Le trône vivant, l'éclat du saphir
Où les anges tremblent d'effroi
Il vit ; mais aveuglé par l'excès de lumière,
Il ferma les yeux et bascula dans la nuit éternelle.

Thomas Gray

DÉPLACEMENT

Quelque part entre York et Londres, 2013 apr. J.-C.

Les vacances de Noël étaient enfin terminées et je me trouvais dans le train en direction du sud et de Sainte-Mag. J'avais passé ces deux semaines terrée dans ma chambre, sous une couette, en compagnie d'une pile de livres et de mon ordinateur portable. Bien entendu, les livres ne traitaient que d'un sujet (la virologie). Comme je m'étais connectée au wi-fi des voisins, je pouvais effectuer un nombre illimité de recherches.

J'étais retournée à la maison pour Noël dans le but de poursuivre mes investigations. Mais très vite, mon objectif principal fut d'avoir chaud. Soit les mois passés à Sainte-Mag m'avaient ramollie, soit la maladie avait détraqué mon thermostat personnel.

D'accord, il faisait toujours quelques degrés de moins à York qu'à Londres et il neigeait de temps en temps, mais la maison était équipée du chauffage central. Bien qu'il y eût quelques courants d'air, le froid ne m'avait jamais gênée auparavant. En vérité, il n'y avait qu'un endroit où je pouvais rester sans grelotter : mon lit.

Évidemment, j'aurais passé un maximum de temps possible dans ma chambre même si une vague de chaleur terrible s'était abattue sur York en plein décembre : c'était la pièce la plus fortifiée, la plus anti-Ted de la maison. Mais honnêtement, je ne pouvais pas tenir assise au rez-de-chaussée plus de dix minutes sans claquer des dents.

Les deux premiers jours, maman m'autorisa à descendre ma couette mais Colin ne supportait pas le désordre que mon duvet et moi mettions dans le salon. Je me retirai donc dans ma chambre avec plaisir et y restai. Comme leur joyeux petit trio s'était habitué à mon absence en période scolaire, il leur fut facile de m'oublier plusieurs heures par jour. Ce qui me convenait à la perfection. Tant que ma porte était fermée, j'étais détendue. Quand ils regardaient un film, le son de la télé était si fort que je pouvais sortir ma guitare et en jouer.

J'avais cet air qui me trottait dans la tête. Il me hantait depuis des semaines, mais mon esprit se trouvait tellement encombré que je ne l'avais pas laissé remonter à la surface. Ayant peu de distractions, je lui accordai un peu plus d'attention. Ce devait être une mélodie que j'avais entendue quelque part et que je n'arrivais pas à remettre. En tout cas, cet air était joli bien qu'obsédant. Un soir, je décidai de le retranscrire, de rédiger quelques paroles et, dès que je serais de retour à Sainte-Mag, je demanderais son avis à Astrid. Quelques jours après Noël, je l'avais quasiment chopé et je grattais doucement le refrain final quand j'entendis ma mère dans le couloir.

— Eva ? Je peux entrer ?

Je calai ma guitare contre le mur et dégageai la porte avec précaution.

— Eh ! Tout va bien ?

Elle hésita une seconde avant d'entrer et de se percher au bout de mon lit. Je remontai mes genoux sous le menton en face d'elle et attendis.

Elle regarda par la fenêtre les gros flocons qui tourbillonnaient en silence dans le ciel d'encre. Elle fronçait les sourcils, pinçait les lèvres. Je m'interrogeai. Maman n'avait pas l'habitude de faire un saut dans ma chambre. Encore moins de venir papoter entre filles. Elle avait quelque chose derrière la tête, mais quoi ?

— Eva…

Elle rougit jusqu'aux oreilles. Merde. Qu'avais-je fait encore ?

— Maman ?

— Euh… Colin et moi, nous… euh…

— Colin et toi… ?

— Eva… Oh ! Je ne sais pas comment te l'annoncer…

— Crache le morceau, maman.

— OK. Eva, je suis enceinte.

Waouh ! Si je m'étais attendue à cela.

— F… Félicitations, bafouillai-je.

Que pouvais-je dire d'autre ?

— Hum… Tu en as parlé à Ted ?

Elle regarda la porte avec nervosité. Non, visiblement. Cela ne me surprenait pas. Inutile d'avoir un doctorat en psychologie pour deviner qu'il ne le prendrait pas bien. J'espérais qu'ils lâcheraient leur petite bombe quand je serais à trois cents kilomètres de là.

Je me demandai vaguement pourquoi elle avait décidé de me mettre dans la confidence… quand tout s'éclaircit.

— Colin s'est dit… euh… Comme tu ne reviens que pour les vacances à présent, cela ne te dérangera pas de changer de chambre. Tu es rarement ici et un bébé, ça prend tellement de place.

Quoi dire ? Même si j'avais trouvé les bons mots, ma bouche aurait refusé de coopérer. Je me contentai de cligner des yeux en me demandant si ma mère m'avait un jour fait passer en premier.

Je connaissais la réponse. Elle s'était toujours effacée devant quelqu'un : mon père d'abord, Colin et Ted ensuite, et maintenant un embryon.

Alors pourquoi, après toutes ces années… pourquoi m'attendais-je à autre chose ? Ma chambre n'était pas grande, mais c'était le seul endroit que j'avais. Et le débarras (où j'atterrirais) ressemblait plus à une cellule qu'à une chambre. Un lit y tenait à peine, et c'était loin d'être un endroit où mettre une guitare. Je me mordis la lèvre et suivis les motifs de la couette avec l'index.

— Pas de problème, marmonnai-je avant de prendre le premier ouvrage de virologie qui passait.

Je le fixai jusqu'à ce qu'elle parte.

Mes mains tremblaient. Plus je m'évertuais à lire les mots devant moi, plus ma vision se brouillait. Je fermai les yeux avec force, mais les larmes se faufilèrent et tombèrent sur les pages lisses. Je m'essuyai les paupières avec colère, me détestant de réclamer autant d'affection. J'avais presque dix-sept ans, putain ! Quand allais-je grandir ? Quelle partie minable de moi s'accrochait encore au besoin que ma mère m'aime ? Pathétique ! Je me levai, me rendis dans la salle de bains, me lavai le visage et jurai que ce seraient mes dernières vacances à York. C'était débile de revenir s'humilier dans un placard. Je me trouverais un job pour les vacances et un endroit où loger à Londres.

Cette idée me réjouit au plus haut point et je pus tenir le coup les derniers jours malgré la tension.

Et me voilà maintenant en train de regarder les kilomètres défiler derrière la fenêtre. Le train venait de s'arrêter à Stevenage. Encore une demi-heure avant l'arrivée.

— Eva ?

Je sursautai quand une main me frôla l'épaule.

— Rob ! m'exclamai-je en souriant.

Rob Wilmer. Un des types sympas de Sainte-Mag. Grand, blond, des taches de rousseur. N'avait jamais tenté d'approche. Cool.

— Ce siège est pris ? demanda-t-il en regardant l'étiquette « Réservé » au-dessus du siège en face de moi.

— La passagère vient juste de descendre. Je crois que tu peux t'installer.

Il rangea sa valise et s'assit.

— Tu habites à Stevenage ? lui demandai-je.

— C'est la gare la plus proche de chez moi.

— Tu ne vis pas loin de Sainte-Mag ?

— Mes parents voyagent beaucoup. Ils me préfèrent en pension.

Je hochai la tête. Le papotage n'était pas ma tasse de thé et j'étais officiellement à court de questions. J'ouvris mon livre pour éviter un silence embarrassant. Seulement, je découvris que Rob, lui, était plus doué dans le département conversation.

— Comment s'est passé Noël ?

— Cela aurait pu être pire.

Ah oui ?

— Je vois ! s'esclaffa-t-il. Contente de retourner à Sainte-Mag alors !

— Tu n'en as pas idée.

— Tu es… redevenue normale ?

Pardon ?

— Je veux dire… tu sais… tu es guérie ?

Je hochai la tête. Je ne voulais pas franchement parler de ma santé.

— Alors ? Pressée d'attaquer un trimestre bien chargé ?

— Ouaip ! Et toi ?

— Bien sûr ! Et… comment tu trouves Sainte-Mag ? À la hauteur de tes espérances ?

— Je crois que oui.

— Ça te plaît ?

— Beaucoup plus que là où j'étais avant.

Aïe : trop d'informations.

— Tu étais où avant ?

— Nulle part. Au lycée du coin.

— Continue.

— Y a pas grand-chose à raconter.

Je me mordis la lèvre. Il fronça les sourcils.

— Mouais. De toute manière, j'ai des questions bien plus importantes à te poser… comme : est-ce qu'il y a un wagon-restaurant dans ce train ? Je meurs de faim.

Je lui indiquai la direction et replongeai dans ma lecture. J'étais à peu près sûre que nous arriverions à Londres avant son retour.

Raté.

— J'espère que tu aimes les muffins. C'est tout ce qui leur restait.

Il tanguait au-dessus de moi avec deux tasses en polystyrène et un sac plastique. Le train cahota et

Rob évita avec habileté de s'écraser sur moi. Par contre, il n'empêcha pas le thé brûlant de lui couler sur les mains.

— La vache, c'est chaud !

Je fouillai dans mes poches et parvins à trouver un mouchoir en papier propre, bien qu'en lambeaux.

Il s'assit et me tendit une tasse, des sachets de sucre et un gâteau.

— Merci ! Je te dois combien ?

— Eh ! On est au début du trimestre. Je suis plein aux as. Tu paieras ta tournée la prochaine fois.

Je le dévisageai, méfiante. J'avais pour politique absolue de ne pas accepter de cadeaux des garçons. Là, ça allait. Transi de froid, il picorait son muffin en regardant dehors. Je me détendis. Peut-être que cela se passerait bien cette fois-ci.

Nouvelle année

Sainte-Magdalen, janvier 2013 apr. J.-C.

À Sainte-Mag, il fallait être tout de suite opérationnel. La preuve : j'avais à peine posé ma valise sur le lit qu'Astrid se rua dans ma chambre.

— Bonne année, ma grande ! s'exclama-t-elle en me tendant une feuille de papier. J'ai imprimé ça pour toi.

— Le planning des répétitions d'*Hamlet* ?

Je le parcourus. Assez chargé. Ce qui n'était pas une surprise vu que le spectacle aurait lieu dans peu de temps.

— Merci ! répondis-je à peine étonnée par son efficacité.

Puis je me souvins que sa mission consistait à me rendre plus efficace, moi.

— Cela implique que l'on revoie le planning du groupe, continua-t-elle. Tu sais qu'on a un concert le jeudi de la semaine…

— Eh ! Oh ! Mollo ! l'interrompis-je.

Où voulait-elle en venir ?

— Heureusement, j'ai réussi à réserver le studio à sept heures moins le quart tous les jours jusque-là.

— Mais Astrid, tu viens de me montrer les dates d'*Hamlet*. On répète presque tous les soirs…

— Exactement.

Silence.

— Astrid… Ne me dis pas… Non ! Pas le matin !

Tête baissée, elle fonça vers la porte.

— Astrid…, gémis-je.

Mais elle était déjà loin.

8 h 50. Nous suivions le régime punitif matinal d'Astrid depuis huit jours. Huit très longs jours. Ne pouvant pas survivre un matin de plus sans café, je quittai le bâtiment de musique et fonçai vers le réfectoire en espérant qu'il soit encore ouvert.

Arrivée devant le bureau du directeur, je dérapai et m'arrêtai net. Il était strictement interdit de courir dans les couloirs à Sainte-Mag mais cette règle n'avait rien à voir avec mon arrêt brutal. M. Crispin parlait à quelqu'un. Rien d'inhabituel, il recevait de nombreux visiteurs. Mais pour une raison inexpliquée, j'eus soudain très envie de voir qui il accueillait. J'hésitai : mon café ou cette étrange curiosité. Je crus entendre la voix du visiteur mais ma tête se mit à tourner. Mon besoin de café devenait extrêmement urgent. Je repartais quand Ruby surgit, me regarda d'un air méchant puis frappa à la porte du directeur. Je restai bouche bée quand elle disparut à l'intérieur.

Collision

Londres, janvier 2013 apr. J.-C.

Sethos Leontis était assis dans un fauteuil en cuir rouge face à Daniel Crispin, le directeur de Sainte-Magdalen. Même s'il avait répondu à toutes les questions posées par Crispin, Seth n'avait pas besoin d'afficher son intelligence. Au XXIe siècle, la puissance de son magnétisme naturel avait décuplé. Il ne l'employait pas souvent de son plein gré bien qu'il le trouvât utile de temps à autre. Comme ce matin, quand il était sorti du fleuve, trempé et gelé.

Il craignit de mourir d'hypothermie s'il ne se réchauffait pas très vite. Il se rendit donc dans le premier café venu et demanda des vêtements à la fille derrière le comptoir. Surprise, Elena (indiquait son badge) lui sourit avant de disparaître en cuisine. Quelques minutes plus tard, elle réapparut avec un jean, un pull, des chaussures et une parka.

— Mon ex est parti précipitamment, expliqua-t-elle.

Quand Seth tendit le bras pour les prendre, elle remarqua qu'il était trempé jusqu'aux os. Elle s'empressa d'ouvrir la porte de saloon, le conduisit jusqu'à un escalier étroit à l'arrière et insista pour qu'il prenne une bonne douche chaude. Il la remercia en lui promettant de lui rapporter les habits aussi vite que possible.

Fidèle à sa parole, il revint deux heures plus tard après avoir récupéré une malle remplie de vêtements à la consigne. Zachary et lui l'avaient préparée lors de leur dernière visite. La jeune femme se moquait pas mal des vêtements ; elle aurait fait n'importe quoi pour lui. Il était quasiment impossible de résister à sa beauté et à l'amplification temporelle de son magnétisme combinées. Sans oublier son intuition extrasensorielle. En résumé, il était capable de deviner les intentions des gens et de les dévier s'il le fallait.

Assis dans le bureau du directeur, il n'avait pas la patience de remplir les formulaires. Il avait hâte d'entrer dans le labo et de se servir du microscope quantique.

Cet endroit semblait parfait. Seth n'en crut pas sa chance quand Zachary tomba dessus : un institut possédant toutes les ressources d'un laboratoire de recherches sérieux, une population entière d'élèves cibles de son âge et plus de deux ans de recherches à leur actif.

Il avait déjà rencontré et séduit les professeurs de sciences, tout en sachant que cet entretien avec le directeur serait crucial.

Tandis qu'il regardait l'étrange et irrésistible garçon en face de lui, Daniel Crispin allait lui demander d'où il venait exactement quand soudain, son stylo se mit à écrire des réponses qu'il n'avait pas entendues. Il hochait la tête avec sérieux et affichait un sourire ravi. Quel atout un élève de cette qualité serait pour son école ! Au bout de quelques minutes, la paperasserie fut bouclée. Il saisit son téléphone et appela son assistante.

— Marcia, pourriez-vous convoquer un terminale sympathique pour s'occuper de notre nouvelle recrue ? Quelqu'un qui a l'habitude de préférence.

— Bien sûr, monsieur le directeur.

Cinq minutes plus tard, Ruby Garcia, qui avait beaucoup mieux à faire que promener un bleu dans Sainte-Mag, entra dans le bureau de M. Crispin.

— Ah, Ruby ! Content de te voir ! Laisse-moi te présenter Sethos Leontis.

Le garçon se leva du fauteuil en cuir rouge et se tourna vers elle. Ses saisissants yeux bleus se posèrent son visage ; son sourire effaça toute pensée négative de Ruby. Malgré elle, ses jambes se précipitèrent vers lui. Elle ressentit un tel besoin de le toucher que, pour la première fois de sa vie, Ruby amorça une poignée de main. Quand il la saisit, elle éprouva un profond frisson de délice et sut avec une certitude absolue que Seth Leontis et elle étaient faits l'un pour l'autre. Toute son existence tendait vers ce moment, ce garçon et leur avenir commun. Elle sourit de bonheur. Adieu Dominic Patel !

Électricité

Sainte-Magdalen, 2013 apr. J.-C.

Nous sortîmes un peu en retard du cours de philo de M. Isaacs et je dus donc traverser la cour en trombe pour arriver à l'heure en bio. Mon Dieu qu'il faisait froid : j'avais les mains presque bleues le temps d'arriver. Je poussai vite la lourde porte en verre et jetai un regard anxieux vers le bureau de Franklin. Par chance, elle n'était pas encore là.

Assis devant, Rob Wilmer se tourna et désigna la place libre à côté de lui. Je lui souris, il me sourit… avec un peu trop d'enthousiasme à mon goût. Merde ! J'appréciais Rob. Après notre petit voyage en train, nous nous étions assis à la même table lors de quelques cours et repas. Son humour me faisait rire. Comptait-il tout gâcher ? Je m'assis dans un soupir. J'avais vraiment hâte d'assister à ce cours et voilà que j'angoissais à cause de lui.

La porte s'ouvrit. Sur Mme Franklin, supposai-je. Je me tournai.

Erreur. Quelqu'un se tenait sur le seuil, indécis.

— Voilà le nouveau, murmura Rob. C'est quoi son nom déjà ?

— Un nouveau, en janvier ?

Je ne le voyais pas nettement parce qu'il se trouvait à contre-jour, mais il me semblait trop grand, trop large d'épaules, pour un terminale de Sainte-Mag.

J'étais à sa place il n'y avait pas si longtemps, nouvelle, mal à l'aise. Je grimaçai. Une partie de moi voulait bondir vers lui et l'aider à franchir cette frontière atroce avec la classe. Mais il n'était pas question que j'attire l'attention sur moi. Je devais garder la tête basse.

Je n'aurais pas dû m'inquiéter à son sujet car Ruby le talonnait.

— OK, tout le monde. Voici Seth Leontis. Seth… voici le labo de bio ! Viens t'asseoir, lui ordonna-t-elle en le traînant d'un air possessif.

Elle tapota le banc à côté d'elle mais il n'eut pas le temps de s'asseoir, Mme Franklin arrivait.

— Désolée, je suis un peu en retard. Bien, je vois que tu as pris soin de notre nouvel étudiant, Ruby. Seth vient de nous rejoindre à Sainte-Magdalen, alors merci de l'accueillir comme il se doit.

Seth sourit à Mme Franklin avant de jeter un coup d'œil à l'assemblée.

Ses yeux s'arrêtèrent sur moi et s'écarquillèrent. Ma bouche s'asséchа.

Je baissai vite la tête. Pour une raison inconnue, mon cœur s'emballa. Pourquoi ?

J'évitai tout contact visuel jusqu'à la fin du cours. Mais je trouvai anormalement difficile de me concentrer sur les microbes pathogènes que nous observions.

Il me rappelait quelqu'un, mais qui ? Si je l'avais rencontré, je me serais souvenue de lui, avec ses yeux extraordinaires… d'un bleu profond… lumineux. Et ses mouvements étrangement graciles pour une personne de sa taille. Il n'était pas gauche et bossu comme nous autres. Son visage nous disait qu'il avait notre âge mais il ne ressemblait pas à un ado.

Je mourais d'envie de le regarder à nouveau – histoire de confirmer mon portrait de lui, dans l'intérêt de la science bien entendu – mais je n'osais pas. Microbes pathogènes, microbes pathogènes, répétai-je.

Enfin, l'heure du déjeuner sonna. Après avoir rassemblé mes affaires, je jetai un rapide coup d'œil au fond de la classe juste à temps pour voir Ruby pousser le nouveau à l'extérieur. Je ressentis une pointe de… quoi ? Non. Absolument pas. Impossible !

— Eva ! On fera la queue les derniers au self.

Rob m'attendait patiemment. Je fourrai ma blouse dans mon sac et me levai. Direction le réfectoire.

Je venais d'enfourner ma dernière bouchée de lasagnes quand Louis et George surgirent.

— Eva ! Il est presque 13 h 30.

— Bravo, les garçons. Vous savez lire l'heure.

— Ha ! Est-ce que le mot « répétition » te dit quelque chose ?

Aïe ! *Hamlet* ! Je vidai mon verre d'une traite, débarrassai mon plateau et les suivis jusqu'au théâtre.

Perché sur une échelle, M. Kidd réparait une lampe quand nous montâmes sur scène.

— Échauffez-vous. J'arrive.

Cela ne gêna personne de courir sur place ou d'agiter les bras dans tous les sens – de la torture en dehors du théâtre.

— Je n'y crois pas, s'exclama M. Kidd. Tout le monde est là ! Il va neiger ! Cela aurait-il un rapport avec le fait que la représentation aura lieu devant toute l'école la semaine prochaine ?

J'eus soudain mal au ventre… Y arriverais-je ?

Par chance, je n'apparaissais pas dans les deux premières scènes qu'il voulait revoir et je pus me décontracter un peu. Tandis que j'assistais à la répétition depuis l'auditorium, mon esprit vagabonda.

Qui était ce mystérieux Seth ? Pour quelle raison arrivait-il au milieu de l'année ? Et, plus important, que faisait-il à mon inconscient ?

— Eva, quand tu veux…

Je redescendis sur terre ou plutôt dans le théâtre. M. Kidd… J'abusais de sa patience.

— Oups, désolée, M. Kidd.

— Merci de te joindre à nous… La scène de la folie ?

Il m'avait choisie pour le rôle de la « petite amie » d'Hamlet : Ophélie, un des personnages qui devient complètement fou dans la pièce. Je ne savais pas trop comment le prendre, mais je faisais de mon mieux pour être à la hauteur. Simuler la folie en public n'était pas une tâche facile. M. Kidd souhaitait que le sentiment d'abandon ressorte. Par contre, il y avait quelque chose dans la folie d'Ophélie qui me parlait… Son impuissance peut-être ? Elle était coincée dans un monde sur lequel elle n'avait aucun contrôle – une impression à laquelle je pouvais m'identifier aisément.

Je m'efforçai d'oublier le regard des autres sur moi. Une vraie mortification. Ce mot me frappa soudain. Peut-être en avais-je justement besoin pour régler mes problèmes relationnels ? Parce qu'il n'y avait rien de sympa ou d'attrayant à jouer la folie sur scène. Si je me montrais assez convaincante, les garçons me laisseraient enfin tranquille et les filles recommenceraient à me parler !

Je décidai que ma folie serait spectaculaire.

Et le plus gratifiant ? M. Kidd fut assez content de mes efforts.

— Bien, Eva. Tu commences vraiment à habiter le rôle. OK tout le monde ! Répétition technique cet après-midi à 16 h 30. Ne soyez pas en retard !

Nous nous attroupâmes à l'extérieur du théâtre, aveuglés par le soleil.

Will (Hamlet) me rattrapa alors que je me rendais en histoire de l'art.

— Euh… Eva ! Ça te dirait de refaire une de nos scènes avant demain ?

Mon cœur flancha.

— Laquelle ? m'enquis-je en sachant très bien la réponse.

— Hum… Acte III, scène 1, répondit-il en se rongeant un ongle.

Quelle surprise ! La scène du couvent… celle où il me serre un peu plus fort et plus longtemps chaque fois qu'on la répète. Preuve que mes efforts en matière de folie n'avaient pas encore eu d'effet sur lui. Il faudrait que je retravaille cela ou que j'abandonne le théâtre. Je soupirai.

Il attendait une réponse.

— Désolée, Will. Je n'ai pas le temps. Je répète avec le groupe… et je dois avancer sur mon devoir pour Mme Franklin. Ne t'inquiète pas : on n'est pas mal.

Et je filai sans demander mon reste.

J'arrivai un peu en retard en histoire de l'art. La salle était sombre et Mme Lofts avait commencé sa présentation de Cézanne. Je me trouvai vite une place en espérant ne pas avoir raté grand-chose. Ses tableaux m'apaisaient étrangement. Bien qu'il ait choisi des sujets éphémères – femmes, fruits, arbres –, Cézanne parvenait à leur donner une apparence intemporelle. Ils demeuraient fixés à jamais, ancrés, immuables. Si seulement, la vie ressemblait à cela. La mienne en particulier. Ni rien ni personne ne demeurait à sa place très longtemps. Je pris une profonde inspiration, désirant que le monde ordonné de Cézanne imprègne le mien.

— Lumière, s'il te plaît, Elias.

La voix de Mme Lofts interrompit mes méditations. Quand je regardai autour de moi, je découvris mon voisin de table. Il se tourna au même moment et nos regards se croisèrent.

Il déglutit. Une expression de… quoi ? de douleur ? de choc ? passa sur son visage. Stupéfaite, je baissai la tête. Ma réputation ici était-elle si mauvaise qu'il la connaissait déjà ?

Puis je me rappelai Ruby. Évidemment ! Elle le chaperonnait. Que lui avait-elle raconté ? Je pensais que le fiasco « Omar » était loin derrière nous désormais !

Je me penchai en avant sur les coudes et laissai tomber mes cheveux de chaque côté de mon visage pendant le reste de la leçon, si bien que je ne l'entraperçus pas de l'heure. Seulement, sa présence me brûlait. Qu'est-ce qui m'arrivait ? Cela n'était pas rationnel. Ophélie me contaminait-elle ?

Peut-être devais-je cesser d'habiter le rôle ? Peut-être devenais-je complètement folle ? Jamais un cours de quarante minutes ne me parut aussi long que celui-ci. Quand la cloche sonna enfin, je ne regardai ni à gauche ni à droite, je fonçai jusqu'à la porte. Dans la cour, je m'adossai à un mur pour reprendre mon équilibre. Quand Rob apparut, j'étais redevenue normale.

Le cours de maths se passa bien. Seth n'y assistait pas. Je pus apprécier mes équations différentielles. Puis, durant la courte pause avant la répétition, je courus dans ma chambre me changer. Quand j'en sortis, Ruby fermait sa porte.

— Hé, Eva !

— Euh… Salut !

— Tu vas répéter ?

— Ouaip.

— À plus tard !

Ruby me parlait ? Waouh ! Elle ne m'avait pas adressé un mot depuis des mois. Tant mieux. C'est mauvais pour le karma quand on vous évite tout le temps.

Je me rendis au théâtre. Lors d'une répétition technique, on vérifie les entrées, les sorties, la lumière, le son, les costumes. Pendant que M. Kidd s'occupait de la lumière, j'eus assez de temps pour réfléchir à ce qui me contrariait. Et je l'utilisai de manière constructive. D'abord, je m'assurai que je connaissais mon texte. C'était la priorité numéro un. Ensuite, je relus mon devoir de bio pour le lendemain (oui, j'avais menti à Will). Rien à redire. Je pouvais le rendre. J'examinai maintenant la scène : ils en étaient à la mise au point du tableau du fantôme. On n'aurait pas besoin de moi tout de suite. Je fouillai donc dans mon sac. Les équations différentielles stochastiques à résoudre pouvaient attendre la semaine d'après. Ce qui me laissait encore un peu de temps pour me concentrer sur des soucis plus pressants tels que : pourquoi recommençais-je à penser à ce garçon bizarre ? Je n'avais vraiment pas besoin de distractions ! Je devais me le sortir de l'esprit, ce qui n'allait pas être facile, facile. Nous avions au moins deux cours en commun. Et s'il faisait lui aussi physique et chimie ?

ÉLECTROCUTION

Sainte-Magdalen, 2013 apr. J.-C.

6 h 30. Le réveil m'entraîna dans un nouveau jour. Je n'étais pas prête. La nuit avait été horrible, remplie de cauchemars dont je me réveillais en sursaut, le cœur battant à cent à l'heure, en nage. Impossible de me souvenir des détails. Je ne me rappelais que ma peur.

J'avais la tête en vrac, la gorge sèche. Je râlai contre les gens qui vendaient des ampoules si puissantes. Je m'habillai, remplis d'eau mon verre à dents, bus d'un coup et m'en allai d'un pas fatigué à la répète du groupe. Nous jouions deux ou trois fois avant de nous rendre à la réunion d'information du matin. Aujourd'hui, je n'avais pas le courage d'affronter tout le monde et je filai discrètement vers la salle de physique.

Je voulais relire mes notes sur les algorithmes quantiques. Un conférencier venait nous parler de sa théorie sur les portes logiques quantiques – un sujet passionnant ! J'avais besoin de toute ma concentration.

J'étais tellement plongée dans mes notes que je ne remarquai pas les élèves qui arrivaient. Il fallut que je sois parcourue par un courant électrique pour revenir au présent. Littéralement. Haletante, je me retournai et tombai sur… devinez qui ? Son coude avait touché mon épaule quand il s'était assis à côté de moi. Je frottai ma peau picotée sans comprendre. Ruby tirait une chaise de l'autre côté. Elle me foudroya du regard. Toute l'amabilité de la veille avait disparu.

Je tournai la tête et mis autant d'espace possible entre le garçon électrique et moi. Ne souhaitant pas revivre le cours d'histoire de l'art, je cherchai une autre place. Il y en avait une au premier rang. Je ramassai mes affaires et m'apprêtais à déménager quand notre professeur, M. Chad, entra avec son invité. Je me rassis, pris une profonde inspiration et éloignai mon siège le plus possible de Seth sans non plus m'asseoir sur les genoux de Kamal. Je plaçai les mains de chaque côté de la tête, style œillères, et évitai tout contact physique. J'ignore encore comment je parvins à me concentrer sur le cours.

L'intervenant travaillait dans un laboratoire de recherches du Queensland. Il explorait et expérimentait le spectre énergétique des molécules. Un truc génial. Lorsque la cloche sonna, il proposa d'enchaîner par un forum avec ceux qui n'avaient pas à courir ailleurs. Par chance, mon TP de latin avait été annulé et j'étais libre. Manque de chance, Seth aussi. Mais il garda ses distances et je m'appliquai à ne pas croiser son regard.

On aurait dit que cinq minutes s'étaient écoulées quand la cloche suivante sonna. Cette fois-ci, je devais filer en chimie avec M. Burleigh, et personne ne se présentait en retard chez M. Burleigh.

Je ramassai mes livres puis traversai la cour en trombe. J'entendis des pas dans mon dos. Inutile de me retourner pour en connaître l'origine. Sa présence gagnait du terrain sur moi.

— Livia, attends !

Il tendit le bras et me toucha l'épaule. Nouveau choc électrique. Je pivotai dans un frisson.

— Je m'appelle Ev..., commençai-je avant de plonger dans ses incroyables yeux bleus.

Ma voix se coinça dans ma gorge et je me figeai sur place.

— Qui es-tu ? chuchotai-je.

— Seth, Seth ! Attends ! cria Ruby qui courait au loin tout en rangeant un classeur dans son sac. Tu ne viens pas en histoire ?

La main de Seth lâcha mon épaule. Ruby me fixa dangereusement. Je contemplai mes chaussures.

— Non, j'ai chimie, affirma-t-il.

— Mais j'étais sûre… Non, j'ai dû me tromper… Tu ferais mieux de te dépêcher. Burleigh déteste les retardataires.

Elle repartit. Seth accéléra le pas et me rattrapa. Je gardai les yeux rivés au sol, mon sac contre ma poitrine. Quelque chose dans le regard de Seth avait éveillé un souvenir en moi. Ou bien un rêve. Mais je n'arrivais pas à le remettre.

Honnêtement, je ne me souviens absolument pas du cours de chimie. Un court-circuit s'était produit dans mon cerveau et je ne pus me concentrer. Seth était assis derrière moi et on aurait encore dit qu'il irradiait, qu'une sorte d'énergie magnétique très puissante jaillissait de lui.

Nul ne passe un cours entier à résister à un champ magnétique et comprendre le processus adiabatique en même temps. Impossible. Puis, alors que j'avais un après-midi entier sans Seth, mon esprit ne cessait de revenir vers lui, si bien qu'à la fin de la journée, je décidai de rendre visite au professeur principal pour qu'il change mon emploi du temps. Je ne pouvais plus aller en classe avec ce garçon. Il me perturbait trop l'esprit.

J'avais quasiment atteint la salle des profs quand on cria derrière moi :

— Eva ! Mauvaise direction !

Je pivotai. Astrid traversait la cour pour se rendre au bâtiment de musique. Je regardai ma montre. Presque 16 h 30. Nous avions une dernière répète avant le concert du soir. Notre premier depuis des siècles. Depuis ma débâcle à l'hôpital, en fait. Je fis demi-tour et la rejoignis. Il était indispensable que je trouve une solution avant le premier cours du lendemain.

Nous essayions ma nouvelle chanson ce soir J'avais enfin rassemblé le courage de la jouer à Astrid le mardi précédent.

— Putain, Eva ! s'était-elle exclamée en secouant la tête.

Je le savais. Elle allait la démolir. J'étais idiote de la lui avoir jouée, je ne savais pas écrire des chansons.

— Nul, hein ? soupirai-je en posant ma guitare.

— Non, Eva. Tu te trompes. J'ignorais que tu… éprouvais ce genre de sentiments. Je le connais ?

J'éclatai de rire :

— Faudra me le présenter alors !

Pour une raison que j'ignore, j'acceptai de la chanter le soir même.

PERDUE

Sainte-Magdalen, 2013 apr. J.-C.

Seth dut endurer un cours entier de chimie, à quelques centimètres d'elle. Il eut l'impression qu'un dieu malveillant lui jouait un sale tour. Voilà qu'il croisait par hasard la fille qu'il chérissait d'un amour absolu et avait perdue dans la douleur, après tout ce temps passé à la chercher… et elle était devenue inaccessible ! Elle ne lui appartenait plus. Elle avait un prénom différent, ne le reconnaissait pas. Seth ne supportait pas d'être devenu un parfait inconnu.

Quand la cloche annonça la fin du cours, elle fuit la salle sans se retourner. Il dut se contenter de la voir disparaître – ce terrible sentiment de perte engloutit sa frustration croissante.

À la fin de la journée, il n'était plus d'humeur morose mais noire. Il rassembla lentement ses livres en se demandant si cela valait la peine de la chercher. Et soudain, cette grande blonde tapageuse surgit à ses côtés.

— Seth ! Comment s'est passé ton après-midi ? s'enquit Ruby.

— Bien, marmonna-t-il en prenant la porte.

Il avait décidé de partir à sa recherche.

— Seth ! Attends ! Viens boire un thé.

Elle ne comptait pas le lâcher.

— Un thé ? répéta-t-il.

— Allez ! insista-t-elle en le traînant vers le réfectoire.

Il scruta la cour sans entrevoir Livia. Peut-être serait-elle là-bas ? Il laissa donc la blonde ouvrir le chemin. Des dizaines d'élèves faisaient la queue au self. Il scruta la salle.

Ruby le poussa jusqu'au comptoir et il s'aperçut soudain à quel point cette fille l'agaçait.

— Écoute, je n'ai pas soif, grogna-t-il avant de la planter là.

Ruby le regarda s'éloigner, les bras ballants. Fallait-il le suivre ? Elle en avait follement envie ; elle voulait tellement ce garçon, même s'il partait dans la direction opposée. Ses pieds se mirent en marche tout seuls quand on l'interpella. Harry lui faisait signe de venir à sa table.

— Hé, Ruby ! Prends ton thé et viens t'asseoir avec nous !

Elle hésita un instant et choisit l'option la plus cool. Elle s'offrit un thé et une brioche puis s'assit.

Seulement ils discutaient tous de cette pièce idiote, *Hamlet.* Dans laquelle elle n'avait obtenu aucun rôle, pour une raison qui lui échappait. Elle n'en voulait pas particulièrement un – même si elle aurait été parfaite dans celui d'Ophélie. Mia le pensait. Son père aussi. Et il était juge à la Haute Cour, bordel ! M. Kidd n'ignorait pas qu'Ophélie était blonde et svelte. N'avait-il pas vu son portrait sur la couverture du livre ? C'était elle tout craché. Et qui avait décroché ce stupide rôle, hein ? Eva bien sûr. Encore cette garce d'Eva.

— Alors ?

Harry la fixait. Il attendait apparemment une réponse.

— Alors quoi, Harry ?

— Tu vas au concert ce soir ? Dans la salle commune ?

— Oh ! Je ne sais pas…

— Il faut que tu viennes ! Nous y serons tous, après la répétition d'*Hamlet.* Seth m'accompagne – tu sais, le nouveau. Sa chambre jouxte la mienne. Et tu sais quoi ? Il est sacrément musclé. Je suis entré dans sa chambre, ce matin, pour vérifier qu'il savait où prendre le petit déj. Il sortait juste de la douche. La chambre était dans la pénombre mais j'ai quand même vu qu'il avait des pectoraux immenses ! Je n'en suis pas revenu. Et puis, j'ai promis au Crispé que je m'occuperais de lui.

— Eh ! C'est à moi qu'il l'a demandé, s'offusqua Ruby.

— À mon avis, il n'a besoin de personne pour s'occuper de lui, remarqua Jack.

— Ne comptez pas sur moi pour me frotter à lui ! lâcha Harry. Bon, tu viens, Ruby, oui ou non ?

— OK. J'irai peut-être. À vingt et une heures, c'est ça ?

Elle but son thé puis regagna sa chambre. Elle assisterait au concert. Avant cela, elle consacrerait les quatre heures suivantes à s'assurer que Seth Leontis ne regarderait qu'elle.

Pendant que Ruby s'appliquait un masque, se lavait les cheveux, s'épilait à la cire, Seth courait – son activité par défaut. Harry lui avait montré le terrain de sport de l'école à la pause ; ce serait son filin de sécurité dans ce monde étrange.

Tout en courant, il essaya de s'éclaircir les idées. Il était venu à Londres pour effectuer des recherches. Il ne devait pas sortir de ses rails à cause d'une fille qui n'était pas, mais pas du tout, l'amour de sa vie. Livia était morte.

Alors comment cette Eva pouvait-elle lui ressembler autant ? Pourquoi toutes les étudiantes s'intéressaient à lui sauf elle ? Lorsqu'il était gladiateur, aucune femme ne restait insensible en sa présence. Il ignorait tout de ce sentiment de rejet contre lequel il bataillait.

Peut-être ferait-il mieux de retourner à Parallon ? Ce n'était pas une bonne idée de venir ici. Comment rechercher quoi que ce soit quand on était troublé ?

Oui. Il devait partir avant de succomber à son obsession. Trouver un autre laboratoire. Une autre époque.

Mais… Mais… Il n'en avait pas envie. Il voulait être auprès d'elle. Il en avait besoin.

Il se sentait si seul, si morose que Matthias lui manqua soudain. Même s'ils ne pourraient jamais en discuter ensemble : Matt ignorait totalement sa présence ici. Il en avait fait la promesse à Zachary. Peu importait combien de temps ses recherches dureraient, il ne se trouvait qu'à quelques minutes de Parallon. Matt ne serait jamais au courant… si Seth ne craquait pas maintenant. De toute manière, Matt et lui avaient conclu un pacte : Seth ne devait plus jamais mentionner le nom de Livia.

Seth envisagea un instant de se confier à Zachary. Un très court instant. En effet, l'homme se montrerait tout sauf compatissant. Il serait même furieux ! Primo parce que Seth n'était pas parvenu à rester plus de deux jours à Londres sans se révéler émotionnellement instable : « Du détachement ! » le sermonnait-il souvent. Secundo, il aurait gaspillé le temps et les efforts précieux de Zachary dans un projet de recherches totalement raté.

Seth courut jusqu'à ce que le rythme de son cœur, son souffle et le martèlement de ses pieds apaisent le chaos de ses pensées emmêlées. Quatre heures plus tard, il regagnait sa chambre, en nage mais plus calme.

Ombre

Seth n'aurait pas été aussi calme s'il avait su que Matthias ne se trouvait pas à Parallon… mais à Londres, à quelques kilomètres de lui, pelotonné dans un canapé moelleux bien qu'un peu défoncé, contre Elena, la fille du café qui avait prêté des vêtements à Seth.

Matthias n'était pas idiot. Et récemment, les activités de Seth lui avaient mis la puce à l'oreille. Ou son manque d'activités, pour être plus précis. Seth n'était pas homme à lambiner à la villa, par épuisement. Il suivait une routine quotidienne rigoureuse : course dès l'aube, entraînement l'après-midi. Et peu importaient les distractions alléchantes que Matthias lui proposait. L'emploi du temps de Seth était réglé comme du papier à musique ; Matthias ne pouvait que remarquer le changement. Il ne voulait pas que Seth replonge dans la dépression qui l'avait accablé si longtemps.

Malgré le nombre de personnes et de divertissements qui jalonnaient la vie de Matthias, Seth passait en premier. Matt aimait beaucoup Georgia, mais il s'intéressait aussi à Claire, vu qu'elle ne semblait pas plaire à Seth. À vrai dire, dès qu'il s'agissait de filles, Matt était intéressé. Voire passionné. Si l'une d'entre elles lui prêtait attention, il réagissait vite. En parallèle, il ne comprenait pas pourquoi Georgia se mettait en colère quand il passait la soirée en compagnie de Claire, ou d'Anna, ou de Rebecca. Cela n'avait rien de déloyal. Ils disposaient de tout le temps du monde, sans la moindre contrainte. Pourquoi ne pas en profiter ?

Matthias avait toujours aimé les filles, au sens purement physique. Pas question de tomber amoureux ! Encore moins de penser au mariage ! Même à Londinium, ses rêves de liberté n'incluaient pas l'achat de terres ou le choix d'une épouse. Matt souhaitait agir à sa guise et en profiter un maximum. Parallon lui offrait cette opportunité et il ne comptait pas s'en priver. Pourquoi Seth ne voyait-il pas les choses ainsi ? Pourquoi se pensait-il en mission ?

Mais Seth était la seule personne qui comptait vraiment aux yeux de Matthias. La seule qu'il aimait. Alors que lui arrivait-il ? Seth lui cachait forcément quelque chose et il espérait bien découvrir quoi.

Aux aurores un jour, il avait donc suivi Seth dehors. Celui-ci portait sa veste de survêtement et un short. Il n'était pas question que Matt le file à pied vu que son ami courait aussi vite que le vent. Pendant une seconde, Matthias faillit abandonner, quand il se souvint de la Ford de Georgia, garée dans l'allée. Par chance, elle lui avait appris à conduire, même si sur le moment il n'en avait pas vu l'utilité. Matthias récupéra les clés sur la table de l'entrée et fonça. Il demeura à une distance raisonnable de son ami qui prenait la direction du fleuve.

Un homme grand et mince l'attendait. Ils discutèrent quelques minutes avant de se rendre sur la berge. Matthias se gara de l'autre côté du pont et descendit aussi discrètement que possible. Une seconde ils parlaient au bord de l'eau ; la seconde suivante ils avaient disparu. Matthias se précipita pour les secourir. Aucun signe d'eux. Son estomac se noua. Seth avait-il de nouveau des envies de suicide ? Il était sur le point de sauter à son tour quand les deux hommes réapparurent à la surface. Matt bondit derrière un tas de tonneaux tandis qu'ils se hissaient sur la berge, trempés jusqu'aux os.

Matthias se frotta les yeux : ils portaient des habits totalement différents !

Puis ils s'engouffrèrent dans un grand bâtiment et, environ dix minutes plus tard, Seth ressortit vêtu d'une tenue de sport sèche. Matthias ne prit pas la peine de se cacher cette fois-ci. Il savait où Seth se rendrait : à la villa.

Il arriva quelques minutes avant le gladiateur.

— Café ? lui demanda-t-il nonchalamment quand Seth pénétra dans la cuisine.

Seth ne réussit pas à masquer son étonnement de le voir debout si tôt.

— Oui, merci, répondit-il en se posant sur une chaise.

— Tu es allé où ? s'enquit Matt sur un ton aussi banal que possible.

— Comme d'habitude.

Matt n'insista pas : il n'en saurait pas davantage.

Le lendemain, il se trouvait déjà dans la Ford quand Seth sortit de la maison en survêtement. Matt répéta les mêmes gestes que la veille, mais cette fois-ci, quand son ami et l'inconnu sautèrent dans le fleuve, il plongea lui aussi. Il le regretta dès qu'il fut happé par l'atroce vortex qui l'attirait dangereusement vers le fond.

Une seule pensée l'aida à supporter cette épreuve terrifiante : ne pas perdre Sethos.

Avertissement

Sainte-Magdalen, 2013 apr. J.-C.

La dernière répétition du groupe se passa bien. J'avais à peine le temps de retourner dans ma chambre pour prendre une douche et me changer et il faudrait que je regagne la salle commune afin de faire la balance. J'avais envie de couper par le self pour y retirer quelque chose à manger, mais je décidai de me doucher en priorité. Je m'avançais sous le jet quand on frappa à la porte. Et merde ! J'envisageai de ne pas répondre, mais c'était probablement Rose Marley. Elle venait me voir de temps en temps. Je ne pouvais pas ne pas lui ouvrir sinon elle aurait demandé à un des gars de la sécurité d'utiliser son passe. J'arrêtai donc la douche, m'enveloppai d'une serviette et allai ouvrir.

Raté.

Ce n'était pas Rose, mais Ruby. Oui, la Ruby qui ne m'avait pas rendu visite depuis qu'elle avait surpris Omar en train de m'embrasser

— Eva, il faut qu'on parle

— Vas-y, entre.

Elle s'assit sur mon lit tandis que je restais debout devant la porte ouverte, vêtue d'une simple serviette en éponge. Son expression ne me disait rien de bon.

— Seth Leontis, annonça-t-elle soudain.

Hé, c'est qu'elle était douée en conversation énigmatique.

— Eh bien ?

— Que se passe-t-il, Eva ?

— Pardon ?

— Ne me regarde pas avec cet air innocent ! Que se passe-t-il entre Seth et toi ?

— R… Rien, Ruby.

— Ouais, comme si j'allais te croire. J'ai remarqué la manière dont il te regarde.

— Ruby, il est à Sainte-Mag depuis cinq minutes à peine. Il ne me regarde pas différemment des autres. On a peut-être échangé trois mots depuis son arrivée. Et uniquement parce qu'il me prenait pour une autre.

Elle sembla soudain soulagée mais ne sourit pas pour autant.

— OK. Que cela continue ainsi.

— Vous… vous sortez ensemble ?

— Bientôt. Si tu ne te mets pas en travers de mon chemin.

— Ce n'est pas dans mes habitudes ! m'insurgeai-je.

Je n'aurais peut-être pas dû.

— À d'autres ! cracha-t-elle avant de sauter du lit.

Elle passa en trombe devant moi et claqua la porte.

Cicatrices

Sainte-Magdalen, 2013 apr. J.-C.

— Hé ! Tu prends combien de douches par jour ?

Harry tapa à la paroi de la cabine. Seth mit quelques instants avant de refaire surface. Il naviguait dans un de ses états méditatifs antérieurs à l'arène et il fut désorienté quand il ouvrit les yeux. Où se trouvait-il ?

— Seth ? Tu viens ? Le concert commence dans dix minutes.

Un concert ? Ah oui ! Il avait promis de s'y rendre. Harry avait tellement insisté.

Seth sortit de la douche et attrapa une serviette. Il entendit un halètement.

— Un problème, Harry ?

— D'où… D'où te viennent toutes ces cicatrices, mon pote ?

Seth se figea. Elles faisaient partie de lui depuis si longtemps qu'il les avait oubliées. D'autant plus qu'elles ne le gênaient plus. Il haussa les épaules.

— Je me suis battu.

Harry écarquilla les yeux et siffla doucement entre ses dents. Puis il s'assit sur le lit de Seth et s'efforça de ne pas le regarder tandis qu'il se séchait avec naturel et enfilait des vêtements. Quelques minutes plus tard, ils traversaient la cour en compagnie des élèves les plus âgés de Sainte-Mag. Quand ils parvinrent enfin dans la salle commune, le groupe s'accordait.

Dès qu'il franchit la porte, Seth sentit qu'on le tirait en arrière. Le connaissant, personne à Londinium n'aurait jamais osé. Ses réflexes étaient méchamment aiguisés, son instinct de survie si aigu qu'il agissait encore sous le coup de l'impulsion. Sa main jaillit et projeta son assaillant à travers la salle.

Par chance, celle-ci était tellement bondée que l'assaillant (alias Ruby) ne heurta pas le sol mais s'écrasa contre une bande d'élèves de seconde.

— Hé ! Ruby ? Ça va ? lui cria Harry qui l'aidait à revenir dans une position moins horizontale. Tu t'es pris les pieds dans une chaise ?

Ruby se frottait le bras. Que lui était-il arrivé ? Seth ne l'avait pas chassée comme une mouche tout de même ? Elle le fixa, choquée. Il la regarda, perplexe. Encouragée par son manque évident d'hostilité, elle s'approcha de lui mais le groupe entama sa première chanson et il prêta aussitôt attention à la scène.

Il avait consacré les quatre dernières heures à réaligner son climat émotionnel et, en un clin d'œil, il retombait entre les griffes du tourment. Voilà que son ange démon personnel chantait… un air qu'il connaissait. Un air qui l'avait réconforté lors des semaines sombres où il délirait et cauchemardait sur ce lit dans la villa des Natalis. Il se fraya malgré lui un chemin dans la foule jusqu'à la petite scène, sans jamais quitter son visage. Elle chantait les yeux fermés. Elle n'avait pas besoin de regarder ses doigts qui pinçaient les cordes comme si la guitare était une extension d'elle-même. Soudain, les rythmes dynamiques s'estompèrent. Les instruments se turent et il n'y eut plus que sa voix, chuchotant les notes avec une douceur et une pureté à vous briser le cœur. Sa vie semblait dépendre de ce micro, tel son seul ami. La foule paraissait hypnotisée. Puis la mélodie se termina, guitares et batterie ressurgirent. Elle ouvrit les yeux et croisa ceux de Seth.

FRACTURE

Sainte-Magdalen, 2013 apr. J.-C.

Pourquoi avais-je dit oui pour commencer le concert avec ma nouvelle chanson ? À quoi pensais-je ? D'après Astrid, j'aurais été moins nerveuse une fois débarrassée du morceau. Comme elle avait en général raison sur de pareils sujets, je ne m'étais pas opposée. Tout allait bien… En fait, j'étais vraiment là : j'habitais la musique, les lieux d'où avait jailli la chanson… Et au moment précis où j'ai ouvert les yeux, il se trouvait pile devant moi. À cet instant, je sus que cette chanson parlait de lui, qu'elle lui était dédiée.

Seulement, je l'avais écrite bien avant de rencontrer Seth. Merde. Merde. Merde. Que se passait-il dans ma tête ? Je devenais véritablement folle. Et me voilà sur scène, au milieu d'une chanson, distraite par ce garçon qui me fixait. Un garçon dont j'avais certainement dû rêver.

Aïe ! Je ne me souvenais plus des paroles… Par chance, mes mains continuèrent de jouer le refrain, pendant que j'essayais de me concentrer. La pauvre Astrid répétait le riff de basse dans l'espoir que je reviendrais à un moment ou à un autre et entamerais le dernier couplet, tandis que Sophie assurait vaillamment le rythme. Comment pouvais-je les laisser tomber ainsi ? Je pris une profonde inspiration, tournai le dos au garçon magnétique. Astrid roula des yeux et me décocha un de ses sourires patients, ce qui brisa le charme. Je repris ma chanson et la finis sans regarder le public. Pour une raison incompréhensible, les applaudissements fusèrent. J'avais pourtant tout gâché !

J'ignore comment, mais cette ovation me donna la force de continuer le concert. D'autant plus que je fermais les yeux ou fixais la pédale wah-wah. Je ne pouvais pas me permettre de croiser à nouveau son regard.

Après le concert, je parvins à garder la tête baissée en m'occupant du matériel. J'enroulais le dernier câble quand une secousse me parcourut le corps entier. Je crus défaillir. Haletante, je m'adossai à un mur. Scientifiquement, comment expliquer que je m'étais électrocutée avec un câble débranché ? Soudain, je le vis à côté de moi, manifestement horrifié.

— Seth ? marmonnai-je.

Prise de vertiges, je glissai jusqu'au sol et posai le front sur les genoux.

Il s'assit à côté de moi.

— Livia, que s'est-il passé ? chuchota-t-il. Tu vas bien ?

Sa voix. Que me rappelait sa voix ?

Je le fixai pendant une seconde. J'avais sûrement l'air d'une parfaite idiote. Puis je me concentrai sur ses questions, et secouai la tête.

— Je ne sais pas. Une espèce de choc. J'irai mieux dans une minute.

— Écoute, Livia…

— Seth…

Chaque fois qu'il prononçait ce prénom, j'avais l'impression que Seth m'appartenait davantage. Ce qui me plaisait. Beaucoup. Malheureusement, Ruby avait des vues sur lui ; il s'intéressait à moi parce qu'il me prenait pour une autre. Je devais le sauver de cette détresse.

— Seth, je m'appelle Eva…

Il hocha la tête, même si j'eus l'impression qu'il ne me croyait pas. Il ne cessait de m'observer.

— C'est toi… Je sais que c'est toi, chuchota-t-il. Cette chanson, pourquoi l'as-tu choisie ?

Je le regardai dans le blanc des yeux et sentis cette étrange connexion.

— Je ne l'ai pas… choisie. Je l'ai écrite.

Vraiment ? L'air me trottait dans la tête depuis des semaines. L'avais-je inventé ou entendu quelque part ?

— C'est la chanson qui m'a ramené… quand j'étais perdu.

Sa voix chevrotait. Son expression abasourdie me donna envie de lui prendre la main et de le réconforter. Mon instinct réagit avant mon cerveau, si bien que je lui touchai le visage. La chaleur, le simple pouvoir physique de ce contact me coupa le souffle. Au moment où sa main recouvrit la mienne, je fus à nouveau prise de vertiges. Adossée au mur, je pantelais. Je dus fermer les yeux pour que la pièce se calme autour de moi. Quelle situation embarrassante ! Lorsque je les rouvris, son expression inquiète me fit sourire.

— Désolée, Seth. J'ai été malade. J'irai mieux dans…

Il se trouvait si près de moi, je sentais quasiment son haleine. J'inspirai fort, comme pour me remplir les poumons de lui. Je voulais… je voulais me fondre en lui, me perdre ici.

— Seth ?

J'effleurai son visage et là encore… la chaleur, le vertige. Je baissai la main et penchai la tête en arrière, paupières closes. Quel était mon problème ? Ce n'était pas le moment de faire une putain de rechute ! Je me forçai à regarder. Il m'observait avec une telle intensité… une telle frustration.

— Je suis désolée, Seth. D'habitude, je ne suis pas…

— Livia, je t'en prie… Souviens-toi, s'il te plaît, bredouilla-t-il.

Je fermai encore les yeux. Quelque chose frôlait ma conscience. Sa voix me rappelait quelque chose… un lieu…

— Seth ! Où étais-tu ? Je te cherche partout !

Ruby venait à la charge. Quand elle m'aperçut par terre contre lui, elle devint livide.

— Eva ! cracha-t-elle. On ne t'attend pas quelque part ? Tu n'as pas des autographes à signer ? Un Grammy Awards à récupérer ?

Waouh. Caustique, la miss. Dans quel univers avais-je pu croire qu'elle était ma meilleure amie ? J'étais habituée à un certain niveau d'hostilité, mais venant d'elle, cela me blessait d'autant plus. Elle me toisait avec une haine non déguisée. Son visage en était d'ailleurs déformé.

Il fallait absolument que je fiche le camp de là. Bien que fébrile et à moitié sonnée, je me poussai sur mes mains et tentai de me mettre en position verticale.

— Viens, Seth, ordonna Ruby. On doit tous se rejoindre dans la chambre de Mia. Jack s'est procuré du vin… il nous reste vingt minutes avant le couvre-feu.

Elle l'entraîna avec elle. Je soupirai. Cela signifiait que je pouvais me rasseoir par terre, le seul endroit où j'étais bien. La tête sur les genoux, je fermai les yeux, que je rouvris au bout de quelques secondes.

— Va à ta fête, Ruby, je reste un peu ici.

Seth n'était pas parti ?

— Avec elle ? s'étrangla Ruby.

— Oui, avec elle.

— Tu ne vois pas qu'elle fait semblant ? Elle allait très bien sur scène, quand tout le monde la regardait. Tu ne l'avais pas remarqué ? Soudain, tu arrives et Madame est trop faible pour se relever. S'il te plaît !

— Ruby..., marmonnai-je.

Trop tard, elle était lancée.

— Tu aimes bien jouer à ça, hein, Eva ? Voler le petit copain des autres ? Cela te donne un sentiment de puissance, pas vrai ? Ces garçons ne t'intéressent pas, tu veux juste les voler aux copines. Alors que tu as déjà tout : le cerveau, la beauté, le talent ! Tu pourrais nous laisser quelque chose ! Comment peut-on prendre du plaisir à saccager le bonheur des autres ?

Comme si cette scène horrible ne suffisait pas, la voix forte de Ruby attira les élèves qui traînaient encore dans la salle commune. Y compris Astrid qui s'approcha.

— Eh ! Eva ! Un problème ?

— Ça va, Astrid, soupirai-je.

— Ça va, Astrid, m'imita Ruby. La petite invalide vient de jouer son personnage de « demoiselle en détresse » pour Seth.

— Quel personnage ? gronda Astrid.

— Ohhh ! Je suis trop malade pour aller en cours, mais pas de souci pour être dans *Hamlet*, un groupe ou pour…

— Ruby, tu te trompes. Je ne sais pas ce…

— Oh, épargne-moi tes jérémiades.

Pendant ce temps, Rob s'était joint à l'attroupement.

— Tu penses qu'Eva jouait la comédie à l'hôpital ? lui demanda-t-il. Parce que j'étais présent, en histoire de l'art, le jour de son évanouissement. Les urgentistes ont mis une heure pour la stabiliser avant de pouvoir effectuer le trajet de dix minutes jusqu'à l'hôpital. Faisaient-ils semblant eux aussi ?

— Dingue ! Elle a réussi à te piéger toi aussi, Rob ! Quelle incroyable sirène ! Elle vous attire dans ses filets pour mieux vous jeter ensuite.

— Si je me souviens bien, Ruby, c'est toi qui as jeté Eva, pas vrai ? s'enquit calmement Astrid.

— Parce qu'elle m'avait volé mon copain ! C'est sa spécialité ! Tu ne l'avais pas remarqué ? hurla Ruby qui sortit en trombe de la salle commune.

Il y eut un long silence pendant lequel tout le monde fit semblant de ne pas avoir écouté le discours sur la méchante sirène qui charme les garçons avant de les abandonner.

Le front sur les genoux, je priai pour que tous s'en aillent et me laissent tranquille.

— Eh, Eva ? Tu vas bien ?

Rob se faufila devant Seth et s'accroupit à côté de moi.

— Oui oui, soupirai-je.

— Tu as été géniale ce soir.

— Merci.

— Viens, Eva, nous interrompit Astrid. Il est temps que la sirène invalide aille se coucher. Rob, tu peux m'aider à la ramener dans sa chambre ? Elle nous fait une petite baisse de tension.

Tandis qu'ils me hissaient sur mes pieds, je continuai de fixer le sol et d'éviter tout contact visuel. Je ne pouvais regarder personne, surtout Seth.

— Merci beaucoup, les copains, marmonnai-je en chemin.

Je me recroquevillai dans mon lit.

— Bonne nuit, Eva.

Astrid éclata de rire et éteignit la lumière.

Vérité

Sainte-Magdalen, 2013 apr. J.-C.

Pfff. Astrid pouvait trouver ma mésaventure très drôle. J'avais cru mourir là-bas. Je fermai les yeux afin d'oublier ce scandale qui m'avait éclaboussée. Et, bien sûr, moins on veut penser à quelque chose, plus cette chose vous trotte dans la tête, vous hante, vous provoque. Comme je possédais cette catégorie de cerveau qui se rappelle la moindre information, je me souvenais de chaque détail. Chaque mot assassin. Ruby me considérait-elle vraiment comme une sorcière manipulatrice ? Croyait-elle que j'avais tout ?

Je m'extirpai du lit, allumai et m'examinai dans le miroir dans le but de trouver une ressemblance avec la fille qu'avait décrite Ruby. Les mêmes yeux noirs que d'habitude me fixaient.

Non. Je ne pigeais pas. Je m'effondrai sur mon lit en me rappelant le reste de l'attaque. Elle s'était montrée si venimeuse. Et en public ! J'essayai d'occulter tous les témoins de cette scène horrible, des personnes auxquelles je commençais doucement à m'attacher.

Sans oublier un témoin en particulier dont je me serais bien passée : Seth Leontis. Je devais l'admettre : je ne voulais vraiment pas qu'il me prenne pour une sirène malfaisante. Ruby avait raison. Cette fois-ci, son petit ami m'intéressait. Plus que cela. Il m'obsédait. Je ne pouvais pas le lui voler. Elle s'était déclarée la première et s'estimait prioritaire ; elle avait juré qu'il ne lui échapperait pas. Je n'avais aucun droit dans cette histoire.

Qui voulais-je tromper ? Il n'y avait pas d'histoire. Ruby s'en était assurée. Même s'il s'intéressait vaguement à moi avant ce soir – parce qu'il se méprenait sur mon identité –, Seth avait dû prendre ses jambes à son cou.

Bien qu'accablée par le désespoir, je remerciai Ruby d'avoir frappé de bonne heure, avant que je ne sois davantage entraînée dans cette folie sans espoir. Dès le début, je savais que Ruby lui dresserait de moi un portrait au vitriol.

Je grognai. Dire que je devrais affronter tous ces gens le lendemain.

Costume

Sainte-Magdalen, 2013 apr. J.-C.

Je dus m'endormir car le réveil sonna le lendemain matin, et je mourais de faim. Évidemment : j'avais raté le dîner la veille. Mais avais-je la force de me rendre au réfectoire ? Je me sentais un peu branlante après ma petite rechute et, par expérience, je savais que sauter le petit déjeuner ne m'aiderait pas.

Je pesais encore le pour et le contre quand ma porte s'ouvrit en grand. Une seule personne de ma connaissance ne frappait jamais avant d'entrer.

— Astrid !

— Comment va ma patiente ce matin ? cria-t-elle.

— L'ouïe de ta patiente est encore intacte.

— Très bien. Il ne faudrait pas que tu oublies ton texte ce soir.

— Mon Dieu ! La générale !

— Nourrissons d'abord la méchante sirène, veux-tu ? Une longue journée l'attend.

— Euh… Astrid. Ça te dérangerait de me rapporter quelque chose ? Je n'ai pas le courage d'y aller.

— Eva ! Je ne te savais pas aussi trouillarde ! Ce serait vraiment lamentable. Si la présence d'une blondasse foldingue a quelque chose à voir avec ta décision, sache qu'elle a déjà englouti son petit déj et quitté le self. La voie est libre ce matin.

Voilà qui me remonta un peu le moral. Je soupirai, finis de m'habiller et suivis Astrid dans la cour en traînant les pieds. Il faisait vraiment froid et, bien que je ne fusse pas pressée de me rendre au réfectoire, c'était courir ou geler sur place. Astrid ne me laissa pas le choix.

Bizarrement, la salle était bondée. Personne ne voulait sortir à cause du froid, pensai-je. Quand nous entrâmes, les murmures matinaux décousus s'atténuèrent. Le silence se fit. Merde ! Pourquoi étais-je venue ? Ruby avait dû battre le tambour et annoncer : « Attention ! La chasse est ouverte pour la sale voleuse de petits amis. »

Pétrifiée, je m'accrochai au chambranle de la porte. Pouvais-je m'esquiver sans qu'Astrid le remarque ?

Je reculai quand quelqu'un cria : « Super concert hier soir ! »

Puis un garçon se mit à chanter un de nos airs. Il tapait avec sa cuillère sur la table pour s'accompagner. D'autres cuillères se joignirent à la sienne, ainsi que des voix de fausset. Astrid et moi sourîmes. Quand la chanson fut terminée, le réfectoire entier applaudit.

Pendant tout le petit déjeuner, je fixai mon assiette à moins qu'on ne m'adresse une question directe. Ensuite, je décidai que rien ne viendrait perturber ma vision périphérique et je réussis donc à éviter Seth. Ma tactique marcha-t-elle ? Seth était-il simplement absent ? Je ne le saurais jamais.

À la fin de la matinée, j'étais un peu plus détendue. J'avais deux heures de maths, puis maths appliquées et philo : des cours auxquels Seth n'assistait heureusement pas.

M. Isaacs avait organisé un débat entre Will (alias Marx) et Sophie (alias Nietzsche) qui défendaient leurs visions de la religion. Ils débattaient si bien que nous débordâmes et je fus en retard pour le cours de bio.

Je me faufilai en silence jusqu'à une place libre au fond et essayai de me vider la tête. Cela aurait été facile si je n'avais pas aperçu Seth au deuxième rang, Ruby collée contre lui. De ma position, je pouvais le regarder sans attirer l'attention sur moi.

Son immobilité avait quelque chose de surnaturel. Mon regard se porta sur le dos des autres élèves. Tout le monde gigotait d'une manière ou d'une autre : Ruby enroulait une mèche de cheveux autour de ses doigts, Elias se tenait la tête dans une main puis dans l'autre, Rob restait assis sur une fesse une minute puis changeait, Emily griffonnait… Seul Seth demeurait parfaitement immobile et droit, tel un sprinter attendant le coup de pistolet pour s'élancer. Tendu, aussi. J'examinai la rangée. Ses épaules étaient quasiment deux fois plus larges que celles de Rob ; ses cheveux noirs bouclaient sur sa nuque d'une manière qui me donnait envie de les lisser.

Je fis un gros effort pour me détacher de lui et revenir en biologie. Mme Franklin parlait des virus à ARN double brin, ce qui me remit tout de suite sur les rails… Elle comparait leur processus de réplication avec celui des virus à ADN. Voilà qui se rapprochait d'une de mes questions insolubles du professeur Ambrose. Sans prendre le temps de réfléchir, je levai la main.

— Madame Franklin, avez-vous déjà rencontré un virus qui se réplique très vite, disons trois cents fois plus que la vitesse observable ?

Elle fronça les sourcils. Mais j'étais partie dans mon énoncé et enchaînai quand même :

— Un virus qui provoquerait… l'évaporation totale d'un lymphocyte T… en moins d'une milliseconde ?

Là, elle me fixa comme si j'avais complètement perdu les pédales. Puis elle éclata de rire.

— Eva, ce n'est pas ton style de confondre science-fiction et hypothèse crédible ! Si on ne tient pas compte de la vitesse de réplication, aucun agent pathogène ne peut provoquer la disparition d'une cellule. Les cellules explosent, se consument, mais, comme tu le sais, la matière ne peut cesser d'être.

Je plissai les yeux. Elle avait raison. Cela n'avait aucun sens. Je mordis mon stylo en secouant la tête. Qu'avais-je vu ce fameux jour ?

Retour au présent. Mme Franklin écrivait sur le tableau blanc un théorème que l'on devait recopier. Je levai la tête et me figeai. Seth ne copiait pas, il me fixait du regard.

Je dus m'arracher à lui. Mme Franklin reprenait la parole.

— Si vous êtes particulièrement intéressés par les invasions virales, annonça-t-elle en regardant dans ma direction, je compte préparer, pendant la pause déjeuner, des lamelles d'Adénovirus en prévision d'une conférence intitulée « Entrée dans l'hôte et réplication ». Fort heureusement, la vitesse de réplication de ce virus-ci sera perceptible.

OK. J'étais habituée aux sarcasmes. Pas de problème. Au lieu de ruminer mon humiliation, je passai en revue mon emploi du temps. Générale d'*Hamlet* à 13 h 30, ce qui me laissait une quarantaine de minutes.

Dès que la cloche sonna, je fonçai au self, saisis une part de pizza et retournai directement au labo de bio, en espérant que Mme Franklin travaillerait sur ses lamelles avant d'aller déjeuner.

Comme elle n'était pas là, je m'assis à côté du microscope quantique et le fixai. J'étais bien sûr tentée de jeter un petit coup d'œil mais j'avais retenu la leçon : je ne toucherais pas à ce satané instrument avant son retour. Je grignotai donc ma part de pizza en attendant.

Soudain, je sentis une présence derrière moi. Je sus tout de suite qui était entré. Une vague de chaleur me remontait lentement le long du dos.

Je me gardai bien de me retourner. Quand il m'effleura l'épaule, la chaleur se transforma en électricité. Le courant ne fut pas assez fort pour me donner le tournis mais mon pouls s'accéléra néanmoins.

Je pivotai.

— Liv… Eva.

Il avait ce regard incroyable et un instant, je fus transportée loin du labo… au soleil… sous un arbre… cela sentait l'herbe verte…

Je fermai les yeux. Quelque chose de très étrange se produisait dans ma tête et je commençais sincèrement à avoir peur.

— Eva ! Seth !

Par chance, l'arrivée de Mme Franklin rompit le charme.

— Eh ! Vous avez fait vite ! Je vois que tu as apporté ton déjeuner, Eva. Ce n'est pas très réglementaire, mais…

Elle haussa les épaules puis s'intéressa au grossissement du microscope. Je me postai de l'autre côté d'elle afin de mieux me concentrer.

Tandis que nous observions la progression du virus, je ne pus m'empêcher de remarquer que les préoccupations biologiques de Seth ressemblaient aux miennes. Il était aussi fasciné que moi par l'avancement et le comportement du virus. Je n'en crus pas mes oreilles quand il demanda à Mme Franklin si elle disposait de lamelles virales comparables pour mettre en contraste les vitesses de réplication. Aïe, il venait de franchir la ligne jaune. Cette femme n'était pas du genre à apprécier qu'on modifie son agenda. Et la comparaison des vitesses de réplication ne faisait pas partie du programme.

À ma grande surprise, elle acquiesça et nous apporta pas moins de sept échantillons ! J'étais encore sous le choc quand Seth la questionna sur l'hépatite B qu'elle venait d'installer.

— Est-ce que l'ARN prégénomique pourrait servir de matrice pour la transcriptase inverse virale et pour la production d'ADN génomique ?

Incroyable ! Sethos Leontis s'intéressait vraiment à la biologie ! Même Mme Franklin fut impressionnée. Elle courut lui chercher un ouvrage à compulser.

Quand elle le lui tendit, l'heure à sa montre me sauta aux yeux. 13 h 45 ! Merde, j'étais en retard pour la répétition. Je m'excusai et partis au pas de course.

Furieux, naturellement, M. Kidd me garda dix minutes de plus à la fin pour que je comprenne bien à quel point il était en colère. En conséquence, j'arrivai en retard en histoire de l'art.

Par bonheur, Mme Lofts se bagarrait encore avec PowerPoint si bien que je me glissai sur la chaise à côté de Rob et regardai droit devant moi pendant les trois heures entières. Pas une seule fois je ne cherchai Seth Leontis. Quelle impressionnante maîtrise de soi, non ?

Quand Mme Lofts termina enfin son cours, je m'empêchai de lever le nez en mettant un temps fou pour ranger mes affaires. Je remarquai tout de même que Rob ne bougeait pas à côté de moi et se tenait la tête dans les mains.

— Ça ne va pas ? lui demandai-je.

Il poussa un soupir de désespoir.

— Je ne pourrai jamais rédiger cette disserte. Je ne comprends pas la différence entre naturalisme et réalisme.

Il me regardait avec un air de chien battu. Si vraiment il ne captait rien, il avait raison. Ce serait un cauchemar d'écrire la moindre ligne. Je me rassis donc et sortis mes livres.

— Oh ! Merci Eva !

Alors que je faisais mon possible pour lui expliquer les deux mouvements, mes yeux se portèrent malgré moi sur la sortie. J'avais senti sa présence… Seth m'attendait. J'étais tiraillée. Je mourais d'envie de lâcher Rob et de le rejoindre mais, pour de multiples raisons, je ne pouvais pas.

Je retournai à mon camarade, au naturalisme et au réalisme, et quand je fus sûre qu'il avait compris la différence, Seth avait disparu. Telle était mon intention, mais son absence laissa un étrange vide en moi.

Tout heureux, Rob ne se rendit compte de rien.

— Merci beaucoup, Eva. On va prendre un café ?

Je vérifiai l'heure. Ah, j'étais officiellement en retard pour la générale d'*Hamlet* ! Je piquai un sprint jusqu'au théâtre où j'arrivai, hors d'haleine et en sueur. Déjà habillée et maquillée, Astrid haussa les sourcils et me lança ma robe. Je l'enfilai à toute allure avant de me précipiter dans l'auditorium au moment où M. Kidd commençait l'échauffement vocal. Je me glissai derrière Astrid en espérant que sa grande taille cacherait mon entrée. Par chance, M. Kidd était plus préoccupé par la production intermittente de la machine à fumée que par mon retard. Je fus donc dispensée de ses commentaires agacés.

À la fin de notre échauffement, la machine fonctionnait. Le spectacle pouvait commencer. En définitive, seule la machine était prête !

La répétition générale fut un fiasco total : nous bafouillions, Laërte oublia de venir lors de la scène des funérailles, Hamlet perdit sa dague et réussit à sauter trente pages, Polonius fit tomber le rideau alors qu'il était caché derrière, Claudius marcha sur la traîne de Gertrude qui vola à travers la scène. M. Kidd faisait son possible pour rester poli mais à la fin, il paraissait au bord du suicide.

Il nous offrit un très long discours sur le sens des responsabilités : la pièce était entre nos mains. Nous nous laissions tomber les uns les autres si nous ne formions pas une équipe et nous répéterions le restant de la nuit si nécessaire tant que nous ne saurions pas notre texte et notre ordre de passage. Je n'avais pas besoin de son sermon car je n'aurais pas supporté l'humiliation de monter sur scène si mon rôle n'avait pas été gravé dans mon cerveau. Je pensais connaître mes répliques, comme mes camarades. Mais le trac les faisait disparaître. Quand j'éteignis la lumière ce soir-là, je crois que je connaissais la pièce entière par cœur.

Je me préparai à avoir des rêves shakespeariens. Je ne fus pas déçue. Ma nuit en fut remplie. Bizarrement, je ne montais pas sur scène sans savoir mon texte – j'aurais pu gérer ce genre de cauchemars. Non, je mitonnais un genre préthéâtral différent, comme si mon subconscient était obsédé par la mort.

Hamlet est une pièce construite autour de la mort, cela n'aurait pas dû me surprendre. Mais, chose étrange, je ne m'inquiétais pas pour la scène où Ophélie meurt – je devais me fier à Will et Harry pour me transporter dans le noir sans trébucher et sans me lâcher. En fait, mes rêves n'eurent rien à voir avec notre version d'*Hamlet.* Mon subconscient tordu confectionna un vrai bain de sang, plein de dagues, d'épées et de peurs paralysantes. J'étais piégée, coincée, en sang. Hamlet surgit, se pencha sur moi, m'appela. Seulement il ne criait pas « Ophelia » mais « Livia ». Il ne s'agissait plus de Will mais de… Seth.

IMPACT

Londres, 2013 apr. J.-C.

La première fois que Matthias suivit Seth hors de Parallon dans le Londres du XXIe siècle, il faillit ne pas survivre à l'expérience. Quand il fit surface et arriva sur la berge bétonnée, il était tellement obnubilé par le fait de suivre son ami qu'il s'élança à l'aveuglette au milieu de la circulation chaotique. Il avait trop peur de le perdre de vue.

Soudain, du coin de l'œil, comme au ralenti, il aperçut une moto rugissante qui fonçait droit sur lui. Les freins crissèrent. Comme il n'avait pas l'habitude de voir des objets se déplaçant si vite, Matt ne l'esquiva pas à temps. Sous ses yeux horrifiés, le motard vola par-dessus le guidon tandis que la moto glissait sur le flanc et fauchait Matthias. L'impact le projeta sur le bitume. Dans sa chute, il suivit des yeux la trajectoire du deux-roues qui fonça droit sur son propriétaire alors qu'il tentait de s'écarter.

Hébété, Matthias se redressa. Il saignait beaucoup. Sa collision avec le sol lui avait éraflé un côté du visage, un bras, une main et une jambe. Il examina la blessure sur son bras en attendant qu'elle se referme et disparaisse. Mais elle continuait de saigner et là, Matthias comprit avec effroi qu'il était très loin de la maison et de l'immortalité.

Qu'avait-il fait ?

Son cerveau observait le ralentissement du saignement lorsque, enfin, le médecin caché en lui fit le point. Il s'examina la main et la jambe. Des coupures et des éraflures superficielles. Rien de sérieux. Le sang sur sa joue ? Une blessure mineure. Il se leva avec précaution et tituba jusqu'à la moto et l'homme enchevêtrés.

Il souleva l'engin et assista à la suite avec consternation. Il se pencha sur l'homme au T-shirt déchiré et maculé de sang, chercha son pouls. Le cœur battait faiblement et la méchante distorsion du corps indiquait une sérieuse blessure vertébrale. Du sang coulait d'une plaie à la tête sous son casque et, plus grave, une fontaine jaillissait littéralement d'une artère de sa jambe. Matthias avait déjà vu de telles blessures sur des gladiateurs. Le motard se viderait de son sang s'il n'intervenait pas. Sans se soucier des curieux qui s'agglutinaient, il déchira la jambe de pantalon et appuya avec sa main abîmée sur l'origine de la fuite. À l'aide de ses dents et de sa main valide, il arracha un bout de son propre T-shirt détrempé et tenta de faire un garrot. Il serra fort au-dessus de la béance à la jambe et poussa un soupir de soulagement quand le flux commença à s'atténuer. Ce petit succès ne servit pourtant à rien. L'homme était en train de mourir ; il le voyait à la couleur de sa peau, la position de son corps, la faiblesse de son pouls… Tout était de sa faute. Jamais il n'avait été directement responsable de la mort d'un homme et cela le rendait malade.

— Quelqu'un a appelé une ambulance ? s'écria-t-on.

Ne comprenant pas la question, il resta à genoux à côté du mourant, le protégeant des yeux indiscrets.

Soudain, le motard se mit à trembler et haleter. Son corps se contorsionna et sua. Matthias le regarda avec un vague sentiment de déjà-vu.

— Qu'est-ce qu'il lui arrive ? demanda une personne.

Matthias le savait. Il avait déjà assisté à ce phénomène dans les baraquements des gladiateurs à Londinium. Il revécut tout à coup la même impuissance, le même tourment quand la fièvre avait emporté Seth.

Au moment où le motard cessa de respirer et se figea, la culpabilité de Matt devint presque intolérable. Il toisa l'homme. Si seulement il pouvait le voir revenir à la vie, remonter le temps, retourner à Parallon où il était en sécurité et ne faisait de mal à personne. Sa veille malheureuse fut interrompue par un son aigu. Il pivota pour voir d'où il provenait. Un grand véhicule blanc surmonté d'une lumière clignotante bleue se faufilait entre les voitures roulant au pas. Les témoins impatients marmonnaient :

— Il était temps !

— C'est une honte de mettre aussi longtemps.

Matthias se tourna vers le corps et n'en crut pas ses yeux : il changeait, devenait moins substantiel. Il se frotta les paupières. Non, il ne rêvait pas. Le motard… disparaissait. Matthias comprit d'un coup. Aussitôt, il prit la fuite sans regarder derrière lui.

Le temps que l'ambulance arrive, il ne restait aucune trace de l'accidenté. Ni de Matthias. Les ambulanciers ne trouvèrent qu'un tas de cuir, des passants déroutés et une moto détruite.

Arrivée

Matthias courut aussi vite que possible jusqu'au fleuve. Il ne regarda ni à gauche ni à droite. Il ne cherchait plus Seth, il voulait regagner Parallon au plus vite.

Quand il atteignit l'endroit d'où il avait émergé plusieurs minutes auparavant, il sauta dans l'eau et manqua rire aux éclats, tellement il était soulagé de sentir la puissance du vortex. Il embrassa la force écrasante et étouffante de la spirale liquide, parce que son douloureux pouvoir lui donnait l'autorisation de s'abandonner, d'oublier la culpabilité et l'atroce responsabilité qui lui pesaient sur le cœur. Dans ce maelström dévorant, aucun sentiment n'avait de pouvoir, mis à part la certitude physique qu'il existait une force immensément grande et puissante. Cet abandon de soi libéra Matthias. Lorsque le cocon aquatique s'ouvrit et que son corps fut rejeté à la surface, sa culpabilité avait été emportée. Il n'éprouvait que de la joie parce qu'il était rentré chez lui. La couleur, la lumière, la beauté miroitante de Parallon l'accueillirent.

Il bondit hors de l'eau et, sans prendre le temps de se sécher, il courut jusqu'à l'endroit où, en 2013, le motard avait trouvé la mort. La réplique exacte de la route apparut, ainsi que les étranges bâtiments transparents qu'il avait remarqués de chaque côté de la chaussée. Mais le point exact où l'homme gisait demeurait vide. Matthias regarda bêtement le bitume gris. Il avait dû se tromper. Il était persuadé que le motard se matérialiserait là…

Soudain, résonna un bruit qu'il n'avait entendu qu'une fois dans sa vie, un peu plus tôt ce même jour : celui d'une moto rugissante. Il fronça les yeux à cause du soleil tandis que le motard fonçait sur lui. Il allait sauter sur le côté quand la moto freina dans un crissement de pneus effroyable. L'homme resta assis un moment à contempler Matt. Puis il ôta son casque et descendit du véhicule.

— OK, mec, t'as intérêt à me dire où je suis, là !

Rassuré, Matthias se contenta de sourire. Il passa alors un bras autour de son épaule et s'exclama :

— Bienvenue à Parallon, mon ami.

PLAN

Sainte-Magdalen, 2013 apr. J.-C.

Debout dans le réfectoire avec son plateau du petit déjeuner, Seth scrutait les tables. Elle n'était pas là. L'avait-il manquée ?

— Seth ! Par ici, mon pote ! l'appela Harry qui lui faisait signe depuis une table à moitié pleine près de la fenêtre.

L'air absent, Seth se dirigea dans sa direction tout en vérifiant les nouveaux arrivants à la porte. Tandis qu'il scrutait la pièce, il croisa par inadvertance le regard d'une grande blonde. Ruby. Elle était assise avec un groupe de filles près du comptoir. Il détourna vite la tête. Mais, quelques minutes après s'être assis entre Harry et Will, il s'aperçut avec un pincement au cœur que Ruby avait pris son mug et son assiette, et qu'elle approchait.

Elle se planta directement en face de lui.

— Bonjour, Seth, chanta-t-elle.

Il hocha la tête avant de s'intéresser à nouveau à la porte. Il ne remarqua pas la légère irritation que son indifférence provoqua.

Inconsolable, Seth mâchonna. Liv… Eva l'évitait-elle ? Il ne parvenait pas à concilier l'émotion irrésistible qu'il ressentait près d'elle avec la certitude croissante qu'elle ne voulait rien avoir à faire avec lui.

Il examina son plateau. Il n'avait pas très faim. Il se levait quand son cerveau capta la conversation. Il y avait une raison à son absence ! Quelqu'un venait juste de mentionner son prénom.

— … et là, j'ai failli lâcher Eva. Putain, c'était un vrai désastre !

— Tu crois qu'on réussira à jouer quelque chose de correct ?

— Tu sais enfin toutes tes répliques, Harry ?

— Je me suis couché à deux heures du mat'. Alors si je les sais !

— Quand a lieu la première ? demanda Ruby.

— Ce soir. Mais je t'en prie, ne viens pas. Ce sera affreux. Attends la fin de la semaine.

Ruby éclata de rire. Ses yeux brillaient.

— Ne sois pas idiot, Harry. Je suis sûr que vous serez géniaux. En fait, j'aimerais beaucoup venir ce soir… et je suis certaine que tu ne voudrais pas rater Harry sur scène, pas vrai, Seth ?

— Ne viens pas, Seth ! Ne viens pas ! le supplia Harry.

— Tu ne manquerais cela pour rien au monde, insista Ruby.

— Mouais, bien sûr, répondit Seth dans un haussement d'épaules.

— Super ! s'exclama Ruby. Je m'occupe des billets. Vous commencez à 19 h 30, c'est bien cela, Harry ?

Celui-ci acquiesça, l'air malheureux.

— Rendez-vous devant les portes à 19 h 15, Seth, OK ?

Ruby ramassa ses affaires et s'esquiva avant que Seth n'ait le temps de changer d'avis. Triomphante, elle regagna sa chambre. Elle venait de s'organiser une soirée entière avec Seth Leontis. Ils assisteraient à une pièce ratée ayant pour vedette Eva Koretsky. À la fin du spectacle, Seth Leontis lui appartiendrait définitivement.

Drame

Sainte-Magdalen, 2013 apr. J.-C.

Je me tenais dans les coulisses du théâtre où je me frottais les yeux avec frénésie. Je venais de terminer ma scène de la folie et, pour une raison que j'ignorais, elle m'avait vraiment émue. Pour la première fois, je compatissais à la souffrance d'Ophélie et son sentiment de perte : son père avait été tué, Hamlet – le garçon qu'elle aimait mais qu'on lui interdisait de voir (pourquoi cela me paraissait-il aussi familier ?) – lui tournait le dos. Tout au long de la scène, j'observai le visage de Seth et soudain, l'idée qu'il me rejette me donna envie de hurler. À cet instant, la vérité s'abattit sur moi : mes sentiments pour lui dépassaient la simple toquade. Le désespoir de ma situation eut des conséquences sur scène. Quand je dus m'effondrer devant tout le monde, je ne jouais plus. Voilà pourquoi je pleurais encore en coulisses. Dès que Will me rejoindrait, je devrais rester immobile tel un cadavre sur une tombe, pour la scène des funérailles. Très réaliste, un corps qui pleure à chaudes larmes !

Je reniflai et sentis soudain le souffle d'Astrid à côté de moi. Elle me donna un grand coup de coude dans les côtes et me tendis une liasse de mouchoirs en papier. Je lui décochai un sourire minable, me tamponnai le visage et repris le contrôle. Il me restait une ou deux minutes : Will déclamait encore le grand monologue d'Hamlet… et se souvenait de son texte, Dieu merci.

Je pris une profonde inspiration. Je pouvais y arriver.

Soudain, j'entendis le signal. Je passai une main sur les yeux, essuyai deux larmes égarées et inspirai longuement.

La lumière bleue s'alluma ; Louis et Harry me transportèrent avec une certaine compétence vers la table (la tombe), où j'avais ordre de demeurer immobile jusqu'à la fin de la scène.

Il s'agissait peut-être là de la partie la plus difficile pour moi. En plus de résister à l'envie de gigoter, de souffler, de me gratter en des milliers d'endroits sur tout le corps, je devais afficher un désespoir absolu.

Je maîtrisais plus ou moins la situation au moment où la marche funèbre commença. Harry (alias Laërte, mon frère) commençait sa harangue sur le chagrin quand je perçus des grognements et une bousculade au niveau des premiers rangs. Quelqu'un serait-il tombé ? Il me fallut énormément de retenue pour ne pas bouger. Comme je ne pouvais ouvrir les yeux, je n'entendis qu'un murmure général, une porte qui claqua, puis une sorte de silence. Quelques instants plus tard, Harry débita le reste de son texte sans la moindre émotion, ce qui, je dois l'admettre, rendit ma mort un peu moins tragique. Tant pis, je devais peut-être le remercier de s'être ressaisi et de ne pas avoir oublié une seule ligne. Contrairement à sa prestation de la veille.

Quand je fus enfin ramenée en coulisses, Astrid me coinça dans un recoin.

— À quoi ça rime, Eva ?

— Oh, je crois qu'il a été troublé. Il se débrouillera mieux demain, chuchotai-je.

— Cela m'étonnerait qu'il revienne demain !

— Arrête ! Il n'était pas si mauvais. Il a juste loupé deux répliques et bégayé un peu lors du monologue…

— Eva ! Je ne te parle pas d'Harry, mais de Seth Leontis ! Il s'est montré vraiment bizarre et même effrayant. La vitesse à laquelle il a quitté la salle…

— Seth ? balbutiai-je.

— En personne.

— Que s'est-il passé, Astrid ?

— Ne me dis pas que tu avais vraiment les yeux fermés pendant toute cette scène ?

— Euh… Si. Je suis censée être morte, je te rappelle.

— Exact. Bon, OK. Dès que les lumières se sont allumées et que nous avons chanté l'hymne funèbre, Seth s'est levé puis il s'est avancé vers nous, comme s'il allait sauter sur la scène et t'enlever. Ruby a essayé de l'en empêcher mais il l'a repoussée. Deux types sont intervenus et l'ont traîné dehors.

— Mon Dieu…

— Ruby l'a poursuivi et, pour l'instant, aucun des deux n'est revenu. Je pense qu'ils sont partis. Maintenant, tu veux bien me dire ce qu'il se passe ?

Je n'en avais aucune idée, moi. J'étais perdue et étrangement angoissée. Je devais encore rester une demi-heure en coulisses avant le rappel de rideau et là, au lieu de me sentir plus calme, j'étais carrément sur les nerfs. Qui plus était, tout le monde me regardait de travers et me demandait : « Qu'est-ce qu'il y a entre Seth et toi ? » Pour seule réponse, je secouais la tête et haussais les épaules.

Ensuite, après le dernier lever de rideau, Will (Hamlet) se précipita sur moi.

— Comme ça, il y a quelque chose entre vous deux ?

— De quoi tu parles, Will ?

— Seth et toi ? Vous êtes ensemble ?

— Arrête, tu veux ? m'emportai-je avant de me rendre dans la loge des filles.

Dès que je me fus changée et démaquillée, je me dirigeai vers la sortie, mais M. Kidd en avait décidé autrement.

— Tout le monde dans l'auditorium… Vite fait, bien fait !

Merde.

Je m'y rendis en traînant les pieds et m'assis.

— Superbe première, les enfants ! Le public a adoré… en partie, ironisa-t-il en louchant dans ma direction.

Je grinçai des dents.

— Et brillante amélioration, Harry, ajouta-t-il. J'espère que demain soir, tu ne devras combattre qu'Hamlet dans la scène du tombeau…

Deuxième pique.

— OK. Sérieusement. Je vous souhaite de passer une très bonne nuit de sommeil. Briefing demain à 16 h 30. J'aimerais répéter une ou deux scènes avant la représentation.

Je me levai afin de filer en douce.

— Eva, tu peux attendre une seconde ?

Aïe aïe aïe.

Tous s'en allèrent, Will plus lentement que les autres. Soit il espérait écouter, soit il comptait me torturer davantage.

— À demain, Will ! s'exclama M. Kidd en le chassant. Bien, à nous deux, Eva. Je voulais simplement te féliciter. Belle performance, ce soir ! Tu étais convaincante au point de nous donner des frissons dans la scène de la folie.

— Merci, marmonnai-je, prête à partir.

Mais il n'en avait pas terminé. Je me mordis la lèvre.

— Hum… Y aurait-il quelque chose dont tu voudrais me parler ? Une difficulté de quelque ordre que ce soit ?

Hé ! Que sous-entendait-il ? L'agacement fit trembler ma mâchoire.

— Bien sûr que non ! Tout va très bien ! Je ne sais pas ce qu'il s'est passé tout à l'heure, mais cet incident n'a rien à voir avec moi. Bon, si vous n'y voyez pas d'inconvénient… je suis vraiment fatiguée.

Il comprit et s'écarta pour me laisser la voie libre.

— 16 h 30 demain ! me lança-t-il en se grattant la tête.

— J'y serai !

Je sprintai jusqu'à ma chambre, déterminée à ne parler à personne d'autre ce soir.

C'est cela : comme si j'avais le moindre contrôle sur ma destinée. Devinez qui m'attendait devant ma porte, les bras croisés sur la poitrine, tel un démon venu des enfers ?

— Ruby !

— Qu'est-ce que tu lui as fait ? cracha-t-elle, l'air menaçant.

— À qui ?

— Je suis désolée, je me suis mal fait comprendre…

— À quel propos ?

Comme si je ne devinais pas !

— Seth Leontis.

— Ruby ! J'aurais fait quoi ? Je l'ai à peine regardé depuis notre petite discussion.

— Je sais de quoi tu es capable, Eva ! Espèce de… Espèce de salope ! Ne t'approche pas de lui. Je ne veux plus qu'il te regarde, qu'il te croise… qu'il s'approche de toi. Pigé ? Seth Leontis est à moi !

— Et s'il avait un autre plan en tête ?

Pourquoi avais-je dit cela ?

— Si tu ne t'éloignes pas de lui, crois-moi, ta vie ne vaudra pas la peine d'être vécue…

Hummm. J'aurais été prévenue.

Je m'affalai sur mon lit en m'efforçant de ne pas penser à l'inévitable : l'heure était venue de s'en aller. J'ignorais totalement ce qui était arrivé ce soir, mais quoi que cela fût, il était clair que ma vie avait de nouveau déraillé. Seulement, cette fois-ci toute mon existence se trouvait en jeu. J'adorais Sainte-Mag. Le campus. Le travail. Ma poignée d'alliés. Toutes les choses qui m'intéressaient, les chances que je n'aurais nulle part ailleurs.

Et puis Seth. Une petite voix dans ma tête me disait que j'avais besoin de lui autant que je désirais tout le reste.

Si je quittais Sainte-Mag maintenant, je perdrais absolument tout.

Et si je restais ? Une chose était sûre : jamais je n'aurais Seth. Je ne pouvais absolument rien envisager avec lui. Je pris une profonde inspiration, mordis très fort ma lèvre tremblotante. Je me lavai le visage, me brossai les dents et tentai de repousser cette oppressante impression de perte.

Conséquences

Sainte-Magdalen, 2013 apr. J.-C.

— Eva ! Je t'ai trouvée géniale hier soir !

Je levai le nez de mon yaourt et fis l'effort de sourire à Rob.

Il posa son bol de céréales et s'avachit sur la chaise à côté de moi.

— Tu as pris des cours de théâtre ?

— Non. La folie doit me venir naturellement.

Tandis qu'il continuait de parler d'*Hamlet*, je lançai des regards nerveux tout autour de la salle. Nul signe de Ruby ni de Seth.

Nous débarrassâmes notre plateau. Nous avions biologie en premier. J'angoissais à l'idée de les affronter tous les deux.

J'arrivai en avance au labo et m'assis au premier rang, afin de ne voir personne. Rob vint s'installer à côté de moi, ce qui, pour être honnête, me soulagea. Alors que je regardais droit devant moi pendant tout le cours, j'avais beaucoup, mais alors beaucoup de mal à me concentrer. Je traînai à la fin jusqu'à ce que la plupart des élèves soient sortis. J'aperçus néanmoins Ruby qui passait la porte, seule.

À l'heure du déjeuner, je fis la queue au self et choisis un curry de légumes. Il ne fallait pas de grands talents de détective pour remarquer les gens qui se poussaient du coude et me dévisageaient. Tête baissée, je m'installai à une table d'angle, plaçai mes cheveux en œillères autour de mon visage et fixai mon assiette. Jusqu'à ce qu'on tire la chaise à ma droite et que le plateau de Will s'écrase sur ma table. Soudain je fus assaillie. Je jetai un rapide coup d'œil et découvris que toute la troupe d'*Hamlet* m'encerclait.

— Alors ? m'interrogea Astrid, l'air inquisiteur.

— Alors quoi ?

— Où est-il ?

— Où est qui ?

— Sethos Leontis, bien sûr !

— Seth ? chuchotai-je.

— Réveille-toi, Eva ! Il a disparu ! Je croyais.. enfin, nous croyions que tu étais au courant.

Je blêmis en digérant la nouvelle.

— Tu crois qu'il est reparti chez lui ? suggérai-je.

— Personne ne l'a vu… Son maître d'internat est furieux, n'est-ce pas, Harry ?

— Ouaip ! Il a pété un plomb hier soir quand Seth n'est pas réapparu. Il a appelé la police, les urgences… Ils ont essayé de contacter sa famille, en Grèce, je crois.

J'eus soudain un goût de sang dans la bouche : je m'étais mordu la lèvre.

Affolée, je scrutai la porte, priant pour qu'il la franchisse au même moment. En vain.

— Ruby sait peut-être quelque chose. Elle était avec lui, hier soir.

— Tu verrais dans quel état elle est ! Elle n'a jamais pu le rattraper. Elle n'arrête pas de répéter… heu… non… rien.

— Vas-y, ça m'intéresse, grognai-je, tout en me doutant fort bien de la suite.

— Bah ! Elle a dit : « Demandez à Eva, tout est sa faute. »

Mes inquiétudes et mes peurs se transformèrent en colère sourde.

— Elle a dit quoi ?

Harry baissa la tête. Je me levai, fis claquer mon assiette sur mon plateau et le déposai dans le passe-plat. Puis je sortis du self d'un pas déterminé.

Dans la cour, ce fut mon tour de courir. C'était soit ça, soit fracasser quelque chose. S'éloigner me parut la meilleure solution. J'aurais pu quitter Sainte-Mag – les terminales avaient le droit de sortir pendant le déjeuner –, mais je ne sais pas si je serais revenue. Je n'étais pas encore prête pour cette option.

Je dépassai le laboratoire de biologie. Il me fallait un endroit où me cacher, où je ne risquais pas de croiser Ruby. Mais il y avait des étudiants partout. Où aller ?

Soudain, j'aperçus M. Drury qui quittait le bâtiment de musique. Je me tapis dans l'ombre en attendant qu'il disparaisse et fonçai à l'intérieur. Comme je n'avais pas réservé de salle, je risquais des heures de colle. Tant pis ! Quelqu'un jouait de la clarinette au premier étage. Je me rendis sur la pointe des pieds à la salle de concert, en retenant mon souffle. Pas un bruit. J'abaissai la poignée. Grand soulagement. La salle était déserte.

Je m'approchai de la guitare comme si ma vie en dépendait. Ayant trouvé un tabouret, je m'installai dans un coin et grattai. Le chaos régnait dans ma tête. Je devais me déconnecter de mon cerveau. Le rythme apaisa la cacophonie de mes pensées, chacune s'affrontant pour exercer sa suprématie. Finalement, il eut un impact sur le tourbillon sans réellement me réconforter. On aurait dit qu'il répétait un sarcasme familier : « Inutile, inutile, inutile, inutile… »

Dès que ce mot s'enracina, une phrase ravageuse suivit : *Sethos Leontis est à moi.* Quand Ruby l'avait prononcée, elle m'avait paru tellement fausse. Pourquoi ?

Je savais pourquoi. Au plus profond de moi, je l'avais toujours su. Bien sûr que Seth n'appartenait pas à Ruby ! Pourquoi avais-je laissé ma peur de ce stupide protocole scolaire et mon inquiétude pour ma réputation se mettre en travers d'une chose aussi évidente ? Si Seth et Ruby étaient faits pour être ensemble, il serait auprès d'elle à cet instant précis. Voilà ce que Seth avait essayé de me dire ! Désormais, il avait abandonné.

Par conséquent, il n'était pas à moi non plus. Seth était parti…

Où ?

Allait-il bien ?

Je voulus me convaincre qu'il reviendrait. Personne ne quittait l'école pour ne jamais revenir.

Sauf moi. Par deux fois.

La peur me noua l'estomac. Je ne pouvais contenir la panique qui croissait au fur et à mesure que j'imaginais l'avenir sans lui.

Abysse

Seth sauta dans l'eau avant même d'avoir conscience de son geste. Ce fut un tel soulagement de sentir la force accablante du vortex qui le tirait au loin. Qu'avait-il fait pour mériter un tel tourment ? Était-ce son destin de voir encore mourir Livia ? Tandis que son corps était soumis à l'énorme pouvoir autour de lui, son esprit demandait l'oubli. Il avait travaillé si longtemps et si dur pour obtenir une sorte de paix fade et voilà que tout son être se trouvait déchiré.

L'eau le recracha à la surface bien qu'il ne fût pas prêt. Il ne voulait plus être responsable de ce corps. Il flotta sur l'eau dans l'espoir qu'elle se referme sur lui, le perde, le lave de ses souvenirs.

Mais ses bras et ses jambes agissaient contre sa volonté et il se retrouva sur la berge fraîche de la Tamise de Parallon. Il s'assit au bord de l'eau, hagard, regardant des scènes qu'il désirait effacer de son esprit. Il se moquait bien que Zachary ironise sur son retour prématuré. Il s'en fichait de ses recherches qui l'avaient tant obsédé. Plus rien ne le préoccupait désormais. Il se trouvait coincé dans cette immortalité sans fin et ne souhaitait qu'une chose : que cela se termine.

Il ne remarqua pas le froid, la nuit tombante, Matthias qui émergea non loin, l'expression de choc sur son visage. Il sentit à peine le bras de son ami l'obligeant à se lever et l'éloignant du fleuve pour le ramener à la maison.

Matthias s'occupa de lui avec une peur croissante et familière à la fois. Seth avait à nouveau plongé dans cette tristesse morbide dont il avait mis si longtemps à s'extraire.

Quelle était la raison de cette récidive ?

Il n'avait fait que voyager dans des endroits qui ne lui étaient pas familiers. Impossible que de vieux fantômes aient déterré des souvenirs enfouis, pas vrai ?

Sethos ne parla pas à Matthias, ni à personne. Il dormit deux jours entiers, mangea quelques olives et recommença à courir. Sans arrêt. Jour après jour jusqu'à ce que le ciel change – bleu, rose, velours noir. Quand ses jambes retrouvaient le chemin de la villa, les étoiles regagnaient leur place dans les cieux.

Mais la course ne chassa pas sa peine. Elle le tailladait, le courbait, le suffoquait. Chaque soir, il était oppressé quand il regagnait sa maison à colonnades, se demandant par quel miracle il était parvenu à rentrer.

Comment sa vieille blessure avait-elle pu se rouvrir ? Il avait travaillé si dur pour la cautériser. Il la croyait pourtant cicatrisée... Peut-être était-ce ainsi que fonctionnaient les secondes vies ? Tel un cycle inexorable composé de désespoir, de torpeur, d'encore plus de désespoir. Il ne s'affranchirait jamais de cette douleur.

De Livia.

Ce prénom qu'il évitait depuis si longtemps remplissait son cerveau, le narguait, le brûlait.

Livia.

— Seth, mon frère ?

Matt lui toucha l'épaule avec hésitation.

— Parle-moi. Que s'est-il passé ?

Seth regarda au travers de lui, l'esprit encore rempli des images qui avaient précipité sa fuite.

— Tu as trouvé ton microscope quantique ? insista Matt.

Seth se focalisa lentement sur son ami. Microscope quantique. Une des premières raisons de visiter Londres. Cette époque lui paraissait si lointaine... Mais comment Matthias était-il au courant ? C'était un secret entre Zachary et lui. La curiosité transperça son lourd voile de misère. Que savait Matthias exactement ?

— Mon microscope quantique ? répéta-t-il.

— Ta chambre. Elle était remplie de notes, de tableaux, de questions. Je les ai lus…

Seth hocha la tête. Encouragé, Matt se dépêcha de poursuivre :

— Tu l'as trouvé ? L'institut était-il un bon choix pour tes recherches ? J'aimerais beaucoup t'entendre… parce que j'ai commencé des recherches intéressantes de mon côté.

Seth haussa les sourcils.

— Quel genre ?

— Eh bien, quand je t'ai suivi…

— Tu m'as suivi ?

— Jusqu'au fleuve. Dans le fleuve. À Londres.

Seth esquissa un demi-sourire.

— Tu m'as suivi à Londres ?

— Toi et le grand type. Mais je vous ai perdus et j'ai failli être renversé par une énorme moto et…

— J'aurais dû savoir que tu l'apprendrais tôt ou tard. Mais, Matt, tu aurais pu être tué. Nous perdons notre immortalité là-bas. Le monde dans lequel tu m'as suivi est tellement différent. J'ai reçu une initiation avant de m'y rendre seul. Tu n'as pas eu peur ?

— J'étais terrifié, oui ! Bon, tu l'as trouvé ce microscope ? J'ai tellement de questions à te poser.

— Oui, je l'ai trouvé.

— Et ?

— Et quoi ?

— Tu as obtenu des réponses ?

Seth secoua la tête. Le microscope était le dernier de ses soucis à cet instant.

— Aucune. Je reviens avec davantage de questions.

— Quelles questions ?

Interloqué, Seth dévisagea son ami. Matt était là pour lui depuis le début, mais pouvait-il partager ce secret avec lui ? Après tout, ils avaient conclu un pacte. Si Seth lui parlait d'elle maintenant, le pacte était brisé. Et cela leur avait déjà tant coûté.

— Je… je ne peux pas retourner là-bas.

— Que s'est-il passé, mon ami ?

Seth risqua alors le tout pour le tout.

— Je l'ai vue, avoua-t-il enfin. Elle était là-bas.

— Qui ? demanda Matt avec angoisse.

— À ton avis ? L… Livia.

— Mais, Seth… ce n'est pas possible !

— Et pourtant, c'est la vérité.

Seth secoua la tête afin de trouver une cohérence à ses paroles.

— Je ne comprends pas comment, mais elle était là-bas. Elle avait un nom différent, des habits différents, mais j'ai reconnu Livia…

— Et elle, t'a-t-elle reconnu ?

Seth scruta ses mains.

— Eh bien… Non.

Matthias siffla entre ses dents.

— Seth, tout cela n'existe que dans ta tête. Livia habite uniquement ton esprit. Il faut que tu la chasses de là. Cette fille, qui qu'elle soit..

— Eva.

— Oh ! Seth, à quoi pensais-tu ? s'exclama Matthias, incrédule. C'est une autre personne. Une inconnue qui ressemble à Livia. Heureusement pour elle, malheureusement pour toi.

— Ce n'est pas tout...

— Quoi encore ? soupira Matt.

— J'étais sur le point de... je ne sais pas... je cherchais un moyen de lui dire et là... elle est morte... une deuxième fois.

— Seth ! Tu ne l'as pas tuée ?

Seth écarquilla les yeux, horrifié.

— Tu me prends pour qui ? Je ne l'ai pas touchée.

— Qu'est-ce qui l'a tuée alors ?

— Non, Matt. Ce n'était pas vrai, comme à... Londinium. C'était un artifice, une pièce de théâtre... Mais quand je l'ai vue, allongée là, si figée, je...

Seth ne trouva pas les mots capables de décrire son angoisse.

Matthias le fixa. Aucune de ses paroles n'avait le moindre sens. Livia était morte depuis longtemps. Si elle avait survécu, elle serait là, à Parallon. Il le savait mieux que tout le monde. Et Livia n'était pas là. Ils l'avaient cherchée des heures entières, dans tous les recoins de Parallon.

— Seth, entre. Viens boire un peu de vin, manger quelque chose. Nous en reparlerons demain.

Seth se restaura. Après une nuit noire et agitée, il se leva de bonne heure et entama une nouvelle course punitive. Il avait besoin de cette routine abrutissante. Quand il retourna enfin à la villa, il prit un bain pour se délasser, puis se rendit dans l'arène d'entraînement où il combattit ses ennemis invisibles avec cette férocité qui lui avait rapporté tant de couronnes.

Matt n'osa pas l'interrompre.

Au bout de sept jours consacrés à ce train-train solitaire et sauvage, Seth décida de cuisiner. Peut-être cette activité l'aiderait-elle à trouver la paix ? Peu lui importait qui mangerait ses plats. Ce n'était pas le but. L'apaisement venait du fait de couper, de mélanger, de cuire des aliments.

Matthias passa par hasard et lui tendit un verre de vin ; Seth le remercia avec le sourire et trinqua.

— Hum… Seth ! Je peux te parler ou tu as d'autres poireaux à fouetter ?

Seth éclata de rire.

— Tu n'apprécieras jamais cet art. Dis-moi, qu'est-ce qui te chagrine ?

— Moi, absolument rien ! Il y a plusieurs choses que j'aimerais te confier… Il y a eu des changements intéressants depuis ton départ.

— Combien de temps ai-je été absent ?

— Euh… Assez longtemps.

— Assez longtemps pour quoi ?

— Ta sauce peut s'occuper d'elle toute seule ?

Les yeux plissés, Seth éteignit le feu sous la casserole et suivit Matthias jusqu'au salon.

Il y avait une vingtaine de personnes. Seth fut surpris, il ne les avait pas entendues arriver. Certains se prélassaient dans les canapés, lisaient, jouaient aux échecs ; d'autres regardaient la télé par terre, s'agglutinaient devant un ordinateur. Une scène typique du XXIe siècle, à l'opposé de sa première visite. Plus rien ne subsistait de la pièce romaine, vide, fraîche et tranquille avec son sol en marbre et ses murs en crépi pâle.

Cette scène sous ses yeux lui rappela vaguement un soir à la salle commune de Sainte-Mag. Aussitôt, il chassa ce souvenir qui lui remuait les tripes. Trop tard, le lien avait été créé. Pourquoi ce qu'il voyait n'avait-il aucun sens ? Pourquoi ces gens lui rappelaient-ils les élèves de Sainte-Mag ?

— Quelle fête étrange, remarqua-t-il.

Matthias se racla la gorge.

— Hum… Ce n'est pas exactement une fête. Tous ces gens… habitent ici.

Voilà ! Ils semblaient à l'aise parce qu'ils étaient chez eux ! Seth interrogea Matt du regard. Ils étaient pourtant d'accord : leur maisonnée était assez grande.

Les deux amis finirent par se sentir gênés.

— Matt, que se passe-t-il ?

— Je t'explique : j'ai dû les ramener ici avec moi parce que... parce que je les ai conduits ici.

— Rien compris.

— Je les ai emmenés à Parallon.

Le sang de Seth se glaça.

— Pardon ?

— Je leur ai donné l'immortalité !

— De quelle manière, Matt ? lui demanda calmement Seth.

— Comme tu l'as écrit dans tes notes. La fièvre est la clé. Le sang...

— Qu'as-tu fait exactement, Matthias ?

— Eh bien... Le premier, c'était un accident. J'ai essayé de l'aider mais des gouttes de mon sang ont dû tomber dans ses blessures et je lui ai transmis la fièvre...

Matthias humecta ses lèvres sèches. Cette séance d'explication ne se déroulait pas aussi bien qu'il l'avait prévu. Il commençait à douter que Seth considère son « don » de la même manière que lui.

— Continue, ordonna Seth d'une voix glaciale.

— Quand Winston est arrivé ici – le type à la moto –, j'ai soudain cessé de me sentir coupable de l'avoir tué. Parce que, après tout, il n'était pas mort ! Ensuite, j'ai lu tout ce que tu avais rédigé puis j'ai décidé que le nom de cette saloperie, son fonctionnement n'avaient pas d'importance. Je voulais simplement la tester. Alors je suis retourné à Londres…

— Tu n'as pas fait ça ?

— J'ai découvert que la façon la plus rapide de faire venir quelqu'un ici passe par le sang. Plus la personne est affaiblie, plus notre sang agit vite. Cela peut prendre de vingt minutes à six heures.

— Affaiblie ?

— Blessée, quoi.

— Je récapitule, Matthias : tu es allé à Londres afin de blesser des gens puis de les tuer ?

— Seth, tu ne m'as pas écouté. Ils ne meurent pas. Ils viennent ici. Nous ne sommes pas morts. Nous sommes immortels. Combien de fois devrai-je te le répéter ?

— Parallon est pire que la mort, Matt ! Qu'as-tu fait ?

Seth dévisageait son ami tel un étranger. Il croyait le connaître alors qu'ils se trouvaient à des années-lumière l'un de l'autre. Il secoua la tête et se dirigea vers la sortie, écœuré.

— Seth ! Il n'y a pas que le sang.

— Quoi ?

Maintenant qu'il avait l'attention de son ami, Matt ne savait plus trop comment lui annoncer le reste de ses découvertes. Il pensait que Seth trouverait cette information moins affreuse. Là, il n'en était plus trop sûr.

— Lors de mon sixième voyage, je mourais de froid à mon arrivée. Il y avait un petit café tout près du fleuve...

Seth s'en souvenait.

— Je suis rentré, j'ai parlé à cette fille...

— Elena ? devina Seth.

— Exact ! Comment le sais-tu ?

Matthias lança des regards inquiets autour de lui. Seth semblait mal à l'aise.

— Peu importe, reprit Matt. Elle était jolie et si gentille...

— Continue.

— On a en quelque sorte fini dans sa chambre...

Seth soupira.

— Nous avions un peu bu. Je crois que je lui plaisais. On a commencé à s'embrasser, tu sais ce que c'est. Finalement, je suis resté... et nous nous sommes endormis. C'était sympa, chaleureux et soudain, je ne sais pas, quatre à cinq heures après, elle m'a réveillé. Elle tremblait, convulsait...

Matthias regarda devant lui, revivant cet instant.

— J'ai tout de suite reconnu les symptômes. Elle avait la fièvre. Au bout de deux heures, elle était partie...

— Tu veux dire « morte » ?

— Non, non, Seth ! Elle n'était pas morte. Elle avait simplement changé, disparu, déménagé. Elle est arrivée ici où elle a découvert... l'immortalité. Je lui ai transmis... ce don... sans la blesser.

Seth en avait assez entendu. La bile lui montait à la gorge tandis qu'il comprenait la portée de ces révélations. Matthias disséminait cette terrible maladie contagieuse en toute connaissance de cause, intentionnellement, de manière chaotique. Nauséeux, Seth se sentit trahi. Zachary avait raison. Matthias n'aurait jamais dû apprendre l'existence du vortex. Sa stupide philosophie l'avait aveuglé et le vortex lui avait donné l'occasion de manier un pouvoir terrible et monstrueux.

Seth sortit de la villa en courant et vomit. Puis il s'appuya contre le mur en pierre frais et pleura de chagrin. Il versa des larmes pour cette pièce remplie de morts – les morts de Matthias –, pour son amitié perdue. Il aimait Matt comme un frère et maintenant, il ne pouvait plus le regarder en face, tellement il était dégoûté par ses actes.

Seth s'assit contre le mur et observa les étoiles jusqu'à ce que l'aube diffuse un sang rose pâle dans la nuit noire. Il se leva, s'étira. Il était temps de partir. Il s'éloigna à pas lents de la villa, loin de son plus cher ami, loin de sa maison.

Il erra dans Parallon le reste de la journée, indifférent à la douce brise estivale, aux gens heureux et riants qu'il croisait, aux femmes qui lui souriaient, se retournaient sur son passage. Il s'était à nouveau perdu et il ne voyait aucun moyen de faire marche arrière.

Rêves

Sainte-Magdalen, 2013 apr. J.-C.

Cela faisait maintenant trois semaines que Seth avait disparu et tous les matins, je me réveillais avec la douleur sourde du vide. Jamais je n'avais ressenti pareil malaise. Étant donné ma vaste collection d'émotions négatives, ce fut un choc. J'avais beau me raisonner – je le connaissais à peine, il n'était pas fait pour moi, c'était probablement mieux pour le karma du lycée s'il ne revenait pas… –, il avait remué trop de choses en moi.

Je ne pouvais pas m'empêcher de penser à lui. Il me manquait. Tellement. Comme si le centre de mon monde s'était brusquement effondré. Cette sensation était à la fois étrange et humiliante. Comment avais-je pu devenir une de ces cruches qui se définissaient à travers le garçon dont elles étaient tombées amoureuses ?

Histoire d'empirer les choses, je dormais vraiment mal. Des cauchemars terrifiants remplis de sang et de morts ne me donnaient pas envie de me coucher. Je lisais donc jusqu'à trois heures du matin mais, au bout d'un moment, mes yeux se fermaient tout seuls et les cauchemars commençaient.

Un matin j'étais assise au bord de mon lit, nauséeuse et la tête lourde à cause de la fatigue, quand on frappa avec insistance à ma porte. Le bruit mit du temps à pénétrer dans mon cerveau embrumé. J'allai ouvrir en titubant. Rose Marley n'attendit pas mon signal pour entrer.

— Qu'est-ce qui ne va pas, Eva ?

— Rien, marmonnai-je, sur le seuil.

— Tu ne nous ferais pas une rechute, ma fille ?

Maintenant qu'elle le disait, la fatigue et les étourdissements ne me paraissaient pas normaux. J'avais des difficultés à tenir une journée entière et je me donnais des coups de pied pour me rendre aux répétitions du groupe.

— Non, évidemment.

Pas question. N'importe qui serait dans mon état avec trois heures de sommeil perturbé par nuit.

— Je ne dors pas beaucoup en ce moment.

Rose s'assit sur le lit à côté de moi.

— Raconte-moi, Eva. Quelque chose te tracasse ?

Oui ! voulais-je lui hurler. Je suis tombée amoureuse d'un garçon que je connais à peine, il a disparu de la surface de la terre et, chaque nuit, je tourbillonne à l'intérieur d'un terrifiant nuage noir, rempli de silhouettes menaçantes. En plus, il a le goût de la mort. Je cours sans savoir où je suis, qui je fuis… On dirait un clip de mauvaise qualité qui tourne en boucle dans ma tête. Quelque chose me tracasse, à votre avis ?

Évidemment, je ne lui débitai pas un tel discours. Je n'avais pas l'intention de revêtir une camisole pour le restant de mes jours.

— Tout va bien… mis à part quelques cauchemars. Je devrais peut-être arrêter le fromage.

— Veux-tu quelque chose pour t'aider à dormir ? J'ai des plantes médicinales très efficaces…

J'y avais pensé. Rose m'offrait-elle l'oubli total ?

— Merci, chuchotai-je. Ce serait super.

Ce soir-là, j'avalai deux tablettes fournies par Rose et me pelotonnai sous ma couette. Une heure plus tard, je me réveillai en hurlant. Ses remèdes avaient réussi à ajouter une dimension supplémentaire à l'horreur de mes cauchemars ! J'étais désormais paralysée, incapable de courir. Je me levai et bus un grand verre d'eau. Appuyée contre le lavabo, je me dis que c'était mauvais signe.

Lasse, je pris un livre et me préparai à affronter une nouvelle nuit blanche.

Fantôme

Parallon

Seth ignorait où trouver du réconfort. En même temps, il n'en cherchait pas. Son corps réclamait une certaine torpeur, son esprit l'oubli. Cette thérapie avait déjà fonctionné pour lui, l'avait maintenu à flot une éternité. Mais il lui avait fallu du temps et l'aide de Matthias pour y parvenir.

Il refusa de penser à Matt. Sa trahison avait créé un gouffre énorme entre eux et il n'existait aucun moyen de le traverser. Il tâcha donc de se distraire en marchant sans s'arrêter dans les rues en perpétuel changement de Parallon. Ses jambes le conduisirent d'abord chez Zachary. Sur le seuil de la porte, il changea d'avis. Il ne pouvait l'affronter. À contrecœur, il repartit. Il marqua ensuite une pause devant la villa des Natalis et, là encore, ne put se résoudre à entrer. Sa vie ressemblait de plus en plus à un mirage, à une manifestation minable de son incapacité à lâcher prise ; il poursuivit son errance.

Seth fut choqué de constater que Parallon agrandie ressemblait toujours plus au Londres qu'il venait de quitter. Une partie de lui rêvait des avenues désertes, sereines et si peu nombreuses rencontrées lors de leur arrivée.

Il marcha sans but jusqu'au crépuscule et finit par pénétrer dans une rue familière, dotée d'une arche tout aussi familière. Seulement cette arche donnait sur un miroitement et projetait des couleurs spectrales dans le ciel.

Passant dessous, il se retrouva dans la cour scintillante de Sainte-Magdalen. Elle était inhabituellement déserte. En silence, il se rendit au laboratoire de biologie, alluma la lumière. Tout était à sa place. Il y avait même le microscope quantique. Mais bancs et bureaux étaient vides. Il éteignit et ferma doucement la porte. Il se rendit ensuite au réfectoire. Personne pour manger la nourriture sur le comptoir. Puis il rejoignit son internat, le *Charles Darwin*. Rien ne manquait. Quand il ouvrit la porte d'entrée bleu foncé, il entendit le craquement caractéristique et sourit sans aucune gaieté de cœur. Après avoir refermé derrière lui, il trotta jusqu'à sa chambre. Naturellement, c'était une réplique exacte de celle qu'il avait laissée à Londres. N'était-elle pas, après tout, sa propre création ? Il s'assit sur son lit et posa la tête entre ses mains.

Que faisait-il ici ? Pourquoi se torturait-il ainsi ? Comment être dans cette chambre et ne pas penser à elle ? Dès qu'il s'assit, son esprit fut assailli par des images d'Eva. Exactement comme s'il avait été assis sur le lit original, dans la chambre originale, à l'institut Sainte-Magdalen original à Londres. Il l'imagina chez elle, en train de lire, de dormir, de se doucher. Il la vit dans le laboratoire de biologie, curieuse, engagée. Il sourit quand il pensa à elle sur scène, avec sa guitare, derrière le micro. Puis son traître de cerveau fit ressurgir l'image où elle gisait sur une tombe, immobile. Aussi figée que sa Livia, cette nuit tragique à Londinium…

Il frissonna tandis que la douleur de ce souvenir explosait dans tout son corps.

Alors qu'il sanglotait de chagrin, seul dans cet espace vide, une autre image d'elle voleta dans sa tête : Eva assise à côté de lui par terre, dans la salle commune, le regardant avec ses magnifiques yeux en amande. Il se repassa ce souvenir à plusieurs reprises, sans trop y croire. Elle ne savait absolument rien de lui et pourtant… il avait lu quelque chose au fond de ses pupilles, qu'il n'avait osé interpréter. Une forme de reconnaissance ?

Seth se leva, gagna la porte, revint vers le lit, fit les cent pas. L'indécision n'était pas un état habituel chez lui et voilà qu'elle le paralysait.

Il avait fui Londres. Pourquoi ? Parce qu'il avait vu le fantôme de Livia ? Mais elle n'était pas morte.

Elle n'était plus morte. Pas encore. La confusion régnait dans son esprit. Il ne comprenait pas le temps. Il ne comprenait pas la mort. Pourquoi Livia s'appelait-elle Eva ? Qui était Livia ? Il savait simplement qu'il aimait Livia, l'aimerait toujours et il venait de la… fuir. Sethos Leontis, le courageux gladiateur, avait fui un fantôme.

Il se maudit et partit en courant… Il traversa la cour, s'enfonça dans la nuit. Direction : le fleuve.

Déclin

Sainte-Magdalen, 2013 apr. J.-C.

Je parcourus la cour d'un pas lourd et me rendis au labo de biologie. Je me trouvais si lasse, si morose, si seule quand je sentis la main de Rob sur mon épaule. Tellement gentil, à toujours vouloir améliorer les choses. Je me forçai à sourire.

— Salut, Rob.

— Eva ! Tu as une sale tête, dis donc. Ça ne va pas ?

Comment lui expliquer ?

— Bah, je suis juste un peu fatiguée, soupirai-je.

Il ouvrit la porte du laboratoire et me poussa doucement à l'intérieur. Le courant d'air chaud me réconforta. Je m'assis avec reconnaissance sur un banc au fond. Ayant perdu confiance en mes capacités à rester éveillée, je n'osais plus m'installer devant.

Mme Franklin arriva quelques minutes après nous. Quand elle annonça notre nouveau champ d'étude, je fus transportée de joie : méthylation de l'ADN. Nous avions étudié l'épigénétique et cela me semblait un bon enchaînement. Si seulement je n'avais pas tant envie de dormir. Au bout de quelques secondes, je lâchai prise. Je maudissais à la fois mes rêves stupides et me demandais vaguement si je n'avais pas besoin d'une aide psychiatrique. Toutes ces semaines de délire nocturne n'étaient pas normales !

La voix de Mme Franklin dérivait à nouveau au loin quand on me secoua doucement.

— Réveille-toi, Eva, me souffla Rob.

Je sursautai. Mme Franklin venait dans notre direction, l'air menaçant.

Merde, qu'est-ce que j'avais raté ?

Quelques instants plus tard, je poussai un soupir de soulagement. Elle se dirigeait simplement vers la porte. J'étais trop endormie pour entendre la sonnerie ou la conclusion de sa leçon.

Je sortis en titubant, au ralenti, me demandant vaguement quel cours j'avais ensuite.

— Tu viens, Eva ?

De l'autre côté de la cour, Astrid m'incitait à la suivre dans le bâtiment de musique.

— Mon Dieu ! Tu t'es regardée dans une glace récemment ? s'exclama-t-elle. On va faire court, ce soir.

Je hochai la tête avec gratitude. J'aurais annulé cette répétition si je n'avais pas séché les trois précédentes. Le groupe ne pouvait plus compter sur moi et je n'avais même pas l'énergie de le déplorer.

Quand nous entrâmes dans la salle, Sophie était adossée à sa batterie, visiblement mal à l'aise. Je m'effondrai sur un tabouret et essayai de reprendre mon souffle. Pathétique.

Les bras croisés, les yeux plissés, Astrid s'adressa à moi :

— Eva, Sophie et moi avons discuté du groupe.

Je levai les yeux vers elle, sachant ce qui m'attendait. Elles allaient me virer. Comment leur en vouloir ? Je les ralentissais. J'avalai la boule au fond de ma gorge et esquissai un sourire piteux.

— Hé, Astrid, ça va ! Je… comprends. C'est cool.

Fatiguée, je me levai et pris la porte. Je rêvais de ma chambre tranquille et de mon lit douillet.

— Eva ? Où est-ce que tu vas ?

Je me retournai et m'appuyai contre le chambranle.

— Non ? s'exclama-t-elle. Tu t'imagines que… Tu as cru…

Elle bondit jusqu'à moi et me ramena aussitôt dans la salle pour m'asseoir sur le tabouret.

— Imbécile ! marmonna-t-elle. OK, petite idiote ! Sophie et moi avons envisagé de… d'ajouter un clavier…

— Un nouveau membre au groupe ? Vous avez pensé à qui ?

— Rob Wilmer.

Je me mordis la lèvre. Aïe ! Pourquoi lui ? Parce qu'il était doué au clavier, sûrement. Bon choix. Sauf que… sauf que je le voyais déjà un peu trop à mon goût. Et je savais ce qu'il éprouvait pour moi. Ouh ! La mauvaise idée !

En même temps, je n'étais pas en position de donner mon opinion.

— Ça l'intéresse ?

Comme si je ne connaissais pas la réponse !

— À fond. Nous… nous avons joué ensemble la semaine dernière.

Je secouai la tête. J'étais vraiment hors circuit. Voilà pourquoi ils avaient tous l'air mal à l'aise !

— Il vient ce soir ?

— Euh… Il devrait être là dans quelques minutes. Ça ne t'embête pas ?

— Pas du tout, Astrid. C'est ton groupe, non ?

Un coup à la porte annonça l'arrivée de Rob. Astrid ouvrit en grand et lui tapa dans la main. Je souris quand il regarda timidement dans ma direction. Nous répétâmes ensemble et, au bout d'une heure, Astrid débrancha sa basse.

— Emballé, c'est pesé ! Eva, comment tu te sens ?

Je m'adossai au mur et secouai la tête.

Je n'allais décidément pas bien. Je me sentais même très mal. La tête me tournait et je voyais flou.

— Une bonne nuit de sommeil et ça ira mieux.

Je me levai, posai ma guitare sur son socle, sortis de la pièce, longeai le couloir, puis traversai le hall en titubant.

Et tombai dans les bras de Seth Leontis.

Réunion

Sainte-Magdalen, 2013 apr. J.-C.

Seth ignorait combien de temps s'était écoulé depuis son départ de Londres. Il avait tellement hâte de retourner à Sainte-Magdalen que ses intentions ne se révélaient pas cohérentes. Et il était impératif d'être précis quand on empruntait le vortex. Il fallait se concentrer sur une date et une heure exactes, lui avait appris Zachary. Effectivement, ce système avait toujours marché. Il ne s'était absenté de Parallon que quelques minutes alors qu'il avait passé plusieurs semaines à Londres. Cette fois-ci, une seule pensée l'obsédait : elle. Eva continuait à l'obnubiler quand il s'extirpa du fleuve et courut, trempé, jusqu'à l'entrée de l'institut.

Comme il faisait nuit quand il pénétra dans la cour, il gagna l'internat et sa chambre. Ses affaires n'avaient pas bougé de place. Il ôta vite ses vêtements mouillés et rejoignit la cour. Il y avait beaucoup de monde aux alentours. Pendant quelques instants, il se demanda par où commencer à chercher en premier.

— Seth ! Tu es revenu ! Ruby va être tellement soulagée, s'exclama Mia qui se rendait au réfectoire. Allons lui apprendre la bonne nouvelle ensemble !

La cour grouillait d'étudiants à présent.

— Dis ! répliqua Seth qui ne se rappelait plus son prénom. Tu sais où je peux trouver Eva ?

Seth ne déployait ses capacités à pleine puissance qu'en cas d'extrême nécessité. Là, il décida que c'en était une. Il fixa Mia qui fut incapable de détourner le regard. Elle écarquilla les yeux, entrouvrit les lèvres tandis qu'elle cherchait la réponse à sa question. Elle brûlait de l'aider bien qu'elle ignorât l'emploi du temps d'Eva. Ruby la tuerait si elle s'intéressait de près ou de loin à elle. Par chance, Harry passait non loin.

— Harry ! l'interpella-t-elle.

Celui-ci se détourna vers eux et n'en crut pas ses yeux quand il reconnut l'interlocuteur de Mia.

— Seth, c'est toi ? Où étais-tu passé ? On a cru que tu avais disparu de la surface de la planète !

Tu ne crois pas si bien dire, pensa Seth, désabusé.

— Seth cherche Eva. Tu ne saurais pas où elle est par hasard ?

— Bâtiment de musique, rétorqua aussitôt Harry. Je les ai vues se rendre en répétition après les cours.

Hé, Seth, viens manger un morceau. Tu dois avoir un tas de trucs à nous raconter !

— Plus tard, Harry, répondit Seth en souriant.

Il n'eut pas besoin d'entrer pour l'entendre. Sa voix enchanteresse flottait doucement vers lui. Il s'adossa contre un mur et l'écouta, perdu dans ce son mélodieux.

Quand le chant cessa, il se crispa. Il avait tellement hâte de la voir que son cœur battait plus fort. Combien de temps devrait-il attendre ? Quelques secondes plus tard, il entendit des pas lents dans le couloir, la porte du hall s'ouvrit.

Il se retourna et se retrouva face à face avec la fille qu'il aimait.

— Seth ? murmura-t-elle, sous le choc. Tu es revenu ?

Elle le regardait avec les yeux de Livia, la chaleur de Livia… l'amour de Livia. Sans réfléchir, il la serra tendrement dans ses bras.

Pendant un instant divin, les bras d'Eva furent autour de son cou, ses lèvres effleurèrent les siennes et la passion qu'il réprimait depuis si longtemps brûla entre eux. Soudain, les bras d'Eva mollirent.

— Livia ? chuchota-t-il, au bord du désespoir.

Affolé, il regarda son corps pâle et inerte. Il n'aurait jamais dû revenir. La scène d'Ophélie était prémonitoire, tel un avertissement. Il semblait être condamné à la voir mourir une seconde fois…

— S'il te plaît, Livia, grogna-t-il sans qu'elle bouge un cil.

Il entendit des voix derrière lui.

— Oh, mon Dieu ! Eva ! cria Rob qui sortait en courant par les portes en verre du hall, suivi par Astrid et Sophie. Qu'est-ce que tu lui as fait ?

Misérable, Seth se contenta de secouer la tête.

Astrid prit aussitôt le contrôle de la situation.

— Hé ! Ho ! Les garçons ! On se calme ! Eva est malade. Rob, ne me dis pas que tu ne l'avais pas remarqué ?

Rob se mordit la lèvre. Bien sûr que si.

— Seth, enchaîna Astrid, est-ce que tu peux la porter jusqu'à l'infirmerie ? Rob, pars devant et préviens Rose Marley.

Rob s'envola alors que Seth demeurait indécis. Il tenait encore Eva dans ses bras mais était convaincu d'être à l'origine de son malaise.

— Je crois que c'est ma faute, bafouilla-t-il. Je ferais mieux de ne pas l'approcher.

— N'importe quoi, répliqua Astrid. Eva est malade depuis des semaines. Il y a deux mois, avant même ton arrivée ici, elle a failli mourir à l'hôpital. Son état n'a absolument rien à voir avec toi. Allez, avance !

Loin d'être convaincu, Seth obéit néanmoins. À l'infirmerie, Rose Marley jeta un coup d'œil à Eva et appela une ambulance. Elle lui prit le pouls (irrégulier et faible), vérifia sa tension (très basse) et remarqua qu'elle avait la peau moite et froide. L'infirmière la couvrit avec des polaires et se pencha à son oreille.

— Eva ? demanda-t-elle d'une voix ferme. Eva, tu m'entends ?

Mais celle-ci ne remua pas.

Quand l'ambulance arriva et qu'Eva fut équipée d'un masque à oxygène puis allongée, Rose grimpa à côté du brancard et chassa les curieux qui s'amoncelaient. Les nouvelles circulaient vite. Entre trente et quarante élèves se dispersèrent à contrecœur.

Seth, lui, refusa de partir. Sans bouger d'un pouce, il planta son regard dans celui de Rose Marley. Quelques secondes plus tard, il la rejoignait à bord de l'ambulance. Rose ne comprit pas pourquoi elle autorisait ce garçon hors du commun dans le véhicule. Sa présence allait à l'encontre du protocole mais elle était tellement réconfortante. Ces dernières semaines, elle s'était attachée à Eva et elle reconnut aussitôt le même sentiment chez ce garçon. Par contre, elle ignorait l'ampleur des émotions qu'il tentait de contrôler.

Pendant que Rose donnait des détails sur la maladie d'Eva et que les ambulanciers prenaient des notes, Seth fixait la jeune fille en essayant de comprendre ce qui se passait. Il paraissait toujours convaincu d'avoir provoqué cette syncope. Rose Marley pouvait parler de rechute, il aurait été idiot de nier que sa condition n'avait rien à voir avec sa proximité. Après tout, elle s'était quasiment évanouie quand il l'avait touchée dans la salle commune ! À présent, elle luttait pour survivre.

L'infirmière l'observait du coin de l'œil. Il scrutait Eva avec une telle intensité que sa seule volonté semblait la garder en vie. Elle pinça les lèvres afin de réprimer un étrange pressentiment.

DÉJÀ VU

Londres, 2013 apr. J.-C.

En cette minute, je sortais d'un pas lourd du bâtiment de musique ; la suivante, je plongeais dans son regard. Mon cœur se mit aussitôt à battre à toute allure. Soulagement, bonheur, je ne sais pas... Les sentiments me submergèrent et il me parut si naturel, si juste d'approcher mon visage du sien.

Soudain, je tombai... si loin dans l'espace que la chute semblait sans fin. Puis j'atterris en douceur, telle une plume. Allongée sur le dos, les yeux fermés. À l'aise. J'étendis les bras, mes doigts effleurèrent des brins d'herbe. Je connaissais cet endroit... le bourdonnement estival des insectes... le parfum de la lavande sauvage... les oiseaux qui chantaient dans les arbres, leur mélodie comme un pâle reflet de la chanson de mon cœur... j'inspirai, savourai le charme... une bouffée de bonheur arriva sur moi. Je savais qu'au moment où je tournerais la tête et ouvrirais les yeux…

— Eva ? Eva, tu m'entends ? Eva ?

Les parfums d'herbe et d'été se mélangèrent. Ma tête devint soudain très lourde, ma respiration douloureuse, mon estomac acide. Je regardai dans le vide…

Et dans les mauvais yeux.

Où étais-je ?

Mon Dieu, non ! Pas encore ? Le Dr Falana me toisait. Je refermai les paupières. Si seulement je pouvais retourner au soleil !

Non, il était parti.

— Eva, tu es avec nous ?

Ma tête allait éclater. Je gémis et me rendis compte qu'un masque me couvrait la bouche. Je tentai de l'arracher mais il ne bougea pas.

— Eva, ta respiration n'était pas très… assurée. J'aimerais que tu portes ce masque un peu plus longtemps, si cela ne te dérange pas.

Je cessai de me battre et fonçai les sourcils en distinguant un bip irrégulier. Je tournai ma lourde tête broyée avec un pilon : j'étais de retour dans cette foutue chambre, entourée de ces moniteurs clignotants.

— Que se passe-t-il ? grommelai-je.

Je n'appréciais pas trop de parler.

— Pas tout à fait sûr, Eva. Une sorte de rechute. Ton cas est vraiment…

Je fermai les yeux, trop fatiguée pour écouter.

Soudain, je flottai à nouveau le long de rues inconnues ; j'ouvris un rideau qui donnait sur une pièce sombre… Un homme dormait. D'étranges parfums flottaient dans l'air – vinaigre, jasmin, miel… Penchée au-dessus de lui, je lui effleurai le front. Brûlant. J'étais morte de peur pour lui et heureuse d'être à ses côtés. Je plongeai un linge dans une bassine, l'essorai, laissai tomber des gouttes sur son visage… le liquide coulait dans ses cheveux, sur ses joues, ses lèvres. Je rêvais d'être cette eau qui le touchait, dessinait ses traits. Une main chaude se referma sur la mienne. Un sentiment de joie, tel un souvenir… La chaleur palpitait en moi. D'autres mains… me tiraient, m'éloignaient de lui… Non, trop puissantes pour que je résiste… Je luttai… suffoquai…

— Livia, je t'en prie, reviens !

Mon cœur battait fort… La pièce tourbillonnait loin de moi… me laissait dans l'obscurité la plus totale… si froide… Où était-il ? Je tournoyais dans tous les sens… Jamais je ne trouverais le chemin qui me ramènerait à lui… Je me perdais… me dissolvais…

Enfin… un point d'ancrage… une chaleur dans mes doigts, mon bras, mon corps entier… qui me conduisait vers… la lumière.

J'ouvris les yeux. Il était là. Une silhouette contre une lumière blanche et vive.

Je clignai des yeux. Mauvaise pièce… Différente pièce. L'hôpital. Des moniteurs bipaient. Mais… c'était lui. Seth. Il souriait. Il tenait ma main dans les siennes…

— Tu es là, murmurai-je.

On aurait dit qu'il revenait d'un voyage plus pénible que le mien. Il avait l'air épuisé. Blême. Était-il avec moi ? Je secouai la tête. Aïe. Il fallait absolument que j'aie les idées claires. Tout paraissait si confus. Je ne distinguais plus la réalité désormais. Quand je tentai de m'asseoir, les vertiges me rappelèrent à l'ordre.

— Attention, chuchota-t-il en écartant des mèches de mon visage, tu es censée te reposer.

— Seth…

— Chut !

La porte s'ouvrit sur le Dr Falana, suivi d'une foule de gens. Je fronçai les sourcils. Qui étaient-ils ? Que faisaient-ils ici ? Le Dr Falana arborait un large sourire.

— Eva… J'espère que cela ne te dérange pas… Quelques étudiants aimeraient te voir.

Si, cela me dérangeait ! Beaucoup. Je ne me sentais pas d'attaque pour servir de cobaye à des apprentis trop curieux. Puis la main de Seth serra la mienne et je sentis cette chaleur intense s'infiltrer en moi et me remplir d'une lueur si réconfortante que je souris à moitié.

Ils se regroupèrent autour de mon lit. Je les observai avec prudence.

Le Dr Falana s'empara du diagramme accroché au pied du lit et se racla la gorge.

— Je vous présente Eva Koretsky. Il y a neuf semaines, elle a soudain présenté une pyrexie et une syncope. Après son admission, son état a dégénéré : fibrillation ventriculaire et insuffisance de plusieurs organes… Mademoiselle Grove, si vous aviez été aux admissions, comment auriez-vous procédé ?

— Euh… j'aurais euh… commencé par une défibrillation pour essayer de stabiliser le cœur, je l'aurais intubée, j'aurais posé une perfusion de solution saline et euh… j'aurais demandé une analyse de sang complète pour trouver la cause…

— Bien. Gardez à l'esprit que nous n'avons pas le temps d'analyser les résultats du labo. Qu'aurions-nous pu faire en tout premier lieu pour alléger les symptômes ?

Silence général.

— Bon… Voilà ce que nous avons fait ensuite : nous avons décidé de lui administrer des antibiotiques à large spectre par voie intraveineuse. Dans quel but ?

— S'il s'agissait d'une infection bactérienne traitable ?

— Précisément. Nous avons présumé une sorte d'infection sévère mais évidemment nous ne pouvions identifier la bactérie avant d'avoir mis des cellules en culture. Et malheureusement, comme je ne cesse de le répéter, nous n'avions pas le temps. La détérioration s'effectuait à une rapidité incroyable.

— Les antibiotiques ont-ils suffi ?

— Euh… Non, murmura-t-il. Rien de ce que nous lui avons injecté n'a eu d'impact sur elle.

Je me mordis la lèvre. Ils auraient pu m'épargner les détails. Seth continuait de me fixer et de me serrer la main avec tendresse.

— Nous n'avons pas été surpris qu'après quelques heures, elle fasse un arrêt cardio-respiratoire. Malgré toutes nos tentatives pour la ressusciter – par injection d'adrénaline, d'atropine, des massages cardiaques –, elle ne répondait pas. Pourtant, au moment d'annoncer l'heure du décès, son cœur s'est remis spontanément à battre à un rythme régulier et fort. Aucun signe d'arythmie. Sans oublier un rétablissement complet des fonctions organiques…

Le Dr Falana haussa alors les sourcils, écarta les bras et fit un clin d'œil à Eva.

— Notre jeune Lazare à nous !

Un des étudiants s'éclaircit la voix.

— Quelle est votre théorie, docteur ?

Celui-ci haussa les épaules.

— Je n'en ai aucune. Mon instinct qui penchait pour une sorte d'infection virulente a été contredit par l'hématologie posttraumatique. Finalement, le taux de lymphocytes n'était pas élevé. Quels que fussent les autres diagnostics – n'oubliez pas que le temps travaillait contre nous –, les résultats périodiques du laboratoire se révélaient tellement anormaux que nous n'en avons pas tenu compte.

Les étudiants demeurèrent stupéfaits.

— Pardon, docteur Falana, intervins-je faiblement, pourrais-je jeter un coup d'œil aux… à ces résultats sanguins anormaux ?

Il me dévisagea un moment, l'air incrédule. Était-il simplement surpris que son patient parle ou n'en revenait-il pas qu'une lycéenne ignorante s'intéresse à une série de chiffres impénétrable ? Il se contenta de froncer les sourcils.

— Désolé, Eva, je n'ai rien à te montrer. On les a mis à la poubelle.

— Vous avez jeté les résultats des tests ? Mais pourquoi ?

— Ils étaient corrompus. Une vraie pagaille.

— Mais…

— Je t'assure que nous avons effectué un examen approfondi du laboratoire, révisé tout le système… Jamais plus cela n'arrivera.

Il se tourna vers ses étudiants.

— Pour finir, Eva est revenue aux urgences il y a deux jours…

Deux jours ? J'étais là depuis si longtemps ?

— Cette fois-ci, pas de fièvre, mais arythmie et hypotension. Par chance, l'arythmie a répondu au traitement.

Il désigna le moniteur bruyant auquel je me trouvais reliée.

— Et la pression artérielle était meilleure. Nous attendons encore l'hémoculture mais l'absence de pyrexie exclut l'infection. Une idée, quelqu'un ?

Deux étudiants baissèrent le nez. Puis une perche aux grandes dents, avec un halo de cheveux roux, toussota non sans nervosité.

— Euh... Les fonctions organiques étaient-elles normales ?

— Oui, mis à part la respiration. Mais tout est sous contrôle à présent. Les électroencéphalogrammes n'ont révélé aucune anomalie cardiaque sous-jacente.

Le groupe en demeura muet.

Le Dr Falana se tourna vers moi.

— Dis-moi, Eva, comment te sens-tu aujourd'hui ?

— Bien, répondis-je en priant pour qu'ils s'en aillent.

Il éclata de rire.

— Bien ! Je m'attendais à un « mieux », tout au plus. Je repasserai plus tard. En attendant : du repos !

Là, il s'adressait à Seth.

Questions

Londres, 2013 apr. J.-C.

Quand le troupeau fut sorti, je me tournai vers Seth.

— Tu pourrais fermer la porte, s'il te plaît ?

Il me lança un regard perplexe, se leva, ferma doucement la porte et revint s'asseoir à côté de moi. Il posa la main sur la couverture près de la mienne. Je la saisis et ressentis une bouffée de chaleur supportable.

— Seth, il faut qu'on parle, lui chuchotai-je.

Il fit un signe de tête évasif. Je me mordis la lèvre.

— OK. Aurais-tu la gentillesse de me dire qui tu es ?

— Tu sais qui je suis : Seth. Sethos Leontis.

— D'accord. D'où nous connaissons-nous ?

Il regarda nos mains enlacées sans mot dire. Puis il haussa les épaules et secoua la tête.

— Je n'en suis pas sûr.

Il paraissait tellement mal à l'aise que je faillis ne pas insister. Impossible.

— Qu'est-ce que cela signifie ? demandai-je dans un souffle.

Nouveau hochement de tête. Je pris une profonde inspiration afin de rester calme.

— Si cette question est trop difficile, dis-moi alors qui est Livia. Tu as utilisé ce prénom si souvent qu'il me semble trop familier.

Il écarta les mains et me regarda comme si je ne comprenais pas ce qui était évident.

— Quoi ? grondai-je, exaspérée.

— Livia c'est toi, bien sûr.

— Non, répondis-je d'une voix qui me parut patiente. Je m'appelle Eva. Eva Koretsky. Livia est une autre personne.

Il secoua la tête.

— Eva, je sais comment tu t'appelles, soupira-t-il. Mais je sais aussi que tu es elle. Je ne comprends pas, moi non plus. De toute façon, il y a tant de choses que je ne comprends pas.

— Comme quoi ?

— Cette fièvre.

— Que sais-tu sur la fièvre ?

Il regarda par la fenêtre, les sourcils froncés.

— Il doit y avoir un lien, marmonna-t-il. Mais lequel ?

— Sais-tu quelque chose sur ma maladie ?

— Uniquement sur la mienne.

— Tu as eu de la fièvre ?

Il hocha la tête.

— Comme la mienne ?

— Je ne sais pas. Je ne pense pas.

— Merde, Seth ! Dis-moi ce que tu sais ! Je t'en prie. Et je te dirai ce que moi, je sais. Ensemble nous trouverons la solution et je pourrai aller mieux, comme toi.

Son visage afficha alors une telle douleur qu'une grosse boule se forma au fond de ma gorge. Je déglutis avec force.

— Quoi ? Quel est le problème ?

— Eva... Je...

La porte s'ouvrit soudain en grand et une infirmière entra derrière un chariot rempli d'instruments.

— Je vous prierai de ne pas fermer la porte, ordonna-t-elle à Seth. Maintenant, si cela ne vous gêne pas (elle pencha la tête vers la sortie), j'aimerais vérifier l'état de la patiente.

Seth me lâcha la main et se leva à regret. Je paniquai.

— Je veux qu'il reste !

L'infirmière fit un signe de tête désapprobateur.

— Il peut attendre quelques minutes à l'extérieur que j'aie fini.

Seth lui décocha un de ses sourires fabuleux avant de sortir. Son absence me glaça immédiatement.

— Seth ! l'appelai-je, la voix rauque.

Il passa la tête par la porte.

— Je ne suis pas loin.

L'infirmière prit tout son temps et quand elle poussa enfin son chariot dans le couloir, Seth me rejoignit. J'étais trop fatiguée pour le questionner. Je parvins à peine à lui sourire. Quand il me sourit à son tour, sa beauté abaissa mes barrières et ma main lui toucha le visage. Quand mes doigts effleurèrent sa peau, je fus sidérée. Une image soudaine de lui jaillit dans mon esprit… un autre Seth, allongé sur un lit, de l'eau luisant sur ses yeux fermés.

J'eus beau chasser cette image hypnotique, elle devint plus solide, emplit ma vision, effaça la chambre d'hôpital, l'expression angoissée de Seth, la lumière.

Non… Il ne fallait pas… Je voulais rester ici. J'avais besoin de ce garçon, assis sur une chaise à côté de moi. J'avais tellement de questions à lui poser. Mais je n'avais plus l'énergie de me battre. La panique enfla en moi. Je respirai avec difficulté. Mes poumons ne se remplissaient plus.

— À l'aide, m'étouffai-je.

Mais je n'entendais plus ma voix. Je n'entendais plus rien, ne voyais plus rien…

Responsabilité

Londres, 2013 apr. J.-C.

Seth appuya sur la sonnette d'alarme puis sortit de la chambre en courant comme un fou dans le couloir pour trouver un médecin. Quelques secondes plus tard, une équipe arriva avec des palettes de défibrillation qu'ils plaquèrent sur la poitrine d'Eva. Impuissant, Seth les observa depuis le seuil de la porte tandis qu'ils tentaient de lui sauver la vie. À nouveau, il se persuada d'être à l'origine de son malaise.

Une fois convaincu que son état s'était stabilisé et qu'elle dormait, il quitta l'hôpital. Il avait besoin de réfléchir. Près d'elle, il ne parvenait ni à se concentrer ni à distinguer ce qu'il voulait de ce qui était bien.

La marche l'aida à réfléchir. Il souhaitait être avec elle. Plus que tout au monde. Mais il était à peu près sûr d'être à l'origine de ses problèmes de santé. Il ne comprenait pas le pouvoir du courant qu'ils partageaient. Lui aussi sentait cette énergie puissante qui circulait entre eux quand ils se touchaient. Pour lui, ce n'était qu'une délicieuse chaleur. Comme à Londinium… Cela n'avait rien à voir avec le choc sidérant qu'elle ressentait. Elle et elle seule. Ruby ne s'effondrait pas quand elle le touchait. Ni Astrid. Ni Sophie ou Harry.

Peut-être Astrid avait-elle raison ? La maladie avait rendu Eva très vulnérable. Quand elle irait mieux, il pourrait à nouveau la toucher tant qu'il voudrait. Aujourd'hui enfin, il sentait que leur lien ressurgissait. Il l'avait lu dans ses yeux. Elle se souvenait.

Mais le prix serait-il trop élevé ?

Et si elle avait effectué une espèce de voyage dans le temps – la seule explication possible –, il n'avait pas été de tout repos. Bien que sa présence dans ce Londres de 2013 demeurât inexplicable, n'était-ce pas une curieuse coïncidence ? Sinon, pourquoi seraient-ils apparus tous les deux à la même époque, au même endroit ?

Il devait retourner lui parler.

Seth fit demi-tour et se mit à courir. Mais il était tellement préoccupé qu'il traversa l'artère au moment où passait un fourgon de livraison. Le coup de klaxon et le hurlement des freins le ramenèrent dans le présent. Il bondit dans une direction, et par chance, le chauffeur braqua dans l'autre, le ratant de très peu. Le type l'insulta par la vitre et continua sa route. Sur le trottoir, Seth était stupéfait. Quel effet cela ferait-il de mourir une seconde fois ? Son histoire s'arrêterait-elle là ou retournerait-il à Parallon ?

À cet instant précis, il sut qu'il ne voulait pas mourir. Et encore moins finir à Parallon. Il voulait demeurer ici auprès d'Eva, dans ce monde froid, bruyant, dur et sans compromis.

Ses pensées le ramenèrent aussi à Matthias et son royaume des morts qui croissait. Il songea au motard, la première victime accidentelle de Matt. Puis à la fille du café, Elena. Emportée à Parallon par une voie différente, tuée sans violence, tuée avec amour…

La bouche de Seth s'assécha quand l'implication choquante et irréfutable lui sauta au visage : comment rester avec elle ? Le message de Matthias s'avérait clair : leur amour était condamné. S'il l'embrassait simplement, l'aimait comme il le désirait, il la tuerait. Comme Matthias avait tué Elena.

Obscurité

Je me dépêche… le long de rues sombres et inconnues. Je vois… un temple qui luit devant moi. Je sens un frôlement amical à côté de moi, un pas lourd et dangereux derrière moi. Je dois rester calme mais mon cœur bat à un rythme infernal… Je ne devrais pas faire ça. Je ne devrais pas être là. Il existe une centaine d'options plus sûres. Pourquoi risquer nos deux vies ainsi ? Et pourtant, je sais. Il est ma raison d'être et il m'attend. Il sera là, sous notre chêne… J'avance au travers des ombres fraîches du temple… vite, vers une petite entrée latérale qui donne sur une antichambre étroite et obscure. Devant moi, par la petite ouverture, j'aperçois le pré vert… je cours, je cours… Il est là, adossé contre l'arbre, son manteau serré contre lui. Il a senti ma présence… il lève les yeux… ses yeux magnifiques. Quand j'essaie de l'appeler, une main me couvre la bouche… je ne peux plus bouger… je ne peux pas crier…

J'ouvris les yeux… et une lumière blanche chassa les ombres.

— Eva ?

Je posai une main tremblante sur mon visage et soulevai… un masque à oxygène. Rien qu'un masque à oxygène. J'étais de retour à l'hôpital ; une infirmière ajusta le matériel sur ma bouche.

— Tout va bien maintenant, ma puce, me rassura-t-elle. Tu es en sécurité ici.

J'écartai le masque pour parler et prononçai un seul mot :

— Seth.

— Ton joli petit ami attend dans le couloir. Si tu me promets de ne pas t'agiter, il peut entrer quelques minutes.

Je fermai les yeux, soulagée. Quelques secondes plus tard, je haletai quand un courant chaud me traversa la main. Souriante, j'ouvris les yeux, sachant que le visage que j'avais envie de voir se trouverait là.

Il avait une tête affreuse, les traits marqués par l'épuisement.

— Seth ?

Ma voix me sembla bizarre. Merde, le masque. Je l'arrachai d'un geste brusque.

— Seth ? Que se passe-t-il ?

Son apparence ressuscita la peur de mon rêve. Était-ce lui dans le pré, en train de m'attendre ? Quelles drogues me donnaient-ils ?

Seth se pencha vers moi et remit le masque en place.

— Il faut que tu le gardes encore un peu. Et… euh… Ta mère est arrivée. Elle prend un café en bas pour l'instant, mais elle va revenir dans une minute. Es-tu d'attaque pour une visite ?

Je fermai les yeux. Non, absolument pas. Mais elle s'inquiéterait. Alors je fis oui de la tête. Seth me caressa la joue, traçant une lueur chaude sur ma peau. Puis il s'éclipsa.

Je m'appliquai si bien à convaincre ma mère que tout allait pour le mieux qu'elle sembla heureuse de pouvoir repartir en train à York le soir même. Je me sentais tellement fatiguée que je m'endormis et ratai son départ. Quand je rouvris les yeux, la lumière du jour se déversait dans ma chambre et quelqu'un cognait des assiettes sur un chariot.

— Bonjour, ma puce ! chantonna une infirmière souriante au visage rond tandis qu'elle poussait le plateau roulant vers moi.

Je clignai des yeux pour m'éclaircir les idées. L'infirmière appuya sur un bouton et, soudain, mes oreillers se soulevèrent sous moi. Très vite je fus assise. Cool ! Je portai prudemment la main à la bouche. Super ! Plus de masque à oxygène. Je souris. Je me sentais beaucoup mieux. J'avais faim.

L'infirmière souleva le couvercle et révéla quelque chose qui ressemblait à une omelette, accompagnée d'une feuille de laitue flétrie et d'un quartier de tomate pâteux.

Tentée par la tasse de café qui fumait à côté, je tendis le bras et m'aperçus qu'un tube était attaché à ma main. L'infirmière poussa gentiment le café vers mon autre main.

— Tu penses pouvoir manger les œufs ? me demanda-t-elle en les regardant dubitativement.

Je hochai la tête sans enthousiasme et, avant qu'elle sorte, je lui lançai :

— Cela signifie que je suis assez en forme pour sortir ?

Elle gloussa sur le seuil de la chambre.

— Le Dr Falana passera un peu plus tard. C'est à lui de décider, pas à moi !

Cette conversation me donnait une forte impression de déjà-vu, une expérience que je n'appréciais pas franchement. J'avais hâte de partir et je me demandais s'il était difficile d'arracher une canule de sa main quand la porte s'ouvrit en grand.

— Seth ! Tu n'es pas en cours ?

— Je ne leur manquerai pas, m'assura-t-il avec un clin d'œil.

— Tu es venu m'aider à me barrer ?

— Te barrer ?

— M'évader d'ici !

— Bien sûr que non. Je t'apporte des cadeaux…

Il ouvrit un sac qu'il cachait dans son dos et me tendit un croissant chaud aux amandes ainsi qu'une pomme rouge et brillante.

— Seth ! Comment as-tu deviné ? J'adore les amandes ! m'exclamai-je en humant le délicieux parfum qui s'échappait du sac.

Là, je surpris son expression.

— Tu n'as pas deviné. Tu le savais déjà…

Il hocha la tête, les yeux rivés sur le sac.

— Dis-moi ce que tu sais d'autre.

Il soupira, s'avachit sur une chaise et me dévisagea avec intensité.

— Je sais… que tu aimes le bruit de la pluie la nuit. Quand tu chantes, tu peux remettre un homme sur pied… Je sais que tu as cinq petits grains de beauté sur l'épaule et que tu te mords la lèvre quand tu réfléchis. Je sais que tu es aussi courageuse qu'un guerrier et pourtant tu as peur de demander le moindre service… Je sais que tu as une petite cicatrice derrière le genou et un regard extrêmement dangereux.

— Un regard dangereux ?

— Il a failli me tuer autrefois…

— C'est ça ! me moquai-je.

Mais Seth ne riait pas.

— Je sais que tu parles latin presque aussi bien qu'un Romain et certainement mieux qu'un Grec… Et tu ignores à quel point tu es belle. Maintenant mange ton croissant avant qu'il ne refroidisse.

Pendant une seconde, j'essayai d'absorber sa déclaration. Quand je m'aperçus que je me mordais la lèvre inconsciemment, je roulai des yeux et souris. Puis je coupai le croissant en deux et lui tendis une moitié. Tandis que nous mangions, j'en profitai pour l'observer. Il refusa de croiser mon regard, pour fixer un point au loin par la fenêtre.

Après avoir poussé les miettes dans le sac en papier, je le froissai et lançai la boule dans la poubelle. Raté. Il sourit, tenta sa chance et marqua un superbe panier.

— Seth ? Où nous sommes-nous rencontrés ?

Il pencha la tête sur le côté, me regarda droit dans les yeux et répondit :

— Londinium. 152 après Jésus-Christ. Dans l'arène.

J'éclatai de rire mais l'expression de son visage bloqua le son au fond de ma gorge.

Je le scrutai. À quoi jouait-il ? Ce n'était plus drôle du tout. Des larmes de colère me piquèrent les paupières et je me mâchai furieusement la lèvre pour les empêcher de couler. Dire que je commençais à croire qu'il m'aimait un peu. Voilà qu'il se moquait de moi, se servait de ma confusion. Quelle blague stupide de garçon ! Pourquoi avais-je baissé ma garde ? Comment avais-je pu le laisser me piéger ? Sans le savoir, j'avais serré les poings. Le truc idiot à faire quand on a une canule plantée dans une main.

— Aïe, marmonnai-je lorsque le sang coula sous le sparadrap.

Seth poussa un profond soupir, couvrit ma main blessée avec la sienne. Aussitôt, la plus étrange des images surgit dans mon esprit : Seth, à moitié nu, en sang, accroupi sur du sable ; un géant debout au-dessus de lui…

— Protix…, murmurai-je.

Je me redressai aussitôt dans mon lit. Ce nom était apparu de nulle part.

Puis la vision s'estompa et je revins dans la chambre d'hôpital. Seulement, Seth me dévisageait avec de gros yeux ronds.

— Tu te souviens !

Je m'allongeai sur les oreillers et fermai les yeux. Que se passait-il ? Seth me caressa le visage et chuchota :

— Tu étais venue assister à mon combat…

Me voilà assise sur un coussin violet en soie, perchée sur des marches en pierre face à un cercle de sable immense. Entourée d'une foule impressionnante et bruyante.

— Une datte, Livia ?

La femme à côté de moi me présente un panier rempli de fruits.

— Merci, Tavinia, m'entends-je répondre.

Je prends une datte. Le bracelet en or à mon poignet brille au soleil. Très joli. Je lève les yeux et examine l'arène ensablée devant nous. Je regarde mes pieds, me demandant si je n'ai pas commis là une terrible erreur. Mes mains impuissantes sont posées sur ma longue robe blanche. Je fais courir mes doigts sur le tissu… doux, beau, bordé d'un fil d'or.

La musique démarre et la foule applaudit. Mon estomac se noue. Les portes en bois s'ouvrent et jaillissent… tous les gladiateurs. Seth est le cinquième. Dieu qu'il est beau. Tavinia avale de l'air à côté de moi et je lui jette un coup d'œil. Oui, c'est Seth qu'elle contemple elle aussi. Comme les femmes autour de moi qui murmurent son nom avec excitation. Je me sens perdue, insignifiante dans cet océan de femmes qui se languissent du même homme.

Il s'en moque glorieusement. Presque nu, il ne porte qu'une demi-tunique en cuir et une lanière sur l'épaule. Il marche dans l'arène tel un prince, les muscles bandés, la tête haute, le torse large. Je ne peux le quitter des yeux. Les gladiateurs s'arrêtent pour saluer le gouverneur Gnaeus Papirius Aelianus puis, un par un, ils s'adressent à la foule. Certains agitent la main, d'autres rugissent. Seth se contente de se toucher le front, en nous voyant à peine. Les femmes hystériques hurlent autour de moi. Elles ne sont venues que pour lui. Je me mords la lèvre avec nervosité. La musique s'arrête soudain. On entend un grand fracas et le combat commence. Ils se séparent en quatre paires et je constate avec horreur que Seth va affronter un énorme monstre armé. J'hésite à regarder.

— Protix est un démon, me souffle Tavinia. Il n'a pas perdu le moindre combat mais il n'a jamais eu affaire à Sethos Leontis. Une autre datte, ma chérie ?

Comment peut-elle manger ? Je me mords la lèvre si fort que j'ai le goût du sang dans la bouche. C'est ma première fois dans l'arène, et le plaisir que tout le monde semble prendre autour de moi m'écœure. Quel horrible divertissement. Tandis que Seth danse autour de Protix, je jette un coup d'œil aux autres combats qui paraissent plus équilibrés : des gladiateurs de taille équivalente se battent avec des armures et des armes équivalentes. Seth n'en est que plus vulnérable quand mes yeux se posent à nouveau sur lui. Il a l'air infatigable. Il s'accroupit et saute sans effort apparent, même si la transpiration qui luit sur ses épaules et son torse musclés montre le contraire. Protix devient fou, bat l'air de sa lame au hasard. Seth continue de l'observer, comme avant. On dirait qu'il possède l'incroyable capacité de prédire chaque geste du géant : il se penche une seconde avant le prochain coup de son épée, plonge un instant avant que Protix n'allonge le bras. Enfin Seth lance son filet et capture le géant. Je suis tellement soulagée que je porte la main à la bouche et, à ce moment précis, Seth se désintéresse du gladiateur qui se débat pour me regarder. Pendant une infime seconde, il n'y a plus que lui et moi. Protix en profite alors pour dégager un bras, lever son épée et la plonger dans l'épaule de Seth. Je hurle à pleins poumons…

Le hurlement me ramena à Londres. Je tremblais dans les bras de Seth.

— Qu'as-tu vu ? me demanda-t-il en me caressant la joue. Tout va bien. Tu es en sécurité ici.

Les paroles de Seth m'apaisèrent et la chaleur de ses bras chassa peu à peu ma peur. Cependant, il fallait que je comprenne ce que j'avais vu. Je laissai courir mes mains sur son T-shirt blanc, de son torse à son épaule. Je sentis la boursouflure incontestable de la cicatrice.

— Tu vois. Elle est guérie.

La joie que je ressentis me submergea tant que je n'eus qu'une envie : l'embrasser. Mais au lieu de poser ses lèvres sur les miennes, il se raidit et détourna la tête.

— Seth ?

Il desserra son étreinte et s'approcha de la porte.

— Eva, je ne peux pas… Nous ne pouvons pas…, grogna-t-il avant de s'enfuir.

Qu'avais-je fait ? Comment pouvait-il me quitter maintenant, dans cet endroit de dingues à mi-chemin entre deux vies ? Un endroit insensé où il m'avait emmenée.

— Seth ! appelai-je dans l'espoir qu'il était toujours dans le couloir.

Le silence me répondit.

Je me sentis totalement abandonnée. Et rejetée. Oui, le rejet, ça me connaissait. Mais... mais ce que je commençais à éprouver pour Seth...

Idiote ! Idiote ! Idiote ! Jamais je n'apprendrais ? Pourquoi l'avais-je laissé s'approcher de moi ? Et comment avais-je pu lui permettre de me prendre la main, de m'entraîner dans ses bizarreries puis de me planter ? Ma lèvre tremblait. De grosses larmes tombaient de mes joues. Envahie par la colère, je les chassai de ma main libre et regardai le sang séché sur l'autre.

Je devais absolument partir d'ici. J'avais l'impression d'être un prisonnier enchaîné, attaché à des tubes, incapable de remuer. J'examinai la pièce. Où étaient mes vêtements ? Je ne pouvais pas me faire la belle dans cette stupide tenue d'hôpital ! Les larmes inondaient mon visage à présent. Je me sentais dépassée par l'énormité de ce que Seth avait ouvert en moi... et par ce sentiment d'inadéquation à l'idée de l'affronter seule.

Qui étais-je ? Comment avais-je vécu cette autre vie, en tant que Livia ?

Je ne croyais pas du tout en la réincarnation. Les charlatans se servaient de ces imbécillités sur les vies antérieures pour tromper les masses crédules – une simple imposture pour convaincre les gens qu'ils n'avaient pas besoin d'affronter leur pire peur : la mort.

Avais-je donc peur de la mort ?

Oui. Elle me hantait. Depuis mon expérience de mort imminente, je ne rêvais pas d'autre chose.

J'attrapai un mouchoir sur la table à côté de mon lit. Tandis que je me tamponnais les yeux, je pris une profonde inspiration et décidai que ce pathétique apitoiement sur moi-même devait cesser. Je refusais d'être une victime. J'étais coriace. J'avais géré assez d'épreuves dans ma vie pour surmonter celle-ci. Et j'étais déterminée à comprendre ce qu'il se passait.

Primo, je devais me procurer un ordinateur.

Je regardai la canule sur ma main. Elle me faisait mal. Un peu de sang s'en écoulait. Serait-ce grave si je l'arrachais ? Je n'étais reliée à rien d'autre. Les moniteurs cardiaques avaient été débranchés… Dès que je serais débarrassée de cette canule, je pourrais donc me lever et partir.

Je décollais le sparadrap détrempé quand… c'était bien ma chance… le Dr Falana entra.

— Eva ? Que fais-tu ?

— Euh… Je crois qu'elle s'est défaite. Ça me fait un peu mal…

Il plissa les yeux et s'approcha.

— Exact. Il faut la changer, conclut-il en tirant sur le scotch. Eva ! Qu'avais-tu derrière la tête ?

Je baissai les yeux. La peau était gonflée et meurtrie. Pas belle à voir.

— Hum… On ne peut pas la remettre ici, remarqua-t-il tout en ôtant avec soin la canule.

Il me nettoya la main et couvrit la peau abîmée avec un grand pansement blanc.

— Euh… Docteur Falana ? C'est inutile de la remettre, non ? Je… euh… je pense que je vais mieux. Je suis prête à partir.

Il s'assit au bord du lit et me fixa longuement. OK. Je n'étais peut-être pas à mon avantage à cet instant précis. Je me dépêchai de m'essuyer le visage, à la recherche de larmes égarées. Puis je l'observai de l'expression la plus saine et la plus guillerette que je pouvais produire.

— Eh bien…, commença-t-il tout en attrapant mon diagramme. La pression artérielle est bonne. Le rythme cardiaque s'est stabilisé. Mais…

— Je vous en prie, le suppliai-je. Je vais devenir folle si je passe un jour de plus ici.

Comme je n'avais pu déguiser le hoquet pitoyable dans ma voix, il me décocha un regard pensif.

— Et j'ai un tas de trucs à faire…, ajoutai-je sur un ton que je voulais plus énergique.

— C'est exactement ce qui m'inquiète, Eva. Si je t'autorise à sortir, tu dois me promettre de prendre soin de toi. Tu n'as qu'un corps. Tu n'as qu'une vie. Ne la gâche pas.

Trop tard, docteur Falana.

— Je suis… libre ?

Il soupira, se leva.

— J'appelle Rose Marley. Mais je te lâche à une seule condition : elle doit me promettre qu'elle s'occupera de toi.

— Je ne suis plus une enfant, vous savez, remarquai-je telle une vraie gamine.

À ces mots, il éclata de rire et quitta la chambre.

Discorde

Londres, 2013 apr. J.-C.

Dès que le Dr Falana fut sorti, je rampai hors du lit. Waouh ! Gros vertige. J'avais oublié cet épisode-là. Je me rassis en maudissant ce corps inutile. Quand le malaise se fut enfin dissipé, je me relevai et parvins à me traîner jusqu'au placard dans le coin de la chambre. J'ouvris la porte.

Mes vêtements s'y trouvaient ! Dieu merci. Je les décrochai et les ramenai sur mon lit. Mais avant de m'habiller, j'avais besoin d'un peu de repos. Je posai la tête sur l'oreiller et fermai les yeux quelques instants.

Quand je les rouvris, Seth était debout à côté de moi. Il s'assit.

— Salut !

Je préférai ne pas répondre.

— Eva, chuchota-t-il avant de regarder ses mains. Je suis… désolé. Je ne voulais pas… c'est juste que je ne peux pas… que nous ne pouvons pas… Je ne te mérite pas.

Je le fixai et déglutis en même temps.

C'était moi qui rembarrais les gens, rarement le contraire. Je reconnus donc le vocabulaire et ne fus pas surprise, mais plutôt engourdie, annihilée, malade… Après tout, les autres filles avaient plus de droits sur lui que moi. Ma petite vision la plus récente m'avait appris que toutes voulaient un morceau de Seth. Il ne m'appartenait pas.

— Je sais.

Il tendit sa main vers la mienne mais je la retirai.

— Eva…, grommela-t-il.

Je pinçai la bouche et tournai la tête. Il n'allait pas me duper à nouveau.

— Seth, il faut que je m'habille. Tu veux bien…

Immobile, il continua de me fixer.

— J'aimerais que tu sortes, complétai-je sans croiser son regard.

— Eva… ?

— Maintenant.

Il fit racler sa chaise sur le sol puis quitta lentement la chambre. Quand je fus sûre qu'il était parti, je titubai jusqu'à la porte et la refermai. Il me fallut un temps incroyable pour enfiler mes vêtements parce que je ne cessais de voir flou. Je venais de lacer mes baskets quand Rose Marley apparut.

— On prend les mêmes et on recommence ! plaisantai-je à moitié.

Sur la piste

Sainte-Magdalen, 2013 apr. J.-C.

Même si cela faisait du bien de sortir de l'hôpital, d'être rassurée par la présence calme et efficace de Rose Marley, je peinais à me réhabituer. J'étais sur les nerfs, agacée par un rien. J'avais prévenu Rose que je ne voulais pas voir Seth et, bien qu'elle fronçât les sourcils et agît comme si je commettais une très grosse erreur, elle ne discuta pas. Je faillis céder à une occasion, quand je l'entendis dans le couloir. Je ne pouvais pas me permettre de le laisser entrer.

Au bout de deux semaines, je repris les cours, uniquement le matin. Ruby n'en crut pas sa chance quand elle remarqua la distance entre Seth et moi. Je ne supportais pas d'être près de lui et l'évitais autant que possible. Je refusais qu'on mentionne son prénom en ma présence, si bien que les conversations devenaient difficiles, car tout le monde s'intéressait à lui. Je ne daignai pas donner une explication à Astrid, Sophie ou Rose Marley.

À midi, je prenais mon repas à l'infirmerie avec Rose – qui surveillait tout ce que j'avalais. Après le déjeuner, j'étais censée me reposer dans ma chambre. Ce que je fis (un peu) en même temps que mes recherches.

Ma convalescence changea ma notion du temps. Pour être honnête, ne sachant pas combien de temps il me restait, je ne pouvais pas me permettre de le gaspiller à dormir. Bien qu'en manque d'énergie, rester assise derrière un ordinateur portable me fatiguait moins que disons… prendre une douche. Par conséquent, mes recherches représentaient l'occupation parfaite.

J'avais besoin de quelques clarifications sur mes résultats sanguins « anormaux » – ceux que le Dr Falana avait jetés à la poubelle. Attention, il n'avait pas dit « effacés ». Ce qui me donnait une lueur d'espoir. Tout le monde laissait malgré lui une trace électronique, n'est-ce pas ? Je misai tout là-dessus.

Primo, je devais pénétrer dans l'Intranet de l'hôpital. J'y avais réfléchi pendant la visite des étudiants et, à partir de là, j'avais mémorisé les noms sur les badges – médecin, interne, infirmière… quiconque pouvant se rendre sur le site. Au final, je décidai que le Dr Falana en personne était ma meilleure option, car il aurait accès à toutes les données dont j'aurais besoin. Cela m'obligea à effectuer quelques recherches sur lui, ce qui fut facile. Il avait un compte sur Twitter et une page Facebook. J'appris vite son nom complet (Danso Jojo Falana), sa date et son lieu de naissance (Accra, le 12 novembre 1968), son groupe de rock préféré (Nirvana), le prénom de sa femme (Mélanie). Il avait deux enfants, Sissi (née le 2 mars 1999) et Kurt (né le 17 mai 2003).

Les gens ne cherchaient pas bien loin leurs codes d'accès et leurs mots de passe : un deuxième prénom, une date de naissance… En fait, le Dr Falana était un peu plus imaginatif que la moyenne. Son mot de passe était *Aneurysum*, ce que je trouvais assez spirituel, à la fois une chanson de Nirvana et une condition médicale (anévrisme). Dès que j'eus son mot de passe, son code coula de source : 5494 (la date de la mort de Kurt Cobain).

Une fois à l'intérieur, j'accédai aux dossiers des patients – au mien du moins…

En gros, il répétait ce que je savais déjà… J'avais été admise avec de la fièvre ; mon état s'était rapidement détérioré pendant quatre heures, mon électroencéphalogramme avait été plat, puis je m'étais remise. Par contre, je ne trouvai aucun résultat de tests sanguins pendant ces quatre heures cruciales, juste douze tests effectués par la suite, profondément inintéressants, vu que tous les taux tombaient dans la moyenne.

À ce moment-là, je décidai de contacter directement l'unité d'hématologie et de trouver le technicien en charge du travail de laboratoire. Il me fallut deux jours supplémentaires pour entrer dans l'unité car Rose Marley me rendait visite à l'improviste, sous un prétexte ou un autre, si bien que je ne cessais de me déconnecter.

Un soir, alors qu'on l'avait appelée dans un des internats pour un cas suspect d'appendicite, je disposai d'un peu plus de temps. Dès que je me fus introduite dans la base de données du service hématologique, je m'aperçus que tous les résultats avaient deux initiales pour référence, suivies du nom du patient et du numéro de l'hôpital et enfin du nom du médecin consultant. J'espérai très fort que les initiales correspondaient à celles du technicien responsable des données. Pour tester ma théorie, je croisai les initiales et la banque de données des ressources humaines du personnel hospitalier.

Ma théorie se révélait la bonne. Le nom des techniciens de laboratoire correspondait à toutes les initiales trouvées. Sauf une paire.

À l'époque de ma première admission, il y avait des milliers de résultats enregistrés par A. N. Et ces initiales dataient d'une douzaine d'années. Mais deux jours après mon arrivée, A. N. avait disparu. Humm. Coïncidence ? Congé sabbatique ? Ou A. N. était-il responsable des résultats sanguins anormaux ? Sa disparition était-elle la conséquence d'une refonte du laboratoire ?

Les yeux rivés sur l'écran, essayant de classer mes questions par ordre d'importance, j'entendis soudain du bruit derrière moi.

— Eva ? Qu'est-ce que tu fabriques ?

Dans un sursaut, je changeai de page. Rose Marley s'était faufilée dans mon dos, aussi discrète qu'une chatte.

— Tu es censée te reposer, Eva et non travailler !

— Mais…

— Pas de mais ! J'ai promis au Dr Falana. Alors ne discute pas ou je reprends ton portable.

Je grinçai des dents, tiraillée entre une profonde frustration et une panique totale. Je ne pouvais vivre sans mon ordinateur. Alors je l'éteignis et, à contrecœur, je la laissai me traîner jusqu'au lit. Elle tira les rideaux puis ferma la porte.

Tandis que je ruminais dans mon lit, je décidai que je n'avais pas le choix : je devrais régler mon réveil et effectuer mes recherches la nuit. Ce serait moins risqué… Rose dormirait et ne rôderait sûrement pas. Même si l'hôpital demeurait ouvert sept jours sur sept, vingt-quatre heures sur vingt-quatre, je priai pour que peu d'utilisateurs légitimes visitent la base de données à ce moment-là. Il y avait davantage de risques à pirater un système fréquenté : des utilisateurs observateurs auraient tôt fait de remarquer un visiteur non autorisé.

Ainsi à trois heures le lendemain matin, le regard trouble, j'allumai mon ordi et me frayai un chemin à travers les pare-feu afin d'entrer dans la base de données de l'hôpital. Je parcourus les ressources humaines et trouvai quatre personnes aux initiales A. N. : Anouchka Nepali, infirmière du service pédiatrique ; Ashanti Nokumbu, neurologue consultant ; Arleen Nateman, préparatrice en pharmacie ; et Arthur Newland, technicien de laboratoire en dermatologie.

Naturellement, je fondis sur Arthur Newland qui faisait le bon travail mais au mauvais endroit. Je voulais savoir depuis combien de temps il travaillait au service de dermatologie.

Saletés de bases différentes. Avec des mots de passe, des codes d'accès différents… Enfin, à cinq heures du matin, j'étais dedans. À cinq heures et demie, j'avais mes informations. Arthur Newland avait cessé de travailler en hématologie deux jours après mon admission pour intégrer l'équipe de dermatologie le lendemain.

Bingo.

J'envisageai de lui envoyer un e-mail mais je ne pouvais pas me permettre de laisser la moindre trace : les sites sécurisés comme celui-ci avaient trop de systèmes de sauvegarde. Je décidai de lui téléphoner.

Je regardai l'heure à ma montre : 5 h 35. Peu probable que je l'attrape dans son laboratoire la nuit. Je bâillai en regrettant de ne pas avoir sa chance. Comme j'avais accompli mon maximum, j'éteignis mon PC, la lumière et je fermai les yeux avec reconnaissance.

SANG

Sainte-Magdalen, 2013 apr. J.-C.

Le lendemain, j'étais trop fatiguée pour réfléchir. Tel un zombie, j'assistai à mes cours du matin et retournai d'un pas vacillant à l'infirmerie à l'heure du déjeuner. Rose n'eut pas besoin de m'envoyer au lit cet après-midi-là. Je m'y rendis sans broncher.

Je me réveillai plusieurs heures plus tard en hurlant. Hors d'haleine, désorientée, j'ouvris les yeux et découvris Rose Marley à côté de moi, en robe de chambre. Tandis que je reprenais mon souffle, elle s'assit au bord de mon lit et me tendit un verre d'eau que je bus goulûment.

— Eva, me chuchota-t-elle. Que s'est-il passé entre toi et Seth ?

Je clignai des yeux, comprenant soudain pourquoi elle me posait cette question. J'avais crié son prénom. J'essayai aussitôt de me rappeler mon rêve. Il était si sombre, si effrayant et Seth s'y trouvait.

Je haussai les épaules. Que lui dire ? Je ne le savais même pas moi-même. Des larmes pitoyables se faufilèrent entre mes cils, glissèrent sur mes joues. Je les écrasai avec colère.

Je croyais avoir fait du bon travail en fermant la porte à Seth et voilà qu'elle était à nouveau grande ouverte et qu'il entrait en trombe dans ma vie.

Rose m'étreignit et me confia :

— Pour ce que cela vaut, Eva, je pense qu'il s'inquiète beaucoup pour toi.

Furieuse, je secouai la tête.

— Si vous saviez à quel point vous vous trompez, Rose !

Je préférais ne pas en dire plus de peur que ma voix ne déraille. Mais encore une fois ce terrible sentiment de rejet me transperça la poitrine quand je revécus l'instant où il s'éloigna de moi alors que je l'embrassais.

Rose poussa un profond soupir et se leva.

— Eva, je t'ai apporté ton dîner tout à l'heure, mais tu dormais à poings fermés. Tu dois mourir de faim.

Bien au contraire.

Elle approcha pourtant le plateau et le posa devant moi.

— Ça te dirait, un chocolat chaud ?

Je secouai la tête et tentai un sourire.

— Je vais bien, merci, Rose. Maintenant, retournez vous coucher. Je suis vraiment désolée de vous avoir réveillée.

Elle me tapota l'épaule et repartit chez elle.

Je pris un samossa aux légumes, finis mon verre d'eau et posai le plateau par terre. Comme je n'avais plus sommeil, j'allumai l'ordinateur. Je n'avais ni l'énergie ni la concentration nécessaire pour le moindre travail scolaire ; quant à mes recherches sur les tests sanguins, j'étais face à un mur jusqu'à ce que je puisse passer mon coup de fil. Avant de savoir ce que j'allais faire, mes doigts tapèrent par hasard *Seth Leontis* dans la fenêtre de recherche.

Aucun résultat direct.

Je tapai *Sethos Leontis gladiateur.*

Oh… mon… Dieu ! Un résultat… Sur le site de la British Library[1] : une petite photographie d'une gravure romaine au-dessus d'une courte légende : *Cette gravure en relief (152 apr. J.-C.) sur ardoise a été découverte à Newgate Street. Elle dépeint le célèbre gladiateur Sethos Leontis, l'un des* retiarii *les plus admirés de l'époque. Il avait déjà remporté neuf couronnes à l'âge de dix-huit ans – un exploit sans pareil. Le rétiaire était un gladiateur qui se battait uniquement avec un trident et un filet, d'où cette réussite surprenante, car ces combattants ne portaient pas d'armure.*

1. Bibliothèque nationale du Royaume-Uni située à Londres. (*N.d.T.*)

Je fixai les mots pendant un très long moment, revivant le combat dont j'avais été témoin. L'affrontement avait été si brutal et pourtant… difficile d'y résister. Je m'étais promis de l'exclure de ma vie et voilà qu'il me manquait. Quelle idiote !

J'effaçai le lien, éteignis l'ordinateur, puis la lumière.

Mauvaise idée. Dès que je fermai les yeux, son visage se fraya un chemin sous mes paupières. Pas de façon effrayante et hallucinée du genre : « J'étais là-bas dans l'arène », mais à la manière d'une fille ayant une toquade stupide et obsédante. Pourquoi mon destin voulait-il que je sois liée au seul garçon qui ne s'intéressait pas à moi comme je l'aurais voulu ?

Je tirai les couvertures sur moi et m'efforçai de le chasser de mon esprit. Je repensai à Arthur Newland. Avait-il la responsabilité des tests sanguins ce soir-là ? Quel genre d'homme était-ce ? J'avais hâte de lui parler, ce que j'aurais dû faire dans l'après-midi si je n'avais pas dormi à la place. Eh ! Je raterais la prochaine occasion si je ne dormais pas immédiatement. Finalement, je trouvai la paix en récitant le tableau périodique des éléments. Je dus tomber de sommeil, parce que je rouvris les yeux au moment où mon réveil sonnait. Il était 7 h 30.

Je m'assis lentement. Ça allait. Je me sentais assez bien, pour tout dire. Je bondis alors hors du lit, pris une douche rapide, déjeunai un peu et me rendis à mon premier cours. Histoire de l'art.

Rob arriva en courant derrière moi et glissa son bras sous le mien.

— Eva ! Comment tu te sens ce matin ?

— Bien, lui répondis-je avec le sourire.

— Quel soulagement. Tu n'as pas idée du souci que tu m'as fait !

Il se tenait devant moi à présent, les yeux dans les yeux. Il glissa une mèche folle de mes cheveux derrière mon oreille.

Waouh ! Bien trop près…

Je reculai vite fait et jetai un coup d'œil gêné à la salle. Soudain, je croisai le regard de Seth Leontis. Il se dépêcha de détourner les yeux, mais j'avais eu le temps de remarquer son air affligé.

Je peinais à respirer. N'importe qui aurait cru que je l'avais laissé tomber. La colère grondait soudain en moi au point de me couper le souffle. Littéralement.

— Eva ! Reste avec nous !

Rob me tenait par les épaules et cherchait désespérément de l'aide autour de nous. Je glissai par terre et plaçai la tête entre mes genoux en attendant de reprendre le contrôle de mes foutus poumons.

Merde ! La matinée avait si bien commencé…

Accroupie là, à travailler sur mon équilibre, je trouvais l'agitation de Rob quelque peu oppressante. J'appuyai donc mes poings sur le sol et je me hissai en position verticale. Pas tant que ça apparemment, vu l'expression inquiète de Rob.

— Eva, je te ramène à l'infirmerie, annonça-t-il en me poussant à travers la cour.

Je voulus m'y opposer mais, honnêtement, j'avais utilisé toutes mes réserves d'énergie lors de ma dernière manœuvre. Je n'avais pas non plus le courage d'affronter Seth. Au bout de quelques minutes, je retrouvai donc le calme paisible de ma chambre bleue.

— Désolée, Rose, soupirai-je quand elle me prit la tension.

— Rien de trop sérieux, me rassura-t-elle. J'aimerais que tu restes ici ce matin. Si tu te sens d'attaque après le déjeuner, tu iras en cours. OK ?

— Merci.

— Bon, je dois aller chercher quelques ordonnances. Je peux te faire confiance en mon absence ?

— Promis, je vais me reposer…

— Le médecin est dans son cabinet. Si tu as besoin de quoi que ce soit, tu peux sonner.

— Pas de problème !

Je venais d'obtenir le créneau parfait que j'attendais.

Dès que Rose eut quitté le bâtiment, je dégainai mon téléphone et appelai l'hôpital. La réceptionniste me demanda quel département je voulais. Quand j'annonçai « Dermatologie », elle m'envoya au secrétariat pour un rendez-vous. Il me fallut des heures pour contourner le système et, au final, je dus prétendre que j'étais la sœur d'Arthur et que j'avais un message urgent pour lui.

Il vint enfin au téléphone. Très méfiant.

— Qui est-ce ? grogna-t-il.

— Arthur ?

Je l'entendis s'éloigner de la pièce animée.

— Allô ? continua-t-il lentement.

— Arthur Newland ?

— Oui, lui-même. Qui êtes-vous ? Certainement pas ma sœur, vu que je n'en ai jamais eu.

— Euh, non… En vérité, vous ne me connaissez pas. Je m'appelle Eva… Eva Koretsky…

J'entendis une soudaine inspiration à l'autre bout du fil.

— Mon Dieu ! Vous… vous allez bien ?

Je me mordis la lèvre. Il savait qui j'étais.

— Euh… En quelque sorte. Écoutez, vous avez manipulé certains résultats sanguins…

Au début, il se montra assez méfiant, mais quand je lui appris que j'avais vu d'étranges lymphocytes T en microbiologie le jour où j'étais tombée malade, il devint surexcité. J'aimais beaucoup ce type. Nous parlions la même langue et oui, il avait copié les données sur son disque dur externe. En plus, il voulait bien me les envoyer par e-mail !

— Dites-moi ce que vous avez vu, lui demandai-je.

— Eh bien, nous avions effectué les tests automatisés de routine. Quand vos résultats sont tombés, ils paraissaient si surprenants que j'ai moi-même vérifié votre sang au microscope.

Je l'entendis déglutir. Il me décrivit ensuite un événement microbiologique étrangement similaire à celui auquel j'avais assisté avec le professeur Ambrose. Qui plus est, il avait pu effectuer quelques recherches supplémentaires.

— J'ai essayé de figer un lymphocyte T, afin d'identifier l'agent pathogène envahisseur. Même si le processus de réfrigération est quasiment instantané, il a été trop lent pour l'attraper. Un agent pathogène qui se multiplie à cette vitesse devrait être mortel. Je me suis dit que l'hôte… euh, désolé… En vérité, je pensais que vous étiez morte. J'étais complètement abasourdi quand, quelques heures plus tard, on m'a présenté plusieurs échantillons de cellules saines. J'en ai conclu que tout le monde avait raison : un agent chimique avait dû compromettre les analyses.

Le téléphone collé à l'oreille, le cœur battant la chamade, je n'en revenais pas. C'était exactement ce que je voulais entendre et pourtant le choc demeurait puissant.

— Eva, il faut que je vous laisse. Je vous envoie les documents, m'annonça-t-il soudain avant de raccrocher.

J'étais tellement obnubilée par les implications de cette conversation que je n'entendis ni la porte s'ouvrir ni le bruit de pas derrière moi, jusqu'au moment où je fus soufflée par la chaleur de ses mains sur mes épaules.

Je me retournai, et toute résolution s'évapora à la vue de son visage. Il avait l'air si malheureux.

— Eva..., s'étrangla Seth.

Il m'attira dans ses bras et nous pleurâmes longuement. Puis il me parla. En latin.

— Te souviens-tu, après mon combat contre Protix ? J'ai été transporté dans ta villa où un médecin s'est occupé de moi, Tychon.

— Le Grec ? murmurai-je.

— Oui. Pendant ma convalescence, tu es restée auprès de moi. Tes chansons résonnaient dans mes rêves, me rappelaient que j'avais un endroit où aller, quelqu'un près de qui retourner. Je suis tombé amoureux de toi à ce moment-là.

Je le revoyais nettement, allongé sur le lit, de l'eau tombant goutte à goutte sur sa peau.

Je me rappelais désormais chaque détail.

— Et je suis tombée amoureuse de toi...

Il serra mes mains.

— J'étais juste un esclave et toi, une jeune fille noble et fiancée.

— Pardon ?

— Tu étais fiancée à Cassius Malchus. Le procurateur.

Quand il prononça ces mots, mon cœur se mit à cogner. Un frisson glacial voyagea dans tout mon corps et soudain je ne pus plus respirer.

— Respire, Livia… Je t'en prie…

— Seth ! Il savait !

Je lâchai Seth et tombai dans l'obscurité… seule une fois de plus.

J'attends. Debout. Je l'attends. Mon amour. Sethos. Le fleuve brille au clair de lune. Me fait signe. Vibia nous a obtenu un passage sur un navire marchand et bientôt, nous serons à bord, l'air marin nous cinglera le visage et nous partirons loin, très loin. Nerveuse, je tapote avec le pied nos petites mélodies afin de me distraire. Je passe en revue notre plan secret en priant que rien n'aille de travers. Ce soir est notre seule et unique chance de nous évader. Demain, Sethos doit quitter la villa de Flavia et Domitus pour retourner en esclavage dans les baraquements gladiatoriaux. Cassius est à Camulodunum pour affaires ; il a emmené une grande partie de sa garnison avec lui. Sabina, ma servante, m'a aidée à droguer les deux gardes qui restaient.

Mais Seth ne vient pas. Que lui est-il arrivé ? Je frissonne, même s'il ne fait pas froid. J'ai tellement peur. Pour lui. Pour moi. L'ont-ils attrapé ? Flavia a-t-elle tout découvert ? Si Cassius apprend notre projet, il fera tuer Seth. Et moi ?

Je scrute l'obscurité. Enfin, je l'entends. Mon cher Seth.

— Livia !

Il court à travers les ombres, sa cape ondulant derrière lui. Il me tend la main.

Je cours vers lui, mais avant que je le touche, il bafouille :

— Nous devons partir d'ici. Je crois qu'ils…

Jamais il ne finira sa phrase, parce qu'ils étaient là. Tapis dans la nuit. Ils m'observaient. Ils attendaient Seth. En embuscade. Je le sais dès que je sens leur poigne de fer sur mon corps. Il n'y a ni fuite ni poursuite. De son côté, Seth est lui aussi maintenu par des gardes. Il pousse un cri de douleur quand ils plaquent son épaule blessée contre un mur. Tandis que nous luttons pour nous libérer, Cassius Malchus s'avance lentement jusqu'à moi, la bouche tordue par un sourire menaçant.

— Honnêtement, tu ne pensais pas t'échapper, mon amour ? siffle-t-il en plaçant sa main dégoûtante sous mon menton et le soulevant pour que je le regarde. Ta naïveté m'étonne. Ignores-tu que Londinium m'appartient ? Personne ne me défie. J'ai acheté tout le monde. Aucun ami, aucun allié n'oserait te seconder et affronter mon courroux. Jeune idiote ! Même ton père…

— Ce n'est pas mon père !

Cassius plisse les yeux de manière dangereuse. Il déteste qu'on l'interrompe.

— Même ton père a été acheté.

Il me caresse la joue avec une certaine mélancolie.

— Quel gâchis. Tu es si jolie…

Je frémis et détourne la tête. Je croise le regard rempli de fureur et de haine de Seth.

— Te jeter dans les bras de ce… de ce misérable esclave, cette vermine ! Un gladiateur estropié ! Quelle folie ! Quelle impudence ! Je te croyais plus intelligente que cela.

Ses doigts se rapprochent, me pincent la joue avec animosité.

— Tu as gagné ton dernier combat, gladiateur, crache Malchus. Cette fois-ci, tu as voulu aller trop loin. Personne ne peut s'en prendre à Cassius Malchus et s'en sortir vivant… surtout une crapule qui a l'intention de poser ses mains sales sur mon bien.

Sous mes yeux horrifiés, il s'approche lentement de Seth et lui donne un violent coup de genou au ventre. Seth se plie en deux en grognant. Puis Cassius dégaine un long couteau courbe et s'en sert pour déchirer le manteau de Seth puis lacérer sa tunique. Il rit lorsqu'il voit son épaule bandée.

— Tu aurais dû choisir un homme qui en valait la peine, ma chérie, se moque-t-il en lui tailladant plusieurs fois la poitrine.

Tandis que les coups pleuvent, Seth gémit et s'effondre.

— Et ça se prétend gladiateur ! s'exclame-t-il tout en rouant de coups l'homme que j'aime recroquevillé dans son sang.

Les yeux noyés de larmes, je hurle :

— Assez !

Je sais que Cassius a prévu de faire durer son plaisir.

— Ah ! Merci, ma douce Livia, pour ce rappel. Je ne dois pas me laisser emporter par ma fougue. Il ne faudrait pas que l'esclave rate le meilleur moment.

Il se penche alors, soulève Seth et le jette contre le mur. J'entends un craquement quand son crâne heurte les briques. La tête pendante, il lutte pour demeurer conscient. Cassius l'attrape par les cheveux et lui relève la tête. Puis il le gifle méchamment.

— Je demande ton attention, gladiateur ! C'est l'instant où je tranche la jolie gorge de ta bien-aimée…

Le couteau brille tandis qu'il s'avance à pas lents dans ma direction. Je me débats malgré les colosses qui me retiennent. Cassius se penche sur moi, les traits déformés par ses viles intentions. Sa bouche durcie est soudain contre la mienne, dans une parodie narquoise de baiser.

Seth grogne de rage et là, tandis que Cassius se recule, je sens la chaleur aiguisée de la lame qui court dans mon cou. Je ferme les yeux par réflexe, j'entends ma respiration qui bouillonne, mon sang qui gicle pendant que je m'effondre.

— Noooonnnn !

Au loin, Seth hurle, se débat… Les hommes grognent puis crient… s'en vont au pas de course… Tandis que je flotte, la voix de Seth murmure :

— Livia… je t'en prie… respire… Livia…

Ensemble

Londres, 2013 apr. J.-C.

Je suffoquais... Mes poumons me brûlaient. J'ouvris les yeux et scrutai ceux de Seth avec frénésie. Il plaquait un masque à oxygène sur mon visage. Mon cœur battait à tout rompre, mes poumons se remplissaient à nouveau peu à peu.

— Nous nous en sommes sortis ?

Il secoua la tête, l'air triste.

— Non, mon amour. Malheureusement.

Il me serra fort dans ses bras jusqu'à ce que j'arrête de trembler. Puis il me porta jusqu'à mon lit et m'allongea. Il s'assit à côté de moi.

— Cassius s'est échappé. Presque intact. J'ai réussi à l'égratigner.

— Comment ? Ils étaient si nombreux...

— Quand j'ai vu le couteau sur ta gorge, je me suis débarrassé des deux qui me tenaient contre le mur et je me suis jeté sur Cassius. Trop tard pour te sauver. Je lui ai pris son couteau et j'ai visé le cœur, mais il a esquivé le coup et n'a reçu qu'une entaille au bras. Ensuite, toute la bande m'est tombée dessus. Je n'avais plus ni la force ni le courage de me battre. Tu mourais… Au loin, j'entendais les cris de soldats romains qui venaient d'arriver dans le port. Des hommes que Cassius n'avait pas encore réussi à corrompre. Il a ordonné à ses gardes de se disperser. Puis il m'a donné un dernier coup de pied, présumant que j'étais mort, et il s'est enfui. Tout à coup, il s'est retourné, a tiré son couteau et l'a planté dans ma jambe en ricanant : « Au cas où l'envie te prendrait de courir… vermine ! » J'étais plus mort que vivant… Je peinais à garder les yeux ouverts mais je voulais mourir à côté de toi… J'ai donc rampé jusqu'à toi. Mais là, je me suis aperçu que tu avais disparu… ils t'avaient emmenée… j'étais seul. Soudain, les mots de Cassius m'ont transpercé la tête… Je ne pouvais pas le laisser gagner… alors je me suis hissé sur les genoux et je me suis traîné jusqu'à la caserne. J'étais presque arrivé quand Matthias m'a découvert… Seulement la fièvre m'avait happé…

— Quelle fièvre ?

— La fièvre qui m'a tué. Celle qui m'a conduit ici… Celle avec laquelle je ne t'infecterai pas, Eva. Je ne suis pas comme toi… Je suis… mort.

— Je suis morte aussi.

— Non, tu es venue d'une autre manière. Tu es née là. Pas moi. Je ne suis pas d'ici. J'ai voyagé jusqu'à ce monde pour découvrir comment la fièvre agissait. Voilà comment je t'ai retrouvée. Et… je ne supporterai pas de te perdre à nouveau.

— Tu ne me perdras pas. Je suis à toi, affirmai-je fébrile, en me penchant pour l'embrasser.

Il détourna la tête.

— Je t'aime, Eva, mais je suis létal…

— Je ne te crois pas, déclarai-je en caressant son visage parfait.

Je ne pouvais pas chasser l'image de son corps en sang et meurtri. Je lui embrassai alors les yeux, les joues, le cou, la mâchoire… et m'approchai doucement de sa bouche.

— Eva, stop, marmonna-t-il. Un baiser de moi te tuera…

— Alors, ce sera une belle mort, soufflai-je en prenant son visage entre mes mains.

Quand nos lèvres se rencontrèrent, je sus que peu importait où cet amour m'emmènerait. C'était un endroit où je désirais aller.

Remerciements

Lorsque j'étais petite, alors que j'écrivais des histoires et dessinais à même le sol de la salle à manger, mes parents ne cessaient de m'encourager et de me fournir des cahiers, même en temps de vaches maigres. Ils continuent de m'offrir leur soutien inconditionnel dans tout ce que j'entreprends aujourd'hui encore et jamais je ne pourrai assez les remercier.

Merci à mes enfants, Axie et Max, d'avoir discuté des heures et des heures avec moi d'Eva, de Seth, de Parallon et de la théorie des cordes (et de m'avoir peut-être inspiré un ou deux personnages !).

D'immenses mercis à la talentueuse Shannon Park, ma charmante éditrice qui a pris soin de ce livre avec attention et compétence. Merci aussi aux personnes incroyables que j'ai rencontrées chez

Penguin – Francesca, Zosia, Jen, Jess, Camilla, Jo, Susanne, Katy, Helen, Samantha – et à toutes celles que je n'ai pas encore rencontrées. Vous avez travaillé dur pour m'aider à créer *Parallon.*

Vivre à Londres ressemble à un voyage perpétuel dans le temps : les immeubles modernes côtoient les plus anciens. Comme je marche toujours le long de ces rues en imaginant des fantômes de vies précédentes, le concept de voyage temporel ne m'est pas étranger. Celui de voyage viral l'est, lui ! Et il m'a fallu inventer la science pour l'appuyer. Je suis redevable envers ma sœur Caroline qui a lu le manuscrit et corrigé les bourdes médicales les plus flagrantes – comment ai-je pu confondre hypertension et hypotension ? Je remercie aussi le Dr Mark Zuckerman du King's College Hospital pour avoir vérifié les passages concernant la virologie sans broncher.

Un grand merci au vrai Dr Mylne (aucun rapport avec celui de Sainte-Mag) pour avoir consciencieusement lu *Parallon* de bout en bout – même les passages romantiques – et vérifié son exactitude historique.

Merci aussi aux nombreux scientifiques et historiens qui ont généreusement tenu à jour leurs recherches sur Internet et à ceux qui les ont publiées. M'ont été particulièrement utiles : *Roman London* de Jennie Hall et Ralph Merrifield, ainsi que *The World of the Gladiator* de Susanna Shadrake.

Tous les efforts ont été faits pour contacter Michio Kaku et lui demander la permission d'utiliser sa citation au début de la deuxième partie. J'espère qu'il appréciera l'hommage.

Écrire est une occupation immensément égoïste et solitaire. Les écrivains ont souvent un partenaire généreux et indulgent. Personne ne l'est autant que mon époux, Chris. Je le remercie de m'avoir écoutée patiemment, d'avoir commenté avec perspicacité mes nombreuses difficultés au fil de l'intrigue, et de m'avoir donné sans aucune réserve la liberté et la force de fermer ma porte et de disparaître. Je n'aurais pas réussi sans lui.

DÉJÀ PARUS

VERSION BETA

Rachel Cohn

Elle est l'absolue perfection.
Son seul défaut sera la passion

Née à seize ans, Elysia a été créée en laboratoire. Elle est une version beta, un sublime modèle expérimental de clone adolescent, une parfaite coquille vide sans âme.

La mission d'Elysia : servir les habitants de Demesne, une île paradisiaque réservée aux plus grandes fortunes de la planète. Les paysages enchanteurs y ont été entièrement façonnés pour atteindre la perfection tropicale. L'air même y agit tel un euphorisant, contre lequel seuls les serviteurs de l'île sont immunisés.

Mais lorsqu'elle est achetée par un couple, Elysia découvre bientôt que ce petit monde sans contraintes a corrompu les milliardaires. Et quand elle devient objet de désir, elle soupçonne que les versions BETA ne sont pas si parfaites : conçue pour être insensible, Elysia commence en effet à éprouver des émotions violentes. Colère, solitude, terreur... amour.

Si quelqu'un s'aperçoit de son défaut, elle risque pire que la mort : l'oubli de sa passion naissante pour un jeune officier...

« Un roman à la fois séduisant et effrayant,
un formidable page-turner ! »

Melissa De La Cruz,
auteur de la saga *Les Vampires de Manhattan*

Tome 1 d'une tétralogie bientôt adaptée au cinéma par le réalisateur de Twilight II – Tentation

CONFUSION

Cat Clarke

La vie est un beau mensonge.

Grace, 17 ans se réveille enfermée dans une mystérieuse pièce sans fenêtres, avec une table, des stylos et des feuilles vierges. Pourquoi est-elle là ? Et quel est ce beau jeune homme qui la retient prisonnière ? Elle n'en a aucune idée. Mais à mesure qu'elle couche sur le papier les méandres de sa vie, Grace est frappée de plein fouet par les vagues de souvenirs enfouis au plus profond d'elle-même. Il y a cet amour sans espoir qu'elle voue à Nat, et la lente dégradation de sa relation avec sa meilleure amie Sal. Mais Grace le sent, quelque chose manque encore. Quelque chose qu'elle cache.

De dangereux et inavouables secrets,
une amitié intense et exclusive, une attirance fatale...
Un roman qui a bouleversé l'Angleterre.

LES CENDRES DE L'OUBLI

-Phænix-

Livre 1

de Carina Rozenfeld

Elle a 18 ans, il en a 20. À eux deux ils forment le Phœnix, l'oiseau mythique qui renaît de ses cendres. Mais les deux amants ont été séparés et l'oubli de leurs vies antérieures les empêche d'être réunis...

Anaïa a déménagé en Provence avec ses parents et y commence sa première année d'université. Passionnée de musique et de théâtre, elle mène une existence normale. Jusqu'à cette étrange série de rêves troublants dans lesquels un jeune homme lui parle et cette mystérieuse apparition de grains de beauté au creux de sa main gauche. Plus étrange encore : deux beaux garçons se comportent comme s'ils la connaissaient depuis toujours...

Bouleversée par ces événements, Anaïa devra comprendre qui elle est vraiment et souffler sur les braises mourantes de sa mémoire pour retrouver son âme sœur.

La nouvelle série envoûtante de Carina Rozenfeld, auteur jeunesse récompensé par de nombreux prix, dont le prestigieux prix des Incorruptibles en 2010 et 2011.

Second volet à paraître en avril 2013

GLITCH

de Heather Anastasiu

L'amour est une arme

Dans une société souterraine où toute émotion a été éradiquée, Zoe possède un don qu'elle doit à tout prix dissimuler si elle ne veut pas être pourchassée par la dictature en place.

L'amour lui ouvrira-t-il les portes de sa prison ?

Lorsque la puce de Zoe, une adolescente technologiquement modifiée, commence à glitcher (bugger), des vagues de sentiments, de pensées personnelles et même une étrange sensation d'identité menacent de la submerger. Zoe le sait, toute anomalie doit être immédiatement signalée à ses Supérieurs et réparée, mais la jeune fille possède un noir secret qui la mènerait à une désactivation définitive si jamais elle se faisait attraper : ses glitches ont éveillé en elle d'incontrôlables pouvoirs télékinésiques...

Tandis que Zoe lutte pour apprivoiser ce talent dévastateur tout en restant cachée, elle va rencontrer d'autres Glitchers : Max le métamorphe et Adrien, qui a des visions du futur. Ensemble, ils vont devoir trouver un moyen de se libérer de l'omniprésente Communauté et de rejoindre la Résistance à la surface, sous peine d'être désactivés, voire pire...

La trilogie dystopique de l'éditeur américain des séries best-sellers *La Maison de la nuit* et *Éternels.*

Tome 2 à paraître en mars 2013

Kaleb

de Myra Eljundir

SAISON 1

C'est si bon d'être mauvais...

À 19 ans, Kaleb Helgusson se découvre empathe : il se connecte à vos émotions pour vous manipuler. Il vous connaît mieux que vous-même. Et cela le rend irrésistible. Terriblement dangereux. Parce qu'on ne peut s'empêcher de l'aimer. À la folie. À la mort.

Sachez que ce qu'il vous fera, il n'en sera pas désolé. Ce don qu'il tient d'une lignée islandaise millénaire le grise. Même traqué comme une bête, il en veut toujours plus. Jusqu'au jour où sa propre puissance le dépasse et où tout bascule... Mais que peut-on contre le volcan qui vient de se réveiller ?

La première saison d'une trilogie qui, à l'instar de la série Dexter, offre aux jeunes adultes l'un de leurs fantasmes : être dans la peau du méchant.

Déconseillé aux âmes sensibles et aux moins de 15 ans.

Saison 2 à paraître en février 2013

LA COULEUR DE L'AME DES ANGES

de Sophie Audouin-Mamikonian

Laissez-vous porter par les ailes du désir...

Sauvagement assassiné à 23 ans, Jeremy devient un Ange... et réalise avec effroi que l'on peut mourir aussi dans l'au-delà. Pour ne pas disparaître, en effet, tout Ange doit se nourrir des sentiments humains et même... les provoquer ! Invisible et immatériel, Jeremy décide d'enquêter sur sa mort et tombe amoureux de la ravissante Allison, une vivante de 20 ans, témoin de son meurtre. Or l'assassin de Jeremy traque la jeune fille... Jeremy parviendra-t-il à sauver Allison ? Sera-t-il capable de sacrifier ses sentiments et de vivre à jamais séparé d'elle ?

Le premier volet de la duologie événement de Sophie Audouin-Mamikonian.

LA SÉLECTION

de Kiera Cass

35 candidates, 1 couronne, la compétition de leur vie.

Elles sont trente-cinq jeunes filles : la « Sélection » s'annonce comme l'opportunité de leur vie. L'unique chance pour elles de troquer un destin misérable contre un monde de paillettes. L'unique occasion d'habiter dans un palais et de conquérir le cœur du prince Maxon, l'héritier du trône. Mais pour America Singer, cette sélection relève plutôt du cauchemar. Cela signifie renoncer à son amour interdit avec Aspen, un soldat de la caste inférieure. Quitter sa famille. Entrer dans une compétition sans merci. Vivre jour et nuit sous l'œil des caméras... Puis America rencontre le Prince. Et tous les plans qu'elle avait échafaudés s'en trouvent bouleversés...

Le premier tome d'une trilogie pétillante, mêlant dystopie, téléréalité et conte de fées moderne.

Bientôt adaptée en série TV par les réalisateurs de *The Vampire Diaries* !

Tome 2 à paraître en avril 2013

STARTERS

de Lissa Price

Vous rêvez d'une nouvelle jeunesse ?
Devenez quelqu'un d'autre !

Dans un futur proche : après les ravages d'un virus mortel, seules ont survécu les populations très jeunes ou très âgées : les Starters et les Enders. Réduite à la misère, la jeune Callie, du haut de ses seize ans, tente de survivre dans la rue avec son petit frère. Elle prend alors une décision inimaginable : louer son corps à un mystérieux institut scientifique, la Banque des Corps. L'esprit d'une vieille femme en prend possession pour retrouver sa jeunesse perdue. Malheureusement, rien ne se déroule comme prévu... Et Callie prend bientôt conscience que son corps n'a été loué que dans un seul but : exécuter un sinistre plan qu'elle devra contrecarrer à tout prix !

Le premier volet du thriller dystopique phénomène aux États-Unis.

« Les lecteurs de *Hunger Games* vont adorer ! », Kami Garcia, auteur de la série best-seller, *16 Lunes*.

Second volet à paraître en mai 2013

Night School

de C.J. Daugherty

Tome 1

Qui croire quand tout le monde vous ment ?

Allie Sheridan déteste son lycée. Son grand frère a disparu. Et elle vient d'être arrêtée. Une énième fois. C'en est trop pour ses parents, qui l'envoient dans un internat au règlement quasi militaire. Contre toute attente, Allie s'y plaît. Elle se fait des amis et rencontre Carter, un garçon solitaire, aussi fascinant que difficile à apprivoiser… Mais l'école privée Cimmeria n'a vraiment rien d'ordinaire. L'établissement est fréquenté par un fascinant mélange de surdoués, de rebelles et d'enfants de millionnaires. Plus étrange, certains élèves sont recrutés par la très discrète « Night School », dont les dangereuses activités et les rituels nocturnes demeurent un mystère pour qui n'y participe pas. Allie en est convaincue : ses camarades, ses professeurs, et peut-être ses parents, lui cachent d'inavouables secrets. Elle devra vite choisir à qui se fier, et surtout qui aimer…

Le premier tome de la série découverte par le prestigieux éditeur de *Twilight*, *La Maison de la nuit*, *Nightshade* et Scott Westerfeld en Angleterre.

Tome 2 : *Héritage*
Tome 3 à paraître à partir de mi-2013

Retrouvez tout l'univers de
Parallon
sur la page Facebook de la collection R :
www.facebook.com/collectionr

Cet ouvrage a été imprimé
en décembre 2012 par

CPI
FIRMIN-DIDOT

27650 Mesnil-sur-l'Estrée
N° d'édition : 52853/01
N° d'impression : 115294
Dépôt légal : janvier 2013

Imprimé en France

Composé par Nord Compo Multimédia
7, rue de Fives, 59650 Villeneuve-d'Ascq